Heike Wanner

Eine Handvoll Sommerglück

Roman

Ullstein

Besuchen Sie uns im Internet:
www.ullstein-taschenbuch.de

Originalausgabe im Ullstein Taschenbuch
1. Auflage März 2015

Umschlaggestaltung: ZERO Werbeagentur, München
Titelabbildung: © Picture Press / Maryam Schindler
Satz: LVD GmbH, Berlin
Gesetzt aus der Dante
Papier: Pamo Super von Arctic Paper Mochenwangen GmbH
Druck und Bindearbeiten: CPI books GmbH, Leck
Printed in Germany
ISBN 978-3-548-28660-0

1

Es regnete am Tag von Lexis Beerdigung.

Natürlich tat es das.

Denn etwas anderes als das fahle Grau der Wolkenschleier hätte gar nicht gepasst. Der trübe Nebel, der von außen an die Fensterscheiben der Friedhofskapelle drückte, ergänzte das Bild im Innern der Kirche um die letzte Nuance, die noch gefehlt hatte – ebenjenes unaufdringliche, langweilige Grau. Alle anderen Farben waren bereits vorhanden, wenn auch in unterschiedlichen Mengenverhältnissen.

Schwarz war zweifellos dominant an diesem regnerischen Morgen Anfang April. Alle Gäste, die in der Kapelle Platz genommen hatten, waren in dunkler Trauerkleidung erschienen. Und natürlich hatte auch der Pfarrer, der in diesem Moment mit seiner Ansprache begann, den schwarzen Talar übergezogen.

Als Gegenpol zu so viel Düsterkeit glänzten die Steinmauern der kleinen Kirche in kaltem Weiß. Sarg und Bänke waren aus blankpoliertem braunen Holz gefertigt, und die unzähligen Blumensträuße und Kränze leuchteten in sattem Gelb, Grün, Blau und Rot.

Somit ergab sich ein perfektes Bild voller Kontraste. Lexi wäre begeistert gewesen.

Sie, die leidenschaftliche und erfolgreiche Malerin, hatte

immer streng darauf geachtet, dass ihre Werke die gesamte Farbpalette enthielten. Jeder noch so kleine, unscheinbare Ton war ihr wichtig gewesen, und sei es auch nur als Tüpfelchen am Bildrand.

»Das Leben ist wie ein Zeichenblock und jeder neue Abschnitt wie ein leeres Blatt Papier. Es liegt ganz allein an uns, es bunt und leuchtend zu gestalten«, war ihr Leitspruch gewesen, den sie oft und gern zitiert hatte.

Ach, Lexi!

An ihrem eigenen Zeichenblock war jetzt kein Blatt mehr übrig. Sie würde nie wieder eine neue Seite aufschlagen können. Nie wieder Farbtupfer setzen, zuerst noch zögerlich, dann aber immer bestimmter. Nie wieder wie eine Besessene malen. Und auch nie wieder ein Werk mit zufriedenem Lächeln beenden.

Christine Lindners Augen füllten sich mit Tränen. Ihr Blick wanderte langsam vom Kirchenfenster zurück zum Altar, wo der blumengeschmückte Sarg ihrer besten Freundin stand. Durch die Tränen wirkte der Anblick verschwommen und unscharf. Trotzdem: Ein Sarg blieb ein Sarg, daran änderte auch ein verheulter Blickwinkel nichts. Zum wiederholten Mal versuchte Christine, sich vorzustellen, dass Lexi jetzt tatsächlich in dieser Holzkiste lag.

Es gelang ihr nicht.

Eine derart temperamentvolle, lebhafte und zuweilen auch schrille Persönlichkeit ließ sich nicht auf so engem Raum einzwängen.

Das war undenkbar.

Unmöglich.

Grausam.

Nein, es konnte nicht ihre Freundin sein, die da im Sarg lag. Das war lediglich eine leere Körperhülle. Der Rest von ihr war längst weitergezogen, ganz so, wie es ihrer rastlosen Art entsprach.

Nur – wohin?

»Alexandra Meyer weilt nicht mehr unter uns«, sagte der Pfarrer, so als ob er ihre Gedanken lesen konnte. »Sie ist jetzt an einem besseren Ort …«

Ein besserer Ort – ob das der Wahrheit entsprach?

Christine war nicht besonders religiös, doch in diesem Moment war sie geneigt, den Worten des Pfarrers zu glauben. Ihr gefiel die Vorstellung, dass Lexi jetzt im Himmel war und dort das tat, was sie schon immer am besten gekonnt hatte – nämlich die Umgebung um sie herum bunt gestalten. Mit ihrer tatkräftigen Unterstützung würde der Himmel bald ein bisschen blauer strahlen und die Sonne noch leuchtender untergehen.

Dieser Gedanke hatte überraschenderweise etwas Tröstliches an sich. Christine atmete tief durch und schluckte ihre Tränen hinunter. Das Bild einer himmlischen Alexandra Meyer mit Pinsel und Leinwand milderte ihren Schmerz viel wirkungsvoller als die zahlreichen, sicherlich gutgemeinten, aber völlig überflüssigen Bemerkungen darüber, dass Lexi »endlich erlöst worden war«.

Sie wusste selbst, dass ihre Freundin gelitten hatte, schließlich hatte sie ihre Krankengeschichte von Anfang an hautnah miterlebt. Doch zu keinem Zeitpunkt hatte Lexi den Eindruck vermittelt, dass sie »erlöst« werden wollte. Im Gegenteil, sie hatte bis zuletzt an ihrem Leben gehangen und es ausgekostet. Sie mochte zwar körperlich immer schwächer geworden sein, doch ihre ungeheure Willensstärke und ihr Temperament waren ihr bis zum Schluss erhalten geblieben.

»Sie war nicht nur eine Person, sie war eine Persönlichkeit«, bemerkte der Pfarrer, und Christine konnte ihm nur aus vollem Herzen zustimmen. »Eine Persönlichkeit voller Leben und voller Zuversicht.«

Vielleicht war die Lücke, die sie hinterlassen hatte, deshalb so groß. Vielleicht war das auch der Grund, warum ihr Tod solch ein schlimmer Schock gewesen war. Vielleicht hatten alle trotz der eindeutigen Prognose noch auf ein Wunder gehofft.

Doch das Wunder war ausgeblieben.

Lexi war gestorben.

Diese einfache Feststellung ließ den Schmerz und die Verzweiflung zurückkehren, und jetzt half auch der Gedanke an eine himmlische Lexi nicht mehr weiter. Erneut liefen Tränen über Christines Gesicht.

»Hier …«

Von links wurde ihr eine Packung Papiertaschentücher gereicht, und ein besorgter Blick aus warmen braunen Augen traf sie. Jule, Christines neunzehnjährige Tochter, legte tröstend den Arm um ihre Schultern. Dankbar und ein wenig überrascht schmiegte sich Christine in die Umarmung und genoss das seltene Gefühl der Geborgenheit. Es kam nicht oft vor, dass ihre Tochter sie so nahe an sich heranließ.

Jule war erst vor wenigen Wochen von einem längeren Auslandspraktikum aus Amerika zurückgekehrt. Gerade rechtzeitig genug, um sich von Lexi verabschieden zu können. Die junge Frau hatte ihre Patentante abgöttisch geliebt und trauerte fast ebenso stark um sie wie Christine. Doch sie machte das auf ihre eigene, persönliche Art.

Ruhig, sachlich und beherrscht.

Sie hatte die Nerven behalten, während Christine nach Lexis Tod völlig zusammengebrochen war und sich um nichts mehr kümmern konnte. Und so war es Jule gewesen, die zuerst auf die Idee gekommen war, den Bestatter anzurufen. Jule, die Kontakt zu Lexis Kunstagenten in Paris aufgenommen hatte. Und auch Jule, die es übernommen hatte, Lexis Freunde und Kollegen zu informieren. Die zahlreichen Telefonate, E-Mails und Besprechungen hatten ein wenig vom Schmerz abgelenkt. Es gab so viel zu erledigen, dass kaum Zeit für Traurigkeit blieb. Selbst der unvermeidliche Einkauf von passender Trauerkleidung war dank Jule undramatisch und effektiv verlaufen.

Jetzt besaß Christine einen eleganten schwarzen Hosenanzug, den sie später auch im Büro tragen konnte. Jule hatte sich für ein schlichtes dunkelgraues Kleid entschieden. Dem traurigen Anlass entsprechend hatten beide auf Schmuck und Make-up verzichtet. Jule trug ihre langen braunen Haare zu einem einfachen Zopf geflochten, was ihr zusätzliche Ernsthaftigkeit verlieh. Aufmerksam lauschte sie der Rede des Pfarrers.

Ganz im Gegensatz zu Christines Mutter Helga, die rechts neben Christine saß und die Trauerfeier mit hemmungslosem Schluchzen begleitete. Jedes Mal, wenn sie sich mit der Hand über die Augen wischte, klimperten ihre goldenen Armreifen. Inzwischen waren Wimperntusche und Lidschatten auf ihrem Gesicht zu einer schmutzigen Masse zerlaufen. Der Regen hatte ihre Kurzhaarfrisur zerstört, und die karottenrot gefärbten Haare standen in alle Himmelsrichtungen ab. Zwischen den übrigen Trauergästen, die mit ernsten Mienen in ihren Bänken saßen, wirkte sie fehl am Platz – wie ein tief betrübter pummeliger Clown.

»Hier.«

Christine reichte die Packung mit den Taschentüchern weiter an ihre Mutter. Dankbar zupfte Helga zwei Tücher heraus und putzte sich geräuschvoll die Nase. Dann warf sie einen fragenden Blick auf die letzte Person, die noch mit ihnen in der ersten Bank saß.

Doch Lexis Großtante, von allen immer nur liebevoll Tante Mieze genannt, winkte ab. Die zarte alte Dame deutete auf ein weißes Spitzentaschentuch, das unbenutzt vor ihr auf dem Gebetbuch lag.

Tante Mieze trauerte würdevoll und still.

Sie musste mittlerweile über achtzig Jahre alt sein, wirkte aber immer noch erstaunlich rüstig und sah kaum anders aus als vor vierzig Jahren, als Christine sie bei einer Familienfeier kennengelernt hatte.

Natürlich, im Laufe der Zeit war Miezes Gesicht faltiger und ihre Figur zierlicher geworden, doch noch immer trug sie die schlohweißen Haare sorgfältig zu winzig kleinen Löckchen gedreht. Diese wurden jetzt durch einen stummen Weinkrampf geschüttelt, und dann rollten doch dicke Tränen über die Wangen der alten Dame. Mit einer Ecke ihres Spitzentaschentuchs tupfte Mieze ihr Gesicht trocken. Danach drehte sie den Kopf in Christines Richtung und lächelte traurig.

Christine erwiderte das Lächeln, auch wenn sie beim Anblick der weinenden Tante einen riesigen Kloß im Hals verspürte. Ob sich Mieze bewusstmachte, dass sie das letzte überlebende Familienmitglied war? Dass sie jetzt völlig allein war? Wie musste es sich für die alte Dame anfühlen, eine Verwandte zu beerdigen, die nur halb so alt geworden war wie sie selbst? Noch schlimmer, als Christine den Verlust ihrer Freundin empfand?

Aber konnte man Trauer überhaupt messen?

Später, als sie im Bett lag, beantwortete sich Christine ihre Frage selbst.

Nein, man konnte Trauer nicht messen.

Es gab weder Zahlen noch Maßeinheiten, die groß genug gewesen wären, die Stärke ihres Kummers auszudrücken. Sie fühlte sich leer und ausgelaugt, aber auch seltsam erleichtert darüber, dass der schwere Tag überstanden war. Zum ersten Mal seit Lexis Tod verspürte sie wieder so etwas wie Müdigkeit. In den vorausgegangenen Nächten hatte sie sich von einer Seite auf die andere gewälzt, viel zu aufgewühlt und geschockt, um Ruhe finden zu können. Jetzt machte sich der fehlende Schlaf bemerkbar.

Langsam nippte sie an der Tasse Kräutertee, die Helga ihr vorhin noch gebracht hatte. Ihre Mutter hatte sogar daran gedacht, einen Löffel Honig in das Getränk zu geben. Die heiße, süße Flüssigkeit tat Christine gut und wärmte sie ein wenig auf.

Hoffentlich hatte sie sich auf dem Friedhof nicht erkältet! Die Schlange der Trauergäste, die kondolieren wollten, war endlos lang gewesen, und die ganze Zeit über hatte es leicht genieselt. Fürsorglich hatte Christine ihren Schirm Tante Mieze überlassen und im Regen ausgeharrt. Weder Jule noch Helga hatten an einen Regenschutz gedacht. Aber wenigstens konnten sich die beiden direkt nach Ende der Beerdigung ins Trockene zurückziehen. Christine und Tante Mieze jedoch waren am Grab stehen geblieben und hatten die Beileidsbekundungen entgegengenommen.

Den meisten Gästen war Christine zuvor noch nie begegnet. Freunde aus Paris, Künstler, Atelierbetreiber, Sammler und sogar ein paar Journalisten waren angereist, um Lexi die letzte Ehre zu erweisen. Viele hatten ein paar Worte auf Französisch gemurmelt, ihr einen Kuss auf die Wange gehaucht und waren danach weiter zu Tante Mieze gegangen. Ungerührt hatte sich Christine nass regnen lassen und jeden

Beileidsgruß mit einem leisen »Merci« erwidert, dem einzigen französischen Wort, das sie kannte. Tante Mieze hatte sich für ein ungeduldiges »ja, ja« entschieden und die Kussversuche unmissverständlich abgewehrt.

Für die Trauergäste hatten sie sicherlich ein seltsames Bild abgegeben: eine kleine durchnässte Mittvierzigerin und eine Achtzigjährige, die ihren Oberkörper erstaunlich gelenkig immer dann samt Schirm nach hinten bog, wenn ein weiterer Kuss drohte.

Unwillkürlich verzogen sich Christines Lippen nach oben.

Doch gleich darauf erstarrte sie in der Bewegung. Durfte man sich an einem Tag wie heute überhaupt amüsieren? Sie nahm erneut einen Schluck Tee und starrte nachdenklich ins Leere.

Lexi hätte nichts gegen ein bisschen Fröhlichkeit gehabt, da war sich Christine sicher. Ihre Freundin hätte die Belustigung verstanden. Mehr noch, sie hätte schallend mitgelacht. Christine glaubte förmlich, die tiefe, laute Stimme zu hören. Die Erinnerung an Lexi war immer noch allgegenwärtig.

Daran würde sich so schnell auch nichts ändern, obwohl die Tür zu Lexis Zimmer seit ein paar Tagen verschlossen war. Doch ständig stieß man im Haus auf Dinge, die ihrer Freundin gehört hatten: das bunte Seidentuch im Flur zum Beispiel, oder die Hustenpastillen mit Lavendelgeschmack im Badezimmer. Und im Kühlschrank lag nach wie vor ein kleiner Vorrat an Champagner, den man nach Lexis Meinung stets im Haus haben sollte.

»Champagner kann keine Probleme lösen, aber er hilft dir, sie zu ertragen«, hatte sie ihren Mitbewohnerinnen beim Einzug erklärt und damit von Anfang an klargestellt, dass sie keinesfalls gewillt war, sich still und traurig aus dem

Leben zu verabschieden. Und so waren die letzten sieben Monate in diesem Haus nicht etwa trostlos und düster verlaufen, sondern vielmehr optimistisch und lebensbejahend, beinahe sogar fröhlich.

Doch jetzt würde Lexi nie wieder lachen können.

Christine schluckte. Der kleine Anflug von Erheiterung verschwand ebenso schnell, wie er gekommen war.

Und die Tränen kehrten zurück.

»Sie weint schon wieder«, stellte Jule ein Stockwerk tiefer fest und ließ sich neben ihre Großmutter aufs Sofa fallen. Mit kraftlosen Bewegungen streifte sie sich die Schuhe ab, löste ihre Zopfspange und fuhr sich mit den Fingern durch die Haare. Der Tag war anstrengend gewesen, und so wie es schien, war ihre Aufgabe als Trostspenderin noch nicht beendet.

»Lass sie ruhig!« Oma Helga lächelte nachsichtig. »Ich war vorhin bei ihr oben, ihr geht es gut. Außerdem helfen Tränen, denn sie spülen die Traurigkeit hinaus.«

»Sie weint viel zu viel.«

»Man kann nicht zu viel weinen.«

»Klar kann man das!«

Erst jetzt bemerkte Jule, dass ihre Großmutter eine Zeitung auf dem Tisch ausgebreitet hatte und dabei war, den Verschluss einer Flasche Nagellack aufzuschrauben.

Sie seufzte resigniert.

Sich die Nägel zu lackieren war eine eigenartige Beschäftigung für den Abend dieses traurigen Tages – andererseits machte Helga oft merkwürdige Sachen, und Jule hatte es aufgegeben, sich darüber zu wundern.

»Hast du heute überhaupt schon geweint, mein Liebling?«,

erkundigte sich ihre Großmutter jetzt. »Ich kann mich nicht erinnern, bei dir eine einzige Träne gesehen zu haben.«

»Nicht jeder kann seine Gefühle offen zeigen.«

»Ach, papperlapapp!« Helga winkte ab, vergaß dabei aber leider, dass sie den Nagellack in der Hand hielt. Ein Tropfen knallpinker Flüssigkeit flog aus der Flasche und landete mitten auf dem Wohnzimmertisch.

»Also wirklich, Oma!«, schimpfte Jule. »Kannst du nicht aufpassen?«

»Entschuldigung!« Betroffen starrte Helga auf den Fleck, doch dann entspannte sich ihr Blick wieder. »Das kann man abwischen.«

»Aber nur, weil die Tischplatte aus Glas ist«, brummelte Jule und verschwand Richtung Küche. Als sie mit dem Putzlappen zurückkam, legte ihre Großmutter gerade die linke Hand auf die Fernsehzeitung und begann, sich in aller Ruhe und mit großer Sorgfalt die Nägel zu lackieren.

»Hast du noch was vor?«, fragte Jule, während sie über den Tisch wischte. Zum Glück löste sich der Fleck sofort.

Helga schaute kurz von ihrer Hand auf. »Ja, ich gehe noch aus.«

»Mit wem?«

»Die korrekte Frage müsste lauten ›zu wem?‹.«

»Also gut.« Jule faltete den Lappen zusammen und legte ihn auf das Zeitungspapier. »*Zu wem* gehst du?«, erkundigte sie sich halbherzig.

»Ich gehe zu Jan.«

»Jan?«, wiederholte Jule zerstreut. »Welcher Jan?«

»Ach, Julchen!« Helga schüttelte den Kopf. »Wo bist du nur immer mit deinen Gedanken? Natürlich unser Jan! Hast du vergessen, dass er uns neulich alle zu seiner Abitur-Party eingeladen hat?«

»Wie bitte?« Jule glaubte, sich verhört zu haben. »Der zieht das tatsächlich durch?«

Missmutig spähte sie durch das Wohnzimmerfenster Richtung Nachbargrundstück. Dort waren ein paar junge Männer gerade dabei, Bierkästen und Einkaufskörbe vom Auto ins Haus zu tragen.

Helga folgte ihrem Blick. »Die Vorbereitungen laufen schon, wie du siehst.«

»Du willst mir doch nicht allen Ernstes erzählen, dass unser Herr Nachbar trotz der Beerdigung nicht auf seine blöde Feier verzichten kann?« Jule vermochte es immer noch nicht zu fassen.

»Warum sollte er alles absagen?«

»Vielleicht, weil heute ein sehr trauriger Tag ist?«

»Wenn du mal so alt bist wie ich, wirst du feststellen, dass Kummer und Freude eng beieinanderliegen. Das kann man nicht verhindern. Man muss die Dinge so nehmen, wie sie kommen. Carpe diem, sage ich immer!«

Jule hasste es, wenn ihre Großmutter während eines Streitgesprächs plötzlich philosophische Töne anschlug. Diesen altersweisen Argumenten hatte sie als junger Mensch in der Regel wenig entgegenzusetzen.

»Trotzdem«, beharrte sie und bemühte sich, auf das eigentliche Thema zurückzukommen. »Jan hat lediglich seine schriftlichen Abiturprüfungen geschrieben. Das Schuljahr geht aber noch weiter. Was gibt es also schon Großartiges zu feiern?«

»Immerhin hat er den schwierigsten Teil erfolgreich hinter sich gebracht und damit fast schon bestanden.«

»Darf ich dich daran erinnern, dass er im Laufe seines Schullebens zweimal sitzengeblieben ist?«

»Na und? Der Junge hatte es weiß Gott nicht immer leicht.

Zuerst brennt seine Mutter mit seinem Lehrer durch, dann die Scheidung der Eltern …«

»Ich bin auch ein Scheidungskind!«

»Das kann man nicht vergleichen. Du warst schon immer viel vernünftiger und stärker, mein Liebling.«

»Ach ja?«, schnaubte Jule. Hatte ihre Großmutter sich mal überlegt, woran das lag? »Ich bin aber nicht so auf die Welt gekommen.«

»Manchmal befürchte ich, doch.« Helga warf ihrer Enkelin einen bekümmerten Blick zu. »So wie deine Mutter leider auch. Ein bisschen mehr Leichtigkeit würde euch beiden nicht schaden. Schau dir doch mal Jan an, von dem kannst du in dieser Beziehung noch einiges lernen!«

»Den Teufel werde ich!«, entgegnete Jule gereizt. Es wurmte sie, dass ihre Oma den Nachbarssohn in Schutz nahm und zudem auch noch die Frechheit besaß, ihn als Vorbild für sie hinzustellen.

Das war wieder einmal typisch!

Ihre Großmutter akzeptierte alle Menschen vorbehaltlos so, wie sie waren. Nur bei ihrer eigenen Tochter und ihrer Enkelin sah sie nicht ähnlich großzügig über Fehler hinweg, sondern mischte sich in alles ein.

Doch Jule verkniff sich eine entsprechende Antwort. Jetzt war nicht der richtige Moment, dieses Thema zur Sprache zu bringen. Heute, am Tag von Lexis Beerdigung, wollte sie eine lautstarke Auseinandersetzung aus Rücksicht auf ihre Mutter unbedingt vermeiden.

»Ich finde Jan ziemlich schräg«, bemerkte sie stattdessen. »Der hat etwas Dämonisches an sich, so blass und dünn. Hast du schon die Ränder unter seinen Augen bemerkt?«

»Natürlich, die sind ja nicht zu übersehen. Ich denke, der Junge ist einfach zu schnell gewachsen.«

»Und ich denke, er sollte öfter mal an die frische Luft gehen. Was macht er eigentlich den ganzen Tag? Ich wette, er hockt nur im Keller vor seinem PC.«

»Immerhin ist er mit seinem Vater zur Beerdigung gekommen.«

»Das war ja auch kein großer Aufwand für ihn. Erstens hatte er garantiert nichts Besseres vor, und zweitens musste er sich ja nicht mal die Mühe machen, sich umziehen.« Jan lief meistens in schwarzen Klamotten herum.

»Irrtum, meine Liebe! Lexis Tod hat ihn sicherlich auch getroffen. Er ist oft mitgekommen, wenn Olli hier war, um sie zu besuchen.«

»Wirklich? Davon habe ich nichts bemerkt.«

»Wie denn auch?«

Helga legte den Lackpinsel zur Seite und wedelte mit den Fingern ihrer linken Hand, um die Nägel zu trocknen. Ein intensiver Geruch nach Klebstoff und Lösungsmittel wehte durch den Raum. »Du warst ja gar nicht da, sondern in Amerika. Und du darfst nicht von den vergangenen drei Wochen auf die letzten Monate schließen.«

Empört schnappte Jule nach Luft. Schon wieder so ein ungerechter Vorwurf! Das ging jetzt aber wirklich zu weit. »Entschuldige, dass ich nicht schon früher gewusst habe, dass Lexi erkrankt und zum Sterben zu uns nach Hause kommt.«

Jule war direkt nach dem Schulabschluss im Sommer letzten Jahres nach San Diego geflogen, um sich dort im Rahmen eines Praktikums auf ihr Anglistikstudium vorzubereiten, das sie im Herbst beginnen würde. »Dafür musst du dich nicht entschuldigen.« Gemächlich begann Helga mit dem Lackieren der Nägel ihrer rechten Hand. Sie schien die Verärgerung ihrer Enkelin gar nicht zu bemerken. »Das konnte schließlich keiner vorausahnen. Aber ich war ja zur

Stelle und bin gern eingesprungen. Was für ein Glück für uns alle!«

Jule presste ihre Lippen aufeinander und fixierte ihre Großmutter misstrauisch. Hatte Helga sie mit der letzten Bemerkung provozieren oder besänftigen wollen? So friedlich, wie sie jetzt am Tisch saß und den Nagellack auftrug, konnte sie es eigentlich nicht böse gemeint haben.

»Du hast recht«, begann sie deshalb und bemühte sich um einen ruhigen, versöhnlichen Tonfall. »Du hast die letzten Monate im Gegensatz zu mir hautnah miterlebt, und das war mit Sicherheit sehr anstrengend. Gerade deshalb kann ich aber nicht verstehen, wieso du ausgerechnet heute feiern gehst. Willst du nicht lieber erst mal zur Ruhe kommen?«

»Die letzten Tage waren still genug. Um nicht zu sagen totenstill …«

»Aber Lexi ist gerade mal ein paar Stunden unter der Erde!«

»Sie hätte es verstanden und hätte bestimmt auch nichts dagegen gehabt.«

»Sie vielleicht nicht. Aber was ist mit Mama?«

»Was sollte deine Mutter dagegen haben? Sie liegt doch längst im Bett und ist gut versorgt.«

»Aber vielleicht genießt sie das Gefühl, dass wir hier bei ihr sind.«

»Wozu? Um ihr beim Weinen zuzuhören?«

»Nein! Um da zu sein, wenn sie uns braucht.«

»Ich bin doch nur ein Haus weiter.« Vorsichtig pustete Helga sich über ihre rechte Hand. »Wenn sie nicht allein sein will, kann sie auf die Party kommen. Jeder dort weiß, was passiert ist, und wird sie mit offenen Armen empfangen.«

»Also wirklich, Oma!«, rief Jule entgeistert. »Das kann doch nicht dein Ernst sein!«

»Wieso nicht?«

»Es ist schon mehr als pietätlos, dass du auf diese Party gehst. Aber dass du jetzt auch noch Mama mitschleppen willst, das ist …«

»Ich will sie ja gar nicht mitnehmen, ich sage doch nur, dass sie willkommen wäre. Verstehst du das?«

Jule schüttelte den Kopf.

»Dann hör mir mal gut zu, mein liebes Kind«, fuhr Helga fort, genau in dem geduldigen Tonfall, den sie ausschließlich für ihre Enkeltochter reserviert zu haben schien. »Du hast recht, heute war ein schlimmer, trauriger Tag. Doch wir dürfen uns nicht von unserem Kummer unterkriegen lassen. Jeder muss für sich selbst entscheiden, wie er damit fertig wird.«

»Du scheinst ja kein Problem damit zu haben, gleich auf ›Party‹ umzuschalten.«

»Du willst mich einfach nicht verstehen«, seufzte Helga resigniert. »Dabei ist es so einfach.«

»Dann erkläre es mir!«

»Ich habe heute Abend die Wahl, entweder traurig auf dem Sofa zu sitzen und den Tod zu bejammern, oder ich gehe rüber zu Jan und feiere das Leben. Was, glaubst du, ist wohl besser?«

»Ich entscheide mich für das Sofa.« Demonstrativ streckte Jule ihre Beine aus.

»Und ich mich für die Party. Warte nicht auf mich, es könnte spät werden.« Mit diesen Worten knüllte Helga die Zeitung zusammen, ergriff die Flasche Nagellack und rauschte zur Tür hinaus.

Wütend starrte Jule ihrer Großmutter hinterher.

Seit ihrer Heimkehr aus Amerika waren Streitigkeiten wie diese leider an der Tagesordnung. Bislang jedoch hatte sie sich mit Rücksicht auf die schwierige Situation zusammengerissen. Doch damit war nun Schluss – sie musste sich schließlich nicht alles gefallen lassen.

Nicht zum ersten Mal fragte sich Jule jetzt, wie es nach Lexis Tod in diesem Haus weitergehen sollte …

2

»Das war gestern eine sehr schöne Beerdigung. Und dann auch noch so viele Leute!«, sagte Helga, als sie am nächsten Morgen schon früh zusammen mit Christine und Jule am Esstisch saß.

Alle drei Frauen hatten eine Tasse Kaffee und ein Glas frischgepressten Orangensaft vor sich stehen, doch nur Helga schien es zu schmecken. Genussvoll nippte sie an ihrer Tasse, während Jule lustlos in ihrem Kaffeebecher herumrührte und Christine mit dem Zuckerlöffel gedankenverloren das Muster der Tischdecke nachzeichnete. Im Hintergrund lief die Spülmaschine, im Radio begannen die Nachrichten, und aus dem Toaster sprangen in diesem Moment zwei goldbraune Brotscheiben.

»Eine wirklich schöne Beerdigung«, wiederholte Helga, bevor sie den nächsten Schluck Kaffee nahm.

»Möchtest du auch Toast, Mama?«, fragte Jule, ohne auf die Bemerkung ihrer Großmutter einzugehen.

Christine schüttelte den Kopf.

»Nur der Streuselkuchen hinterher war ein wenig zu trocken«, fuhr Helga fort. »Ist euch das auch aufgefallen?«

»Nö«, antwortete Jule, während sie die beiden Toastscheiben großzügig mit Butter bestrich.

»Und dir?« Helga wandte sich direkt an ihre Tochter.

»Wie bitte?« Christine blickte auf.

»Ob dir der Kuchen gestern auf der Trauerfeier geschmeckt hat.«

»Ich habe gar nichts gegessen.«

»Du solltest den trockenen Kuchen auf jeden Fall erwähnen, wenn du die Rechnung bezahlst.«

»*Ich* kümmere mich um die Abrechnung«, stellte Jule klar. »Mama muss heute wieder arbeiten gehen.«

»Bist du sicher, dass du das schaffst? Du siehst gar nicht gut aus.« Besorgt musterte Helga ihre Tochter. »Willst du nicht lieber noch ein paar Tage zu Hause bleiben?«

»Nein, das kann ich mir nicht leisten. In meinem Job bleibt man nicht einfach ein paar Tage zu Hause, nur weil es einem nicht gutgeht. Immerhin leite ich wichtige Beratungsgespräche.«

»Aber wenn du deine Gefühle unterdrückst, verlängerst du die Trauerzeit unnötig.«

»Und wenn ich nicht arbeiten gehe, verliere ich meine Projekte«, entgegnete Christine gereizt und legte den Löffel beiseite. »Ganz zu schweigen vom Verdienstausfall.«

»Sicherlich kommst du durch die Arbeit auf andere Gedanken«, versuchte Jule, ihre Mutter aufzumuntern. »Alltagsroutine ist etwas, woran man sich in Extremsituationen festhalten kann.«

»Man kann es mit dem Pflichtbewusstsein aber auch übertreiben«, widersprach Helga.

Jule winkte ab. »Das passiert dir bestimmt nicht, da würde ich mir keine Sorgen machen.«

»Wie meinst du das?«

»Wann bist du gestern Abend nach Hause gekommen?«

»Das geht dich gar nichts an. Ich bin fünfundsechzig Jahre alt und niemandem Rechenschaft schuldig.« Eine Spur heftiger als nötig stellte Helga ihre Tasse ab. »Und außerdem war es eine sehr nette Party.«

»Bist du sicher, dass du alles mitbekommen hast, was dort ablief? Ein paar der Gäste haben unter meinem Fenster herumgegrölt und irgendetwas Komisches geraucht. Ich möchte gar nicht wissen, was das war.«

»Das bildest du dir ein. Das waren alles ganz reizende junge Leute.«

»Ich habe wegen des Gestanks die ganze Nacht nicht schlafen können.«

»Ach, das erklärt deine schlechte Laune heute früh. Seit wann bist du so ein Morgenmuffel?«

»Ich bin kein Morgenmuffel.«

»Doch, das bist du. Du hättest gestern Abend mitkommen sollen, dann würdest du das alles heute früh viel lockerer sehen.«

»Ich dachte, das hätten wir geklärt. Ich bin momentan nicht in Stimmung zum Feiern.«

»Und ich nicht für kollektives Heulen am Küchentisch.«

»Wer heult denn hier?«

»Du bestimmt nicht!«

»Jule! Mama! Bitte!« Entnervt schloss Christine für einen Moment die Augen. »Müsst ihr wirklich schon wieder streiten?«

»Wir streiten doch gar nicht, wir diskutieren nur heftig«, widersprach ihre Mutter.

»Entschuldige bitte, Mami!« Jule schluckte die spitze Bemerkung, die ihr schon auf der Zunge gelegen hatte, hinunter und begnügte sich damit, ihre Großmutter böse anzufunkeln. Dann schob sie ihrer Mutter einen Teller mit gebuttertem Toast zu. »Hier, für dich.«

»Ich sagte doch, ich habe keinen Hunger.«

»Du musst etwas essen«, drängte Jule sanft.

Christine gab sich geschlagen.

Ihre Tochter hatte vermutlich recht. Wenn sie nichts zu sich nahm, würde sie das später im Büro bereuen. Deshalb schlang sie mit ein paar schnellen Bissen das Brot hinunter und spülte mit Kaffee nach. Sie schmeckte viel zu viel geschmolzene Butter, außerdem war der Kaffee kalt und eine Spur zu süß. Sofort rebellierte ihr Magen, und sie fürchtete, es keinen Moment länger am Tisch aushalten zu können.

Hastig sprang sie auf. »Ich muss noch mal ins Bad«, murmelte sie und verließ fluchtartig die Küche.

Im Badezimmer war es angenehm kühl und still.

Christine klammerte sich mit beiden Händen am Waschbecken fest, beugte sich vor und atmete ein paarmal tief durch. Der Würgereiz, der mit dem ersten Biss ins Toastbrot eingesetzt hatte, ließ nach, und auch das Bedürfnis, wieder in Tränen auszubrechen, wurde schwächer. Nur der dringende Wunsch nach Ruhe und Frieden, der blieb.

Doch damit würde sie leben müssen. Harmonie hatte derzeit keinen Platz in ihrem Leben.

Müde hob sie den Kopf und betrachtete sich im Spiegel. Was sie sah, gefiel ihr nicht. Ihr rundes Gesicht war schmal geworden, die Falten hatten sich vertieft, ihre Augen blickten stumpf unter den Lidern hervor, und ihre Lippen hatten sich zu zwei dünnen blassrosa Strichen verformt.

Was für ein trostloses Bild!

Einzige Lichtblicke waren ihr dunkelblondes Haar, das sich frisch gewaschen bis zum Kinn lockte, sowie die gutgeschnittene, elegante Bürokleidung. Absichtlich hatte sie heute, an ihrem ersten Arbeitstag nach Lexis Tod, zu hellen

Farben gegriffen: einer cremefarbenen Kombination aus Rock und Bluse, die sie mit einem bunten Halstuch ergänzt hatte. Dazu trug sie eine Lesebrille mit knallig blauem Gestell, das ein wenig von ihren verweinten Augen ablenken sollte.

Vorerst musste das reichen.

Sie beendete die kritische Selbstbetrachtung und wandte sich praktischeren Dingen zu – einfachen Handgriffen, die sich jeden Morgen wiederholten.

Armbanduhr umlegen.

Haare kämmen.

Zähne putzen.

Was hatte Jule vorhin gesagt? Alltagsroutine, an der man sich festhalten konnte.

Aber scheinbar nicht in diesem Haus! Denn schon wieder lag die Haarbürste nicht an ihrem angestammten Platz, und die Zahnpastatube war leer. Seit ihre Mutter bei ihnen wohnte, waren solche Ärgernisse an der Tagesordnung. Helga konnte sich anscheinend nicht an die einfachsten Regeln des Zusammenlebens halten.

Nach längerem Suchen fand Christine die Haarbürste auf einem Stapel mit sauberen Handtüchern wieder. Wie befürchtet hingen zahlreiche rote Haare zwischen den einzelnen Bürstendrähten. Mit spitzen Fingern entfernte Christine die Haare, bevor sie die Bürste benutzte. Dann quetschte sie den letzten Rest Zahnpasta auf ihre Zahnbürste und legte die Tube zurück auf den Waschtisch. Um den Austausch musste sich später jemand anderes kümmern.

Während sie sich mit kreisenden Bewegungen die Zähne putzte, fiel ihr Blick in das Regal neben dem Spiegel, und erneut verfinsterte sich ihre Miene.

Eigentlich sollte dort jede der drei Frauen ihr eigenes Fach haben. Doch natürlich missachtete ihre Mutter auch diese Vereinbarung. Eine angebrochene Flasche Nagellack lag – Gott sei Dank verschlossen! – zwischen Christines Hautcreme und dem Lippenstift, und Helgas Haarfärbemittel stand eine Etage tiefer neben Jules Duschlotion. Der Verschluss fehlte, ihre Mutter hatte stattdessen einen behelfsmäßigen Korken aus zusammengerolltem Toilettenpapier in den Flaschenhals gestopft.

Stirnrunzelnd betrachtete Christine das Arrangement, das so typisch für Helga war: die knallige Verpackung der Haarfarbe, der fehlende Deckel und der erfolglose Versuch, einen Ersatz zu basteln. Der Papierpfropfen würde nicht dicht halten, wenn die Flasche umkippte.

Spätestens dann würde Jule ausrasten.

Vorsichtig stellte Christine das Färbemittel in Helgas Fach. Wenigstens das konnte sie tun. Zu mehr, etwa zu einem klärenden Gespräch, fühlte sie sich jedoch derzeit nicht in der Lage. Dabei wäre eine Aussprache zwischen Mutter, Tochter und Enkeltochter dringend notwendig gewesen. Christine wusste, dass es zwischen Helga und Jule mitunter heftig krachte.

Kein Wunder! Ihre Mutter entsprach so wenig dem Klischee einer sanftmütigen Oma wie Jule dem Bild eines unbeschwerten Teenagers. Gut, ihre Tochter wurde demnächst zwanzig Jahre alt und war somit dem Teenageralter entwachsen. Aber war sie überhaupt jemals leichtfertig und unüberlegt gewesen?

Nein, ganz im Gegenteil.

Schon sehr früh, gleich nach der Scheidung ihrer Eltern, hatte die zehnjährige Jule ihrer Mutter versichert, dass sie sich keine Sorgen machen müsse. Selbständig erledigte das Mädchen einen Teil der Hausarbeit, lernte bereitwillig für die Schule und bewies ihrer erleichterten Mutter, dass sie tatsächlich sehr gut allein zurechtkam.

Daran hatte sich bis jetzt nichts geändert, außer dass Jule im Laufe des letzten Jahres zu einer jungen Frau herangewachsen war – zu einer Schönheit mit dunklen Haaren, markanten Brauen, langen Wimpern und schokoladenbraunen Augen. Nur schade, dass sie sich für ihr Äußeres überhaupt nicht zu interessieren schien! Oder lag Jules Zurückhaltung vielleicht an den traurigen Umständen, die sie bei ihrer Rückkehr aus Amerika vorgefunden hatte?

Abgereist war sie aus einem ruhigen, beschaulichen Alltag zwischen Schule, Freundeskreis und Familie. Zurückgekehrt war sie in eine Krankenstation – mit einer sterbenden Patientin, einer überforderten Mutter und einer chaotischen Großmutter, die sehr engagiert, aber leider auch völlig planlos das Regiment im Haushalt übernommen hatte.

Jule erfasste die veränderte Situation sehr schnell und brachte zielstrebig die Ruhe und Ordnung zurück, die seit Helgas überstürztem Einzug vor einem halben Jahr abhandengekommen waren. Christine war ihr dankbar dafür, aber gleichzeitig quälte sie auch das schlechte Gewissen ihrer Mutter gegenüber.

Ohne deren Unterstützung wäre sie gar nicht in der Lage gewesen, sich um Lexi zu kümmern. Es war ihr wie ein Wink des Schicksals erschienen, als sich ihre Mutter im letzten Herbst eine neue Bleibe suchen musste, nachdem ihr die Wohnung gekündigt worden war. Ohne zu zögern, hatte sich Helga angesichts der misslichen Lage ihrer Tochter bereit erklärt, zu ihr zu ziehen und bei Lexis Pflege zu helfen. Die ältere Dame mochte eigenartig und unordentlich sein, aber sie war auch warmherzig und hatte keinerlei Berührungsängste gegenüber der sterbenskranken Lexi gehabt.

Jule hatte das nach ihrer Rückkehr offensichtlich auch sofort bemerkt. Bis zu Lexis Tod hatte es deshalb einen Waffenstillstand zwischen Großmutter und Enkelin gegeben. Doch nun, so erkannte Christine, würde Schluss sein mit dem mühsam aufrechterhaltenen Frieden.

Aber es wurde auch nicht besser dadurch, dass sie hier im Badezimmer stand und grübelte. Sie konnte schließlich nicht alle Probleme auf einmal lösen, sondern musste sich eins nach dem anderen vornehmen. Jetzt war es erst einmal Zeit für den naheliegendsten Schritt: die Rückkehr in den Alltag.

Der erste Tag im Büro nach Lexis Tod.

Doch zunächst kam sie nicht weiter als bis zu ihrem Auto. Denn gerade als sie die Beifahrertür öffnete, um Jacke und Tasche auf dem Sitz abzulegen, trat ihr Nachbar Oliver Kleinschmidt an den Wagen.

»Guten Morgen, Tinchen!« Wie selbstverständlich benutzte er den Kosenamen, den sie sich als Schulkind selbst gegeben hatte.

Christine, Alexandra und Oliver waren alle drei im gleichen Ort groß geworden, nämlich in Hofheim, einer kleinen Stadt in der Nähe von Frankfurt. Sie hatten sich schon in der Grundschule kennengelernt und waren bis zum Abitur Freunde geblieben.

Erst danach hatte sich ihre Wege getrennt. Während es Alexandra ins ferne Paris gezogen hatte, waren Christine und Oliver in der Heimat geblieben und hatten mehr oder weniger das Gleiche gemacht: den vermeintlichen Partner fürs Leben gefunden, diesen geheiratet, ein Kind bekommen und sich wieder scheiden lassen.

Jetzt versuchten sie beide, mit der Doppelbelastung als Berufstätige und Alleinerziehende klarzukommen. Doch im Vergleich zu Christine war Olli das weniger gut gelungen. Er quälte sich durch seinen Job als leitender Finanzbeamter und plagte sich zu Hause erfolglos mit der Erziehung seines Sohnes herum. Jan war in Christines Augen leider ein hoffnungsloser Fall.

»Guten Morgen, Olli!«

Sie zwang sich zu einem Lächeln und zu einer weiteren Bemerkung, auch wenn sie eigentlich so schnell wie möglich wegwollte. »So früh schon unterwegs?«

»Wir haben neue Parkausweise für die Tiefgarage bekommen.« Er deutete auf eine grüne Plastikkarte in seiner Hand. »Ich wollte die Plakette gerade anbringen.«

»Aha.« Mehr fiel ihr dazu nicht ein.

Anscheinend wusste er genauso wenig, was er als Nächstes sagen sollte. »Endlich haben wir wieder schönes Wetter«, bemerkte er schließlich ein wenig hilflos.

Überrascht warf Christine einen kurzen Blick nach oben. Der Himmel war wolkenlos und blau. Die Sonne wärmte die Luft, Forsythien und Magnolien blühten, und eine Horde Spatzen jagte laut schimpfend von Busch zu Busch.

»Tatsächlich.« Es war Frühling geworden, ohne dass sie es bemerkt hatte.

Olli musterte sie unentschlossen. Seine Augen blieben an ihrem Kostüm hängen. »Du gehst ja schon wieder arbeiten«, stellte er erstaunt fest.

»Ja.« Christine ließ die Beifahrertür zufallen.

»Dann hat der Alltag dich also zurück?«

»Ich denke schon.«

»Gut.«

Mit seinen blonden, immer ein wenig zu langen Haaren

und den hellblauen Augen war er das Abbild seines Sohnes, allerdings wirkte er wesentlich rosiger, fülliger und gesünder als dieser. Auch sein Modegeschmack war farbenfroher – was nicht immer von Vorteil war. Heute zum Beispiel trug er seine derzeitige Lieblingskombination: eine blaue Krawatte zu einem gelben Hemd. »Wie ein dicker, gemütlicher IKEA-Mitarbeiter«, hatte Lexi noch vor wenigen Wochen gelästert.

Christine nahm sich vor, Olli bei nächster Gelegenheit ein neues Hemd zu schenken. Er hatte das mehr als verdient, denn er war ihr in den letzten Monaten eine große Hilfe gewesen. Ohne zu fragen, hatte er alle Arbeiten rund ums Haus übernommen, den Rasen gemäht, den Garten gewässert und den Zaun gestrichen. Er war immer dann zur Stelle gewesen, wenn sie ihn gebraucht hatte.

Still, freundlich und unaufdringlich.

Zum zweiten Mal an diesem Morgen wurde es Christine bewusst, dass sie die letzte Zeit nur mit Unterstützung anderer Menschen überstanden hatte.

Sie stöhnte. Noch jemand, dem sie dankbar sein musste!

Ob ihr schlechtes Gewissen jemals Ruhe gab?

»Ich muss los.« Sie drückte sich an ihm vorbei und lief um das Auto herum zur Fahrertür.

Er folgte ihr, offenbar hatte er noch etwas auf dem Herzen. »Ich hoffe, wir waren gestern Abend nicht zu laut«, begann er.

»Keine Angst, mich hat das nicht gestört.« Sie überlegte, ob sie Jules Beschwerde über den Rauch im Garten anbringen sollte, verwarf den Gedanken aber gleich wieder. Olli machte sich sowieso schon viel zu viele Sorgen um alles.

»Der Zeitpunkt für die Party war denkbar unpassend«, fuhr er fort. »Das tut mir leid.«

»Du musst dich dafür nicht entschuldigen. Ihr konntet das vorher doch nicht wissen.«

»Trotzdem. Es kommt mir irgendwie nicht richtig vor.«

»Lexi hätte es nicht gestört.«

»Nein, bestimmt nicht. Sie hätte mitgefeiert, egal, wer gestorben wäre.« Auf einmal schimmerten Tränen in seinen Augen.

Er trauerte ebenfalls um sie, stellte Christine überrascht fest – nur um gleich darauf über sich selbst den Kopf zu schütteln.

Natürlich trauerte er, was hatte sie denn gedacht?

Und offensichtlich schämte er sich seiner Tränen nicht. Hatte er schon gestern bei der Beerdigung geweint? Sie war dermaßen gefangen gewesen in ihrem eigenen Kummer, dass sie das völlig übersehen hatte. Dabei war sein Schmerz mehr als verständlich. Olli hatte schon immer eine Schwäche für Lexi gehabt. »Nicht weinen!«, flüsterte sie und breitete hilflos die Arme aus.

Doch er winkte ab. »Es geht schon.«

Christine ließ die Arme sinken und schaute auf ihre Uhr. »Tja, also … ich muss dann mal los.«

»Pass gut auf dich auf, und fahr vorsichtig!«

»Mache ich.«

Sie stieg ins Auto, lenkte den Wagen aus der Einfahrt heraus und fuhr langsam Richtung Hauptstraße. Im Rückspiegel konnte sie erkennen, dass Olli immer noch am Gartenzaun stand und traurig auf den Boden starrte.

Er brauchte dringend Zuwendung und Trost.

Aber wie viel Trost konnte man spenden, wenn man ihn selbst so bitter nötig gehabt hätte?

Christine erreichte das zehnstöckige Bürogebäude im Frankfurter Süden gegen acht Uhr und blieb, wie üblich, direkt vor der Schranke zur Tiefgarage stehen.

Ganz automatisch fuhr sie das Autofenster herunter, griff nach ihrem Parkausweis und hielt ihn an das Lesegerät. Die Schranke öffnete sich, und der Wagen rollte langsam in das erste Untergeschoss. Sogar ihr Lieblingsparkplatz gleich neben dem Aufzug war noch frei.

Christine atmete auf. Wenigstens hier funktionierte ihre Alltagsroutine noch.

Sie betrat den Lift, drückte den Knopf zur fünften Etage und lauschte dem vertrauten Summen des Aufzugs. Während der Fahrt nach oben warf sie einen prüfenden Blick in die verspiegelte Rückwand der Kabine, schob ihr Tuch zurecht und rückte ihre Brille gerade. Gleich darauf öffneten sich die Türen wieder, und Christine betrat die Räume der Unternehmensberatung Dr. Münch & Partner, bei der sie seit fast fünfzehn Jahren beschäftigt war.

Um diese Zeit herrschte in den Büros noch gähnende Leere, nur eine kleine, dunkelhaarige Putzfrau werkelte in der Küche herum. Anscheinend hatte sie auch schon die Kaffeemaschine angestellt, denn der intensive Duft nach frisch gekochtem Kaffee hing in der Luft.

Christine ließ sich auf ihren Schreibtischstuhl fallen und schaltete den Computer ein. Sie war dankbar, noch ein paar Minuten ungestört zu sein. Die Stille tat gut, und auch der Anblick ihres Arbeitsplatzes hatte etwas Beruhigendes an sich.

Vertraut, sauber und aufgeräumt – sogar ihre Kaffeetasse stand gespült an ihrem angestammten Platz rechts vom Bildschirm. Gleich daneben waren ein paar Projektunterlagen aufgestapelt, und unter der Tastatur lagen zwei Briefe. Am

Telefon hing noch immer der Klebezettel mit den Rufnummern von Lexis Ärzten und dem mobilen Pflegedienst. Christine zerknüllte das Papier und warf es in den Mülleimer.

Das brauchte sie jetzt nicht mehr.

Der Bildschirm vermeldete den erfolgreichen Systemstart, und sie rief das Mail-Programm auf. In ihrer Abwesenheit waren achtundvierzig neue Nachrichten eingegangen. Sie würde eine Weile brauchen, um jede Mail zu lesen und zu bearbeiten. Aber das machte nichts – solange sie beschäftigt war, konnte sie wenigstens nicht über Lexis Tod nachgrübeln. Gewissenhaft sortierte sie die Nachrichten und begann zu lesen.

Um halb neun rauschte Frau Siegel herein, eine junge Kollegin, die noch nicht lange in der Firma war, sich jedoch bereits bis zur Projektleiterin hochgearbeitet hatte. Wie üblich trug sie die blonden Haare zu einem Knoten gesteckt, aus dem ein paar Locken neckisch herausragten. Das Babyblau ihres ein wenig zu kurz geratenen Kleides passte perfekt zur Farbe ihrer großen Kulleraugen. Doch Christine wusste, dass man sich von diesem niedlichen Anblick nicht täuschen lassen durfte. Frau Siegel war hochintelligent, ehrgeizig und rücksichtslos. Eine Kombination, mit der sie es in dieser Firma noch weit bringen würde.

»Oh!« Überrascht blieb sie vor Christines Schreibtisch stehen. »Sie sind ja wieder da.«

Christine nickte. »Guten Morgen.«

»Wie lange waren Sie weg? Drei Wochen?«

»Fünf Tage.«

»Das kam mir länger vor.« Frau Siegel zögerte. »Übrigens … äh … mein herzliches Beileid.«

»Danke«, erwiderte Christine leise.

Ihre Kollegin verschwand in die Küche.

Die Nächste, die kondolierte, war Annette Bechtelmann, die Chefsekretärin. Sie war eine lebhafte, mitfühlende, aber auch sehr neugierige Endfünfzigerin, die Christine sofort an ihren großen Busen drückte. »Es tut mir so leid für dich, meine Liebe!«

»Schon gut.«

»Wann war die Beerdigung?«

»Gestern.«

»Ist sie bei dir zu Hause gestorben?«

»Nein, die letzten zwei Tage hat sie im Krankenhaus verbracht.«

»Dann warst du sicher gar nicht bei ihr, als sie gestorben ist, oder?«

»Doch.«

»Ging es schnell? War es schlimm?«

Christine erstarrte.

Schlimm war gar kein Ausdruck.

Es hatte ihr das Herz gebrochen – und sie hatte sich jede Erinnerung an diesen Moment verboten. Nicht ein einziges Mal hatte sie seitdem an Lexis letzte Minuten gedacht, und das sollte auch vorerst so bleiben.

»Entschuldige bitte!« Unbeholfen löste sie sich aus der Umarmung. »Ich habe viel zu tun.«

»Ja, ja, das verstehe ich. Arbeit ist die beste Medizin. Dein Leben muss ja schließlich weitergehen.« Es war allgemein bekannt, dass Annette eine Vorliebe für klischeehafte Phrasen hatte.

So oder ähnlich äußerten sich auch die anderen Kollegen, die zu ihr kamen. Christine schüttelte zahlreiche Hände und wurde mehrmals in den Arm genommen. Einige Kollegen schickten aufmunternde Mails, andere sagten nicht mehr als »Herzliches Beileid!« und zogen sich danach sofort zurück, offenbar erleichtert darüber, ihre Pflicht getan zu haben.

Gegen Mittag hatten alle ihre Anteilnahme ausgesprochen, und Christine konnte endlich mit der Arbeit beginnen.

Doch sie kam nicht weit.

»Der Chef will dich sehen«, sagte Annette Bechtelmann nach dem Essen zu ihr.

Christine erhob sich und folgte der Sekretärin. Während sie an den Schreibtischen der Kollegen vorbeilief, fragte sie sich, was Herr Doktor Münch wohl mit ihr besprechen wollte. Er war ein sehr korrekter, pflichtbewusster Mensch und hatte ihr gleich in der Früh kondoliert. Das konnte es also nicht sein. Es musste um ihre Arbeit gehen. Hatte es während ihrer Abwesenheit Probleme mit einem ihrer Projekte gegeben? Nervös fuhr sich Christine mit der Hand über die Haare und strich die Bluse glatt.

Gleich darauf hatten sie das Büro ihres Chefs erreicht. »Augen zu und durch!«, flüsterte Annette, bevor sie die Tür hinter Christine schloss.

»Da sind Sie ja!« Herr Doktor Münch erhob sich vom Besprechungstisch und kam lächelnd auf sie zu. Er war ein sportlicher, gutaussehender Mann Anfang sechzig. »Kommen Sie doch herein!«

Erstaunt registrierte Christine, dass sie nicht allein waren. Frau Siegel saß ebenfalls mit am Tisch. Ihre Kollegin hielt es jedoch offenbar nicht für nötig aufzustehen, sondern blickte nur flüchtig von ihren Unterlagen auf.

»Nehmen Sie doch bitte Platz.« Herr Doktor Münch geleitete Christine zu einem der bequemen Ledersessel.

»Danke.«

»Möchten Sie etwas trinken? Ein Wasser?«

»Nein danke.« Christine zog ihren Rock so weit wie möglich über ihre Knie. Sie fühlte sich unwohl, wollte aber zumindest nach außen ein möglichst perfektes Bild abgeben.

»Und? Wie läuft der erste Tag im Büro nach diesem traurigen Ereignis?«, erkundigte sich Herr Doktor Münch freundlich.

»Gut.«

»Kommen Sie mit dem Tod Ihrer Freundin zurecht?«

Christine schwieg. Was sollte sie auch darauf antworten? Vermutlich hatte er noch nie einen geliebten Menschen verloren, sonst würde er eine solche Frage nicht stellen.

»Können wir irgendetwas für Sie tun?«, fuhr er fort.

Sie schüttelte den Kopf. »Nein danke.«

»Sie wirken erschöpft«, mischte sich jetzt Frau Siegel in das Gespräch ein. »Möchten Sie nicht noch ein paar Tage Urlaub nehmen?«

»Nein.« Verunsichert schaute Christine von einem zum anderen. Es war das erste Mal, dass Frau Siegel sich so offensichtlich in Personalangelegenheiten einmischte. Warum tat sie das? Und wieso ließ ihr Chef die Kollegin gewähren?

»Sind Sie sicher?«, wollte Herr Doktor Münch wissen. »Wir hätten dafür vollstes Verständnis.«

Christine nickte und rutschte unruhig auf ihrem Stuhl hin und her. Worauf wollten die beiden hinaus?

»Na, jedenfalls …« Frau Siegel legte die Unterlagen zur Seite. »Jedenfalls sind Herr Doktor Münch und ich uns einig, dass Sie es etwas ruhiger angehen lassen sollten.«

»So?« Ihre Kollegin war die Karriereleiter anscheinend schon so weit hinaufgeklettert, dass sie sowohl für sich als auch für ihren Chef sprechen durfte.

»Ein bisschen weniger Stress würde Ihnen nach dieser schlimmen Geschichte bestimmt guttun«, bestätigte Doktor Münch und tätschelte ihr väterlich die Hand.

»Genau!«, ergänzte Frau Siegel. »Sie sollten sich schonen.«

»Ich war nicht krank«, entgegnete Christine und zog ihre Hand zurück.

»Aber Sie sehen schrecklich aus.«

»Na ja, nicht gerade schrecklich«, widersprach Herr Doktor Münch und zwinkerte Frau Siegel zu. »So weit würde ich nicht gehen. Können wir uns auf ›nicht gut‹ einigen?«

»Von mir aus.« Frau Siegel lehnte sich in dem Sessel zurück und schlug ihre schlanken, wohlgeformten Beine übereinander. »Egal, wie wir es nennen: Wir finden, dass wir Sie erst einmal nicht so stark belasten sollten.«

»Ach, das geht schon«, murmelte Christine und fragte sich im Stillen, wie lange die beiden noch um den heißen Brei herumreden wollten. Denn trotz oder vielleicht auch wegen der vielen sich wiederholenden und überflüssigen Bemerkungen ahnte sie inzwischen, in welche Richtung dieses Gespräch gehen würde.

Und richtig!

»Ich habe mir mal die aktuellen Zeitpläne Ihrer Projekte angeschaut. Durch Ihr Fehlen sind wir etwas in Verzug geraten und müssen uns jetzt anstrengen, um alle Termine zu halten. Deshalb habe ich Herrn Doktor Münch angeboten, einen Teil Ihrer Kunden zu übernehmen.«

»Das ist sehr nett von Frau Siegel«, lobte ihr Chef. »Wo sie doch sowieso schon so viel zu tun hat.«

»Natürlich sollen Sie mir weiterhin beratend zur Seite stehen, Frau Lindner«, versicherte Frau Siegel. »Ich kann bestimmt die eine oder andere Hilfestellung gebrauchen.«

»Natürlich.« Christine presste ihre Lippen zusammen. Das bedeutete wohl, dass Frau Siegel die interessante Außenarbeit erledigen durfte, während sie, Christine, im Büro

Unmengen von Zahlen analysieren würde und danach langweilige Berichte erstellen musste.

»Es ist für alle besser so«, beteuerte Herr Doktor Münch. »Denn unsere Kunden werden keine Rücksicht auf Ihre Trauer nehmen. Sie wollen Berater, die hundert Prozent für sie da sind. Könnten Sie das zum jetzigen Zeitpunkt leisten, Frau Lindner?«

»Ich … ich weiß es nicht«, stammelte sie. Sie fühlte sich regelrecht überfahren.

»Sehen Sie?« Frau Siegel fühlte sich anscheinend in ihrer Sicht der Dinge bestätigt. »Sie sind noch völlig durch den Wind und wissen nicht, was Sie sich zumuten können und was nicht.«

»Ich … um welche Projekte geht es denn?«

»Um das Autohaus Hirschberger und die Firma Diepenbrock.«

Ausgerechnet die beiden Unternehmen, die Christine besonders am Herzen lagen! Sie senkte den Kopf und suchte verzweifelt nach Gegenargumenten.

Doch sie fand keine.

Sie war ja selbst nicht davon überzeugt, dass sie schon wieder mit vollem Einsatz arbeiten konnte. Möglicherweise war es tatsächlich besser, erst einmal im Innendienst weiterzumachen. Es wäre sicherlich mehr als egoistisch, auf der Leitung der Projekte zu beharren. Sie musste an das Wohl der Firma denken.

»Gut«, stimmte sie deshalb zu. »Ich bin einverstanden.«

Oma Helga brauchte an diesem Nachmittag drei Anläufe, um Lexis Zimmer zu betreten.

Beim ersten Versuch hatte sie nur einen Fuß in die Tür gesetzt, Lexis Parfum gerochen und war gleich wieder davongelaufen. Zu frisch und zu schmerzlich waren die Erinnerungen, die dieser Duft in ihr hervorrief.

Beim zweiten Mal hatte sie es immerhin bis zum Bett geschafft. Doch dann entdeckte sie auf der Kommode die schwarzen tropfenförmigen Ohrringe, die Lexi so gern getragen hatte. Daneben an der Wand lehnte immer noch das aufklappbare Frühstückstablett. Wieder strömten die Tränen, dieses Mal flüchtete sie ins Bad.

Nun aber fühlte sie sich stark genug, um einen dritten Anlauf zu wagen. Immerhin wusste sie ja jetzt, was sie erwartete. Vorsichtshalber stopfte sie sich eine Packung Taschentücher in die Hosentasche und stellte das tragbare Radio im Hausflur auf maximale Lautstärke ein. Die dröhnende Musik war zwar nicht ganz nach ihrem Geschmack, vertrieb aber zumindest die bedrückende Stille.

Mit Wischlappen und Putzeimer bewaffnet, machte sich Helga erneut auf den Weg in Lexis Zimmer. Dort öffnete sie als Erstes ein Fenster und ließ die frische Frühlingsluft herein. Der Parfumgeruch verflüchtigte sich, stattdessen duftete es bald nach dem Magnolienbaum, der vor dem Haus blühte. Sie räumte die Ohrringe in eine Kommodenschublade. Um Lexis Schmuck musste sich Christine kümmern. Doch das hatte Zeit.

Nun war das Bett an der Reihe. Während Helga Decke und Laken abzog, ertappte sie sich dabei, dass sie begonnen hatte, mit Lexi zu sprechen, so als ob diese immer noch im Zimmer war.

»Ich hoffe, du hast nichts dagegen, dass ich hier ein wenig Ordnung mache. Es wird langsam mal Zeit, findest du nicht? Außerdem ist es leichter für uns, das Zimmer zu betreten, wenn nicht mehr alles an dich erinnert.«

Sie warf die Laken auf den Boden, setzte sich auf die Bettkante und zupfte eine Daunenfeder vom Kopfkissen.

»Nein, du hast sicherlich nichts dagegen. Du warst genauso pragmatisch, wie ich es bin. Wir waren uns sehr ähnlich, weißt du das eigentlich?«

Helga schwieg für einen Moment. Dann fuhr sie fort: »Also, äußerlich haben wir uns natürlich kein bisschen geähnelt.« Sie lächelte das Kissen an. »An deine Schönheit habe ich nie herangereicht. Aber tief hier drinnen« – sie presste die Hand auf ihr Herz – »da waren wir gleich.«

Plötzlich wurde es ihr bewusst, dass sie genau dort saß, wo sie in den letzten Wochen viele Stunden verbracht hatte. Als Lexi zu schwach zum Aufstehen geworden war, hatte Helga oft an ihrem Bett gesessen, sich mit ihr unterhalten oder einfach nur über den Schlaf der Kranken gewacht.

Sie schluckte. Jetzt war niemand mehr da, auf den sie aufpassen konnte.

Gedankenverloren wanderte ihr Blick von der Stehlampe zur Decke und verharrte dort an einem kleinen Metallhaken. An diesem hatte bis vor wenigen Tagen noch eine Strickleiter gehangen, die Lexi das Aufrichten im Bett erleichtern sollte. Irgendjemand, vermutlich Jule, musste die Leiter entfernt haben. Wahrscheinlich hatte ihre Enkelin sie sogar schon ins Sanitätshaus zurückgebracht.

Helga seufzte resigniert.

Das Mädchen war in allem, was es tat, so effektiv, dass es fast schon unheimlich war. Mit ihrer Vernunft und ihrer Gewissenhaftigkeit übertraf Jule sogar noch Christine.

»Meine Enkelin vergisst vor lauter Pflichtbewusstsein, dass sie jung ist und das Leben genießen sollte.« Ratlos wandte sie sich wieder an das Kissen. »Was kann ich tun, um meinem kleinen Mädchen das Leben zu erleichtern?«

Tränen traten in ihre Augen, die sie mit einer fahrigen Geste fortwischte. »Ach, verdammt! Ich hätte das mit dir besprechen sollen, als du noch gelebt hast. Warum bist du nur so schnell gegangen?«

Das laute, verzweifelt klingende Brummen einer Hummel riss sie aus ihren Gedanken. Das Tier hatte sich zwischen Vorhang und Fensterscheibe verfangen und versuchte nun beharrlich, das Glas zu durchbrechen. Helga bekam Mitleid. Sie erhob sich, scheuchte die Hummel zum Fenster hinaus und begann danach lustlos mit dem Abwischen der Schrankflächen. Bald schon mischte sich das Zitronen-Aroma des Putzmittels mit dem Duft der Magnolienblüten.

Sie war keine besonders gründliche Putzfrau und wechselte ohne Methode von einem Möbelstück zum nächsten. Genauso sprunghaft wie ihre Reinigungstechnik waren ihre Gedanken, die sie dabei die ganze Zeit laut aussprach.

»Manchmal frage ich mich, warum Jule und Christine so ganz anders sind als du und ich«, sagte sie, während sie die Glasplatte des Nachtschränkchens polierte. »Bei Christine habe ich vermutlich meine Erziehungspflichten nicht ernst genug genommen. Vielleicht hätte sich meine Tochter ein wenig mehr Sicherheit und Verlässlichkeit gewünscht. Möglicherweise auch einen Vater, der diese Bezeichnung verdient. Oder ein richtiges Zuhause. Aber was hatte ich damals schon für eine Wahl? Ich war völlig überfordert, ungewollt schwanger, erst achtzehn Jahre alt und ohne Job. Von meinen Eltern hatte ich keine Hilfe zu erwarten, und der werdende Vater war über alle Berge verschwunden. Ich habe Glück gehabt, dass ich damals überhaupt eine Wohnung und eine Stelle als Kassiererin gefunden habe!«

Inzwischen war sie mit dem Wischen bei der Kommode

angelangt. »Ich habe Christine viel zu oft allein gelassen. Was glaubst du wohl, warum sie so gern bei dir und deinen Eltern war? Ihr habt ihr mehr Familienleben geboten, als ich das je konnte. Für mich war das in Ordnung, es hat mein schlechtes Gewissen etwas erleichtert, und ich wusste sie gut aufgehoben. Aber weißt du, was mich später richtig erschüttert hat?«

Sie machte eine dramatische Pause.

»Adrian!«, rief sie dann und reckte die Arme theatralisch Richtung Decke. »Von allen Männern auf dieser Welt hat sie sich ausgerechnet Adrian Lindner ausgesucht. Der Mann ist der größte Spießer, dem ich je begegnet bin!«

Aufgebracht drehte sie sich zum Kopfkissen um.

»Du hast ihn auch nicht gemocht, nicht wahr? Ich habe es dir bei der Hochzeit angesehen, auch wenn du Christine zuliebe versucht hast, deine Abneigung zu verbergen. Gott sei Dank hat sie schnell begriffen, was für ein schrecklicher Langweiler er war!«

Helga lachte bitter und begann mit dem Putzen der Schranktüren. »Leider kam die Erkenntnis für Jule zu spät. Das arme Kind muss sich jetzt mit der doppelten Portion an Spießer-Genen herumschlagen.« Ohne große Sorgfalt polierte Helga die Türgriffe. »Und ich habe keine Ahnung, wie ich ihr helfen kann, das Leben etwas leichter zu nehmen. Manchmal möchte ich sie einfach nur schütteln und –«

Sie kam nicht dazu, den Satz zu beenden, denn plötzlich öffnete sich eine der Schranktüren mit einem leisen Quietschen. Anscheinend hatte sie beim Putzen das Schloss entriegelt. Sofort schlug ihr der intensive Duft nach Lavendel entgegen. Lexi hatte eine Vorliebe für natürlichen Mottenschutz gehabt und überall zwischen ihrer Wäsche kleine Stoffsäckchen mit getrockneten Lavendelblüten verteilt.

Neugierig warf Helga einen Blick ins Innere des Schranks.

Sauber aufgereiht hingen Lexis Sachen über einer Messingstange – eine fröhliche Mischung aus Kleidern, Hosen und Röcken.

Helga ließ ihre Hand behutsam über die Garderobe gleiten. Bilder schossen durch ihren Kopf: Der elegante rote Rock in italienischer Länge hatte Lexis Beine besonders gut zur Geltung gebracht, das geblümte Sommerkleid war ihr Lieblingsstück gewesen, und die ausgewaschene Jeans mit Gummizug war immer dann zum Einsatz gekommen, wenn sie im Garten unterwegs gewesen war. Bis zuletzt hatte Lexi es geliebt, im Gras zu liegen und träumerisch in den Himmel zu schauen.

Zögernd nahm Helga ihre Hand zurück.

Warum mussten diese wunderschönen Erinnerungen eigentlich so furchtbar weh tun? Sie spürte einen Kloß im Hals und wäre sicherlich erneut in Tränen ausgebrochen, wenn sie nicht in diesem Moment einen schmalen Pappkarton auf dem Boden des Kleiderschranks entdeckt hätte. Es handelte sich um eine alte Pralinenschachtel, deren Deckel mit einem roten Papier überklebt worden war. Darauf stand in großen schwarzen Buchstaben:

Für Christine.
Anbei weitere Anleitungen zum Glücklichsein.
Aber bitte öffne diese kleine Schatzkiste
erst dann, wenn du bereit bist,
nach meinem Tod wieder Farbe
in dein Leben zu lassen!

Unverkennbar Lexis schlichte, klare Handschrift.

Helga beugte sich vor.

Was war denn das für eine merkwürdige Botschaft? Neugierig nahm sie den Pappkarton in die Hand und schüttelte ihn hin und her. Er war nicht besonders schwer, und außer einem leisen Rascheln von Papier war nichts zu hören.

War es richtig, was sie hier gerade tat? Der Inhalt der Schachtel war nicht für sie bestimmt. Musste sie nicht ein schlechtes Gewissen haben?

Nein, eigentlich nicht, entschied sie nach kurzem Nachdenken. Schließlich war Christine ihre Tochter, und als Mutter hatte sie ja wohl ein Recht darauf, einen Blick auf Lexis Botschaft zu werfen. Wer weiß, was sich in der Schachtel befand? Womöglich war es sogar hilfreich, wenn sie Bescheid wusste und vorbereitet war, falls Christine beim Anblick von Lexis Nachricht hysterisch werden würde und seelischen Beistand benötigte.

Doch leider war der Karton durch ein Klebeband verschlossen, und der Deckel ließ sich auch an den Seiten nicht anheben.

»Verflixt!«, murmelte Helga und legte ihn zurück in den Schrank. Eine Schere zur Hilfe zu nehmen wäre sicherlich die einfachste Lösung gewesen. Aber das traute sie sich dann doch nicht.

»Jetzt bleibt mir wohl nichts anderes übrig, als abzuwarten. Ob ich Christine sagen soll, dass Lexi vor ihrem Tod eine Überraschung vorbereitet hat?«

Während sie noch überlegte, verstummte plötzlich die Radiomusik, und Jule steckte ihren Kopf durch die Tür. »Oma? Ich bin zurück vom Beerdigungsinstitut.«

Ertappt richtete sich Helga auf. »Ach ja. Schön.«

»Warum war das Radio so laut gestellt? Ich habe die Musik schon gehört, als ich aus dem Bus gestiegen bin.«

»Ich wollte hier gründlich saubermachen«, rechtfertigte sich Helga. »Das geht besser mit ein wenig Unterhaltung.«

»Verstehe.« Jules Tonfall verriet mehr als deutlich, dass sie genau das nicht tat. Prüfend ließ sie ihren Blick durchs Zimmer wandern. Der Eimer mit dem Putzwasser stand mitten im Raum, der Lappen hing über der Schranktür, Laken und Bettbezug lagen zusammengeknüllt neben dem Bett, und der aufgewirbelte Staub tanzte im Sonnenlicht.

Helga hatte das Gefühl, sich verteidigen zu müssen. »Hier ist einiges zu tun. Ich bin noch nicht fertig.«

»Das sehe ich. Wie lange brauchst du noch?«

»Keine Ahnung.«

»Du solltest dich lieber beeilen! Mama hat angerufen, sie fährt heute früher nach Hause. Dieser Raum muss verschlossen sein, wenn sie kommt. Du weißt, dass sie es immer noch nicht schafft, Lexis Zimmer zu betreten.«

»Irgendwann wird sie sich den Tatsachen stellen müssen.«

»Sicher. Aber noch ist sie nicht so weit.«

»Nein, da hast du wohl recht«, murmelte Helga nachdenklich und warf einen bedauernden Blick zum Schrank.

Bitte öffne diese kleine Schatzkiste erst dann, wenn du bereit bist, nach meinem Tod wieder Farbe in dein Leben zu lassen.

Nein, so weit war Christine tatsächlich noch nicht. Bevor ihre Tochter anfing, mehr Abwechslung in ihren Alltag zu bringen, musste sie erst einmal zur Ruhe kommen. Das konnte dauern. Die Überraschung würde deshalb vorerst Helgas Geheimnis bleiben.

3

»Ich stelle fest, dass beide Erben persönlich erschienen sind.«

Der Nachlassverwalter, ein rothaariger junger Anwalt mit Namen Sebastian König, sprach in geschäftsmäßigem Tonfall. »Frau Christine Lindner und Frau Maria Meyer-Dillinger haben sich ausgewiesen und ein entsprechendes Dokument unterzeichnet. Durch die nun folgende Testamentseröffnung werden die Erben vom Letzten Willen der verstorbenen Alexandra Meyer erfahren. Außerdem haben sie danach die Möglichkeit ...«

Es folgten weitere Rechtsbelehrungen.

Christine unterdrückte ein Gähnen und lehnte sich in dem recht bequemen Besuchersessel zurück. Um diese Zeit, gegen vier Uhr am Nachmittag, hatte sie immer mit Müdigkeit zu kämpfen, und heute war es besonders schlimm. Sie hatte das Mittagessen ausfallen lassen und die Pause durchgearbeitet. Bis vor einer halben Stunde noch hatte sie Hunderte von Zahlen für Frau Siegel analysiert, in Diagramme umgewandelt und entsprechend kommentiert. Danach hatte sie sich beeilen müssen, um noch rechtzeitig zur Testamentseröffnung zu erscheinen.

Neben ihr saß Tante Mieze, die mit ernster Miene den Ausführungen des Anwalts lauschte. Die alte Dame trug zur Feier des Tages ein hellgrünes Kostüm und einen Strohhut mit passender Schleife. Verlegen blickte Christine an sich selbst hinunter. Seit sie erfahren hatte, dass sie vorerst nur im Innendienst tätig sein würde, hatte sie ihre elegante Kleidung gegen Jeans und Hemdbluse eingetauscht. Jetzt ärgerte sie sich darüber, dass sie sich nicht besser angezogen hatte.

»... und mit der heutigen Testamentseröffnung beginnt die Ausschlagungsfrist«, beendete Herr König seine Belehrung. »Das sind sechs Wochen, die Ihnen laut Gesetz zustehen, um darüber zu entscheiden, ob Sie die Erbschaft ausschlagen oder annehmen.«

Tante Mieze nickte zustimmend, so als ob sie alles genau verstanden hätte. Christine begnügte sich damit, den jungen Mann erwartungsvoll anzublicken.

Das schien ihn ein wenig aus dem Konzept zu bringen. Er errötete und sortierte hektisch einige Papiere um. »Wir kommen jetzt zum Verlesen des Letzten Willens ... irgendwo hier habe ich das Schreiben doch«, murmelte er und zog schließlich ein weißes handgeschriebenes Blatt hervor. »Ah, hier! Ähem ... Ich, Alexandra Meyer, geboren am 16. März 1967, setze als Erbin ein: meine Freundin Christine Lindner, geborene Kampmann, geboren am 21. Februar 1967, wohnhaft in Hofheim am Taunus.

Gleichzeitig verfüge ich, dass meine Großtante Maria Meyer-Dillinger, geborene Meyer, geboren am 4. Januar 1932, wohnhaft in Kronberg im Taunus, einen monatlichen Betrag von dreitausend Euro erhält, der ihre bestmögliche Versorgung sicherstellt.

Ich setze Herrn Sebastian König von der Kanzlei König & König in Hofheim als Testamentsvollstrecker ein. Er wird meinen gesamten Nachlass zeitnah und nach meinen Anordnungen aufteilen. Laufende und zukünftige Geschäfte mit meinen Bildern sollen weiterhin über die Agentur Leroux in Paris abgewickelt werden. Die Erlöse aus diesen Geschäften stehen der Erbin zu.«

Das Testament endete mit Lexis Unterschrift und den Beglaubigungen ihrer Zeugen.

»Haben Sie Fragen?«, wollte Herr König wissen.

»Natürlich.« Tante Mieze meldete sich mit Handzeichen.

»Ja, bitte?«

»Habe ich das richtig verstanden? Bekomme ich dreitausend Euro im Monat?« Die alte Dame schüttelte fassungslos den Kopf.

»Also«, setzte der Anwalt zu einer Erklärung an, »es steht Ihnen natürlich frei, Einspruch zu erheben, wenn Sie die Erbfolge anfechten wollen oder Ihnen der Betrag zu gering erscheint –«

»Zu gering?«, unterbrach Tante Mieze ihn ungehalten. »Junger Mann, Sie haben wohl keine Ahnung vom Wert des Geldes! Mir ist das nicht zu wenig, sondern zu viel. Wie um alles in der Welt soll eine Frau in meinem Alter dreitausend Euro pro Monat ausgeben? So viel will ich nicht, ich habe jetzt schon alles, was ich brauche.«

»Also«, wiederholte Herr König ein wenig verlegen, »Sie … äh … könnten das Geld zum Beispiel sinnvoll anlegen.«

»Wozu? Ich bin über achtzig Jahre alt und werde wohl kaum etwas von den Zinsen haben.«

»Vielleicht möchten Sie umziehen?«, schlug der Anwalt vor, der jetzt schon leicht verzweifelt wirkte.

»Nein danke. Ich fühle mich in meiner Seniorenresidenz sehr wohl.« Tante Mieze verschränkte ihre zarten Hände im Schoß und setzte einen ablehnenden Gesichtsausdruck auf.

Christine hielt es für an der Zeit, vermittelnd einzugreifen. »Alexandra wollte, dass du das Geld bekommst, damit es dir an nichts fehlt«, gab sie zu bedenken.

»Mir fehlt nichts!«, brummelte Tante Mieze störrisch.

»Sie können die Erbschaft natürlich auch ausschlagen«, warf Herr König ein.

»An wen fällt das Geld dann?«

»An die Haupterbin, Frau Lindner.«

»Gut. Dann mache ich das.«

»Aber Tante Mieze!«, protestierte Christine. »So war das nicht gedacht.«

»Lass gut sein, mein Kind. Du kannst das Geld besser gebrauchen als ich.«

»Ich komme auch so zurecht.«

»Du kriegst das Geld, und damit basta!« Tante Miezes Gesicht hatte mittlerweile einen ungesunden dunkelrosa Farbton angenommen. Christine entschloss sich deshalb, das Thema vorerst zu beenden.

»Ich bin sicher, wir finden eine Lösung, mit der wir beide leben können.«

»Kann ich davon ausgehen, dass Sie das untereinander klären und mir Bescheid geben?« In der Stimme des Anwalts schwang Erleichterung mit. Und noch etwas anderes, das Christine nicht sofort benennen konnte. War es Belustigung?

»Ich glaube allerdings kaum, dass Frau Lindner auf das Geld angewiesen ist, Frau Meyer-Dillinger«, fuhr er fort.

»Wie meinen Sie das?«

»Alexandra Meyer hat Sie zur Haupterbin bestimmt und hinterlässt Ihnen ihren gesamten Besitz. Wissen Sie, was das bedeutet, Frau Lindner?«

Nein, das wusste Christine nicht, denn über Lexis Vermögensverhältnisse hatte sie bislang nie nachgedacht. Sie wusste lediglich, dass ihre Freundin sehr gut von ihrer Malerei hatte leben können. Sie besaß eine winzige Wohnung in Paris, mitten im Künstlerviertel Montmartre. Und dann war da noch eine Alm samt Gebäude im Schwarzwald, die Lexi von ihren Großeltern geerbt hatte. Vermutlich gehörten beide Immobilien zum Erbe, und vielleicht waren auch noch ein paar Bilder vorhanden.

»Meine Freundin hat nie mit mir darüber gesprochen«, entgegnete sie leise.

Die Richtung, die dieses Gespräch nahm, behagte Christine nicht. Sie wollte nichts hören über Erbteile oder Hinterlassenschaften. Allein schon die Begriffe störten sie, denn sie besiegelten offiziell die Tastsache, dass Lexi tot war und nun damit begonnen wurde, ihren Besitz aufzuteilen.

»Frau Meyer hatte es sicherlich auch nicht nötig, über Geld zu sprechen.« Herr König machte eine bedeutungsschwere Pause.

Das unangenehme Gefühl verstärkte sich.

Christine begann zu schwitzen.

Der Anwalt schlug eine Ledermappe auf und fuhr mit dem Zeigefinger über ein Blatt Papier, auf dem die Vermögenswerte aufgelistet waren. »Meine Mandantin vermacht Ihnen eine stattliche Bildersammlung«, erklärte er. »Aufgrund ihres frühen Ablebens werden die Bilder schon sehr bald enorm an Wert gewinnen.«

Christine gab sich alle Mühe, den Ausführungen des Nachlassverwalters zu folgen, doch bei ihr blieb lediglich das Wort »Ableben« hängen.

Noch so ein schrecklicher Begriff!

»Außerdem gehen die beiden Immobilien der Dahingeschiedenen in Ihren Besitz über«, erläuterte der Anwalt weiter. »Es handelt sich dabei um ihr Apartment in Paris und ein Haus im Schwarzwald.«

Dahingeschieden.

Christine schloss die Augen und versuchte, ruhig weiterzuatmen. Hoffentlich stand sie das hier bis zum Ende durch!

»Darüber hinaus erben Sie auch das Barvermögen, das sich momentan auf ungefähr 500 000 Euro beläuft.« Herr König legte das Papier zur Seite.

Es war totenstill im Zimmer.

Langsam öffnete Christine ihre Augen wieder. Sie spürte Tante Miezes fürsorglichen Blick auf sich ruhen. Auch der Anwalt musterte sie besorgt. Vermutlich erwarteten beide, dass sie etwas sagte.

»Eine halbe Million«, wiederholte sie tonlos. Es war das Erstbeste, was ihr einfiel.

»Mehr oder weniger«, bestätigte Herr König geschäftsmäßig. »Es ist gut angelegt, aber Sie können jederzeit darüber verfügen. Frau Meyer hat das vor ihrem Tod noch alles gründlich geregelt.«

Natürlich …

Lexi hatte ihre Mitmenschen gern vor vollendete Tatsachen gestellt. Warum sollte das nach ihrem Tod anders sein? *Diese* Überraschung war ihr jedenfalls gelungen! Neben Bestürzung und Ungläubigkeit mischte sich jetzt auch Verbitterung in Christines Gefühle. Hätte Lexi sie nicht vorwarnen können?

»Frau Lindner?«, sagte der Anwalt. »Geht es Ihnen gut?«

»Sie sehen doch, dass sie geschockt ist«, wies Tante Mieze den Mann zurecht. »Holen Sie bitte ein Glas Wasser!«

Eine runzelige Hand legte sich zitternd auf Christines Wange, und zwei blassblaue Augen suchten ihren Blick. »Armes Mädchen!«, flüsterte Tante Mieze. »Alexandra hätte nicht gewollt, dass du das alles so furchtbar schwernimmst.«

Christine nickte. Das wusste sie selbst.

Herr König kam mit dem Wasser zurück. »Ich habe noch

etwas für Sie«, bemerkte er zögernd. Offensichtlich befürchtete er, dass seine nächste Enthüllung zum endgültigen Zusammenbruch führen könnte.

»Was denn?« Das kalte Getränk tat gut. Christine brachte sogar den Anflug eines Lächelns zustande, von dem sie hoffte, dass es Tante Mieze und den Nachlassverwalter beruhigen würde.

Herr König schlug erneut den ledernen Aktenordner auf und zog einen Umschlag hervor. »Alexandra Meyer hat ihrem Testament einen handgeschriebenen Brief an Sie beigefügt, den man Ihnen nach der Eröffnung überreichen soll.« Er schob den Umschlag über den Tisch. »Soll ich das Schreiben für Sie öffnen?«

»Ich weiß nicht ...«

»Du willst das doch sicher nicht hier und jetzt verlesen lassen!«, polterte Tante Mieze dazwischen. »Das ist viel zu unpersönlich. Lies es später in Ruhe, wenn du allein bist. Außerdem habe ich jetzt lange genug hier herumgesessen. Es ist ...« – sie kniff die Augen zusammen und schaute auf ihre Armbanduhr – »... es ist gleich fünf Uhr. Sind wir fertig?«

»Fast«, entgegnete der Anwalt. »Es fehlen noch ein paar Formalitäten.«

»Dann beeilen Sie sich bitte, junger Mann. Ich möchte nach Hause.«

Christine nahm den Wortwechsel der beiden kaum wahr. Sie starrte auf den Umschlag. Vergessen waren Verärgerung und Unwohlsein, stattdessen fühlte sie sich plötzlich sogar ein wenig getröstet.

Sie hätte es wissen müssen!

Auf Lexi war Verlass, selbst jetzt noch. Ihre Freundin hatte sie in dieser schweren Situation nicht alleingelassen. Sie hatte ihr stattdessen einen Brief geschrieben.

Vorsichtig, als handelte es sich um einen kostbaren Schatz, steckte Christine den Brief in ihre Handtasche. Dieses kleine Stück Papier war für sie viel wertvoller als all die anderen Dinge, die ihre Freundin ihr gerade vererbt hatte. Und Tante Mieze hatte recht: Sie hatte tatsächlich nicht die geringste Lust, Lexis Nachricht im Beisein anderer Menschen zu lesen.

»Komm!«, sagte sie deshalb zu der alten Dame. »Ich fahre dich zurück in die Residenz.«

4

Jule kehrte an diesem Abend erst gegen acht Uhr nach Hause zurück. Sie war seit dem Mittag in der Stadt unterwegs gewesen und hatte sich als Aushilfsbedienung bei mehreren Bistros und Kneipen vorgestellt. Danach hatte sie ein paar Freundinnen getroffen und sich zu einem spontanen Shopping-Bummel überreden lassen. Zu Hause wartete heute sowieso niemand auf sie. Ihre Großmutter verbrachte den Mittwochabend gewöhnlich mit ihrem Kegelclub, und ihre Mutter hatte schon am Morgen angekündigt, dass sie nach der Testamentseröffnung noch eine Kleinigkeit mit Tante Mieze essen gehen wollte.

Langsam schlenderte Jule von der Bushaltestelle Richtung Gartentor. Die Dämmerung hatte bereits eingesetzt, doch noch immer wehte ein warmer Wind durch die Straße. Ein paar Amseln flatterten aufgeregt in den Kastanienbäumen umher und stimmten ihr melancholisches Abendlied an.

Jule mochte den Frühling – alles blühte, grünte und zwitscherte. In Kalifornien, wo sie die letzten zehn Monate verbracht hatte, war es nie richtig Winter geworden, und sie hatte die dunkle Jahreszeit dort auch nicht sonderlich vermisst. Dennoch – dieses Gefühl, wenn die Natur nach langer grauer Kälte auf »Neustart« schaltete, war einzigartig.

Gedankenverloren öffnete sie das Gartentor und spazierte um das Haus herum Richtung Wiese. Statt gleich hineinzugehen, wollte sie sich noch für eine Weile ins Gras legen, den Amseln beim Singen zuhören und in den Himmel gucken.

Ganz so, wie Lexi es ihr gezeigt hatte. Ihre Patentante hatte es geliebt, auf einer Wiese zu liegen und in die Luft zu starren. Weder Wind noch Wetter hatten sie davon abhalten können.

Als Jule ein kleines Mädchen gewesen war, hatte Lexi sie oft zu solchen »Ausflügen« mitgenommen. Bei Tag hatte sie ihr die verschiedenen Wolkenformen erklärt und bei Nacht den Sternenhimmel. Nebeneinander in der Sonne liegend, hatten sich die beiden Geschichten erzählt oder sich gegenseitig ihre Geheimnisse anvertraut. Jule glaubte fast, das frische Gras und die Sonnencreme riechen zu können, deren Duft für sie immer untrennbar mit diesen Erinnerungen verbunden sein würde.

Heute Abend jedoch war sie nicht die Einzige, die auf die Idee gekommen war, in den Himmel zu gucken. Überrascht bemerkte Jule, dass ihre Mutter es sich bereits auf einer Decke bequem gemacht hatte. Christine lag auf dem Rücken, hatte die Arme hinter dem Kopf verschränkt und träumte mit offenen Augen vor sich hin. Ihre Wangen schimmerten verdächtig feucht. Hatte sie etwa geweint? Rasch beschleunigte Jule ihre Schritte.

»Hi, Mama! Du bist ja schon zurück.«

»Hallo, meine Kleine.« Christine deutete auf die Einkaufstüten in Jules Hand. »Und? Bist du erfolgreich gewesen?«

»Nur ein paar Kleinigkeiten.« Das Mädchen stellte die Tüten ab und setzte sich neben ihre Mutter auf die Decke. »Und du? Ich dachte, du bist noch mit Tante Mieze unterwegs.«

»Das hat sich anders ergeben. Tante Mieze wollte lieber nach Hause.«

»War die Testamentseröffnung so anstrengend?«

»Das kannst du wohl sagen«, murmelte Christine und lächelte vielsagend. Zum ersten Mal seit Alexandras Tod vor zwei Wochen entdeckte Jule in ihrem Blick etwas anderes als Niedergeschlagenheit und Resignation. Da war noch mehr – ihre Mutter wirkte leicht aufgekratzt und zugleich ratlos.

»Was hast du da?« Jule deutete auf den Briefbogen, den Christine in der Hand hielt.

Ihre Mutter hob die Hand und starrte das Schreiben an. »Tja«, sagte sie nur, als ob das als Erklärung ausreichen würde.

»Von wem ist der Brief?«, fragte Jule, jetzt schon sehr neugierig.

»Er ist von Lexi.«

»Ein alter Brief? Dann hast du also ein wenig in deinen Sachen herumgewühlt und Erinnerungen ausgegraben?«

»Nein.«

»Aber …«

»Lexi hat ihn erst kurz vor ihrem Tod geschrieben. Der Anwalt hat ihn mir heute gegeben.«

»Oh!«

»Ja, das habe ich auch gedacht. Oh!«

»Darf ich mal reinschauen?«

»Natürlich.« Christine reichte ihrer Tochter das Papier, und Jule begann zu lesen.

Meine liebe Christine!

Es fällt mir nicht leicht, diesen Brief zu schreiben. Nicht etwa, weil mich die Aussicht auf den Tod deprimiert. Über dieses Stadium bin ich längst hinaus.

Aber ich weiß, wie schwer es dich treffen wird, nach meinem Tod eine persönliche Nachricht von mir zu erhalten. Ich kann die Tränen, die du vergießen wirst, förmlich spüren. Bitte schlucke sie hinunter, und versuche zu lächeln! Und wenn du es nur mir zuliebe tust.

Ich möchte nicht, dass du traurig bist.

Vielmehr wünsche ich mir, dass du glücklich bist.

Aber was ist das überhaupt – Glück?

Hast du dir das schon mal ernsthaft überlegt?

Ich habe es getan. (Ehrlich gesagt allerdings erst, nachdem ich von meiner tödlichen Krankheit erfahren habe. Ich glaube, das ist typisch menschlich: Wir neigen dazu, uns erst dann um etwas Gedanken zu machen, wenn wir dabei sind, es zu verlieren!)

Das Ergebnis meiner Überlegungen will ich dir nicht vorenthalten. Die Zutaten für ein glückliches Leben lassen sich meiner Meinung nach an einer Hand abzählen.

Sie lauten:

Versorgt sein.

Frei sein.

Gesund sein.

Geliebt werden.

Glück teilen.

So einfach ist das! Nun könnte ich es dabei belassen und hoffen, dass du dir meinen Rat zum Glücklichsein zu Herzen nimmst. Doch ich weiß, dass das in deinem Fall nicht ausreichen wird. Ich hatte in den letzten Monaten reichlich Gelegenheit, dich zu beobachten.

Du tust, was du tun musst. Aber nicht das, was du tun willst. Und erst recht nicht das, was gut für dich ist.

Und ich befürchte, allein kommst du aus dieser Nummer nicht heraus.

Ich werde dir deshalb helfen. Erinnerst du dich an das, was ich immer gesagt habe?

Das Leben ist wie ein Zeichenblock und jeder neue Abschnitt wie ein leeres Blatt Papier. Es liegt ganz allein an uns selbst, es bunt und leuchtend zu gestalten.

Du, liebe Christine, neigst leider dazu, dich hinter deinem grauen Alltag zu verstecken. Und womöglich ist das nach meinem Tod noch schlimmer geworden. Doch ab sofort soll damit Schluss sein!

Ich werde dir zeigen, wie du nach diesem dunklen Kapitel eine neue Richtung einschlagen kannst – eine helle und fröhliche. Du brauchst dazu nur einen kleinen Anstoß, ein paar Schritte, die ich mit dir gehen werde.

Was meinst du? Wollen wir loslaufen?

Den ersten Schritt hast du schon hinter dich gebracht: die Testamentseröffnung.

Wie du vielleicht inzwischen realisiert hast, habe ich dir ein kleines Vermögen hinterlassen. Du bist erst einmal gut versorgt, und damit ist eines meiner Kriterien zum Glücklichsein bereits erfüllt.

Aber mach bitte auch etwas daraus! Du könntest dir zum Beispiel ein First-Class-Ticket kaufen und auf Weltreise gehen. Den Kilimandscharo besteigen, den Amazonas hinaufschippern oder in New York auf einer schicken Dachterrasse Cocktails trinken.

Aber ich kenne dich. So abenteuerlustig bist du nicht.

Dennoch würde ich dich gern auf eine Reise schicken, einfach nur deshalb, damit du ein wenig Abstand zwischen dich und deinen Alltag bringen kannst.

Erinnerst du dich an die Alm im Schwarzwald, auf die ich mich gern mal zurückgezogen habe? (Natürlich erinnerst du dich, du warst ja ein paarmal mit dort!)

Sie gehört jetzt dir.

Nimm dir ein paar Monate frei, und verbringe einen Sommer dort.

Baue sie so um, wie du es gern möchtest. Ich weiß, dass dir die

Einrichtung nie gefallen hat. Also: Streiche die Wände neu, kaufe hübsche Möbel, und verschönere den Garten!

Bring Farbe in dein Leben!

Aber vor allem: Genieße die Ruhe und den Frieden, der dort oben herrscht.

Gönne dir ein wenig Sommer – und ein wenig Glück!

Deine Lexi

PS: Du hast es sicher schon geahnt …

Wie üblich kann ich kein Ende finden, auch nicht bei meinen Überlegungen zum Glücklichsein. Ein paar meiner Weisheiten würde ich gern noch loswerden, wenn auch nicht jetzt und hier.

Du kannst selbst bestimmen, wann du bereit dazu bist, mir das nächste Mal zuzuhören. Vielleicht hast du meine anderen Botschaften bereits gefunden. Falls nicht: Du wirst sie finden. Also, wir hören uns wieder!

Als Jule den Kopf hob, schimmerten ihre Augen feucht.

»Das ist wunderschön und total bewegend«, flüsterte sie. »Aber auch irgendwie seltsam. Ich verstehe nicht ganz …«

»Ich auch nicht.«

»Wirst du tun, was sie schreibt?«

»Ich weiß es noch nicht.«

Jule warf noch einen Blick auf das Ende des Briefes, bevor sie das Schreiben an ihre Mutter zurückgab. »Es klingt so, als kämen noch weitere Nachrichten. Was meint sie wohl mit dem ›PS‹ und der Vermutung, dass du ihre Botschaft vielleicht schon entdeckt hast?«

»Keine Ahnung. Weißt du es?«

»Nö. Mir hat sie nichts gesagt.«

Christines Lippen verzogen sich zu einem dünnen Strich.

»Lexi war immer gut für Überraschungen. Heute hat sie dem Ganzen allerdings die Krone aufgesetzt.«

»Komm schon, Mama! Nur wegen des Briefes musst du dich nicht gleich aufregen.«

»Das ist ja noch nicht alles.«

»Was ist denn noch passiert?«

»Wie du gerade gelesen hast, hat sie mir ihr gesamtes Vermögen hinterlassen.«

»Ja und?« Jule zuckt mit den Schultern. »Was kann das schon sein? Ein bisschen Geld und die Alm im Schwarzwald. Ich fand es dort oben immer total trostlos. Viel Spaß damit!«

»Ein bisschen mehr Geld.« Christine setzte sich auf. »Rund 500 000 Euro.«

»Fünf …?«, kreischte Jule, und ein paar Amseln, die friedlich im Kastanienbaum gesessen hatten, flogen erschreckt auf.

»Nicht so laut!«

»500 000 Euro?«, wiederholte Jule leise.

»Und die Wohnung in Paris sowie ihre Bilder. Die sind sicherlich einiges wert.«

»Die Bilder auch noch? Das haut mich um.«

»Was denkst du, wie es mir geht?«

»Jetzt verstehe ich auch, warum Lexi im Brief schreibt, dass du fürs Erste versorgt bist. Wenn du das Geld gut und sicher anlegst, dann …« Jule runzelte die Stirn und rechnete. Sie brauchte dazu nicht einmal eine halbe Minute. »Dann kannst du eine Weile lang gut davon leben.«

Christine lachte bitter. »Was für ein tolles Geschenk!«

»Das klingt so, als wolltest du es gar nicht.«

»Ich weiß nicht, was ich will.« Mit einer fahrigen Geste strich sich Christine die Haare aus dem Gesicht. »Und ich weiß auch nicht, was ich denken soll. Ich bin völlig durcheinander. Bis heute Mittag konnte ich wenigstens in Ruhe trauern und darauf hoffen, dass es irgendwann wieder besser wird. Aber jetzt? Jetzt muss ich mir viele zusätzliche Gedanken machen. Über das Geld, die Bilder, das Apartment in Paris, die Alm im Schwarzwald und dann auch noch um die Frage, was Glück für mich bedeutet.«

»Nicht zu vergessen die Suche nach weiteren Botschaften«, fügte Jule hinzu.

»Ach, darum mache ich mir keine Sorgen!« Christine winkte ab. »Ich kenne Lexi. Sie hat das sicherlich gründlich vorbereitet.«

»Sei nicht ungerecht! Sie wollte dir doch nur helfen.«

»Ich bin nicht ungerecht, ich bin frustriert. Warum kommt sie ausgerechnet nach ihrem Tod mit solch bedeutungsschweren Ratschlägen an? Und warum hat sie mich nicht vorgewarnt, was das Erbe betrifft? Ich kann mich ja nicht einmal mehr bei ihr bedanken.«

»Sie wollte deinen Dank nicht. Im Gegenteil, sie schreibt doch in dem Brief, dass sie dir etwas von deiner Liebe zurückgeben will.«

Christine legte sich zurück auf die Decke und atmete tief durch. »Ich weiß, dass sie es gut gemeint hat«, murmelte sie. »Und es ist ihr bestimmt auch nicht leichtgefallen. Es muss sie einiges an Überwindung gekostet haben, ihre Gedanken aufzuschreiben und sie nicht gleich laut auszusprechen.«

»Ja, das ist bemerkenswert. Sonst hat sie immer sofort gesagt, was sie denkt.«

»Am Ende hat ihr wahrscheinlich die Kraft dafür gefehlt.« Christine schluckte.

Da Jule keine passende Erwiderung einfiel, die ihre Mutter getröstet hätte, griff sie ihre ursprüngliche Frage wieder auf. »Du solltest tun, was sie vorschlägt. Ein Aufenthalt in den Bergen würde dir guttun. Meinst du nicht?«

»Wenn ich das nur wüsste! Einerseits wäre eine Auszeit eine wundervolle Chance für einen Neubeginn. Andererseits erscheint mir der Vorschlag völlig absurd.«

»Warum willst du es nicht wenigstens mal probieren? Was hindert dich daran?«

»Ich kann doch nicht einfach alles stehen und liegen lassen und planlos auf die Alm verschwinden.«

»Aber du hast doch einen Plan. Du sollst das Haus umbauen und dabei zur Ruhe kommen, so wie Lexi es sich gewünscht hat.«

»Ich habe aber keinen Ausknopf, der mich auf Kommando ruhigstellt.«

»Warum lässt du es nicht drauf ankommen? Eine andere Umgebung und eine interessante Aufgabe können Wunder wirken.«

»Eine andere Umgebung? Du weißt doch, wie einsam es dort oben ist. Da sagen sich Fuchs und Hase gute Nacht.«

»Na und? Vielleicht sind Fuchs und Hase genau das, was du jetzt brauchst.«

Christine unterdrückte ein Lächeln. Sie drehte sich zur Seite und blickte ihre Tochter an. »Nicht, dass ich wüsste … Fuchs und Hase und ein altes Schwarzwaldhaus? Wobei – die Sache mit dem Haus reizt mich tatsächlich ein wenig.«

»Siehst du.«

»Trotzdem … was ist mit meinem Job?«

»Du könntest ein paar Wochen Sonderurlaub nehmen. Hast du nicht neulich erst erzählt, dass deine Chefin dir genau das vorgeschlagen hat?«

»Sie ist nicht meine Chefin, und sie sprach auch nur von ein paar Tagen, nicht gleich von Wochen.«

»Tage oder Wochen, wo ist da der Unterschied?«, bemerkte Jule altklug. »Das kriegst du schon geregelt.«

»Und was Oma und dich betrifft – kriege ich das auch so leicht geregelt? Euch kann man keinen Tag allein lassen, ohne dass es Streit gibt.«

»Das ist in der Tat ein Problem. Eine von uns würde es vermutlich nicht überleben.«

»Na also. Es geht nicht.«

»Das war ein Scherz. Natürlich geht das. Wir sind schließlich erwachsen.«

»Leider bedeutet das bei deiner Großmutter nicht viel.« Christine runzelte die Stirn.

»Aber auf mich kannst du dich verlassen«, entgegnete Jule selbstbewusst. »Ich werde versuchen, ihr so weit wie möglich aus dem Weg zu gehen. In den nächsten Wochen werde ich sowieso nicht oft zu Hause sein, wenn das mit dem Aushilfsjob klappt. Außerdem habe ich ja auch noch einige Sachen mit meinen Freundinnen geplant. Du brauchst dir also keine Sorgen zu machen.«

Gegen ihren Willen musste Christine lachen. Es amüsierte sie, dass ausgerechnet ihre gewissenhafte Tochter eine spontane Flucht auf eine Alm im Schwarzwald für eine gute Idee hielt.

»Zum Glück muss ich mich ja heute noch nicht entscheiden. Vielleicht sollte ich abwarten, was noch alles auf mich zukommt.«

»Also wirklich, Mama!«, entgegnete Jule kopfschüttelnd. »Was muss denn noch passieren, damit du dir endlich mal Zeit für dich selbst nimmst?«

»Vieles.« Christine nickte, um ihrer Aussage mehr Gewicht zu verleihen – oder vielleicht auch, um sich selbst zu überzeugen. »Vieles.«

Aber *wie* viel Ärger war letzten Endes *zu* viel?

Christine konnte später nicht mehr genau sagen, zu welchem Zeitpunkt sie einige Tage später den Entschluss fasste, alles hinzuwerfen und in den Schwarzwald zu flüchten.

War es das morgendliche Meeting im Büro, bei dem Frau Siegel ihr einen dicken Stapel Analysen zuschob und um zügige Bearbeitung bat? Oder war es die anschließende Ankündigung von Herrn Doktor Münch, dass Frau Siegel zukünftig alle großen Projekte leiten würde und mit sofortiger Wirkung auch noch seine Stellvertretung übernehmen sollte?

Traf sie ihre Entscheidung später, beim Telefonat mit ihrem Exmann Adrian, der sie daran erinnerte, dass Jule Ende Mai Geburtstag hatte, und dann auch gleich ankündigte, dass er mit seiner zweiten Frau eine tolle Party für sie ausrichten würde?

Oder erst am Nachmittag, als sie zu Hause aus dem Auto stieg und von einem lauten Streit empfangen wurde? Die wütenden Stimmen ihrer Mutter und ihrer Tochter waren bis auf die Straße zu hören.

Vielleicht brachten auch alle diese Ereignisse gemeinsam das Fass zum Überlaufen. Doch was es auch immer war – nachdem Christine erkannt hatte, dass ihre Entscheidung gefallen war, wollte sie ihren Plan so schnell wie möglich in die Tat umsetzen.

Sie machte noch im Vorgarten kehrt, stieg zurück ins Auto und fuhr noch einmal ins Büro. Dort setzte sie ihre erstaunten Vorgesetzten davon in Kenntnis, dass sie aus persönlichen Gründen ab sofort für längere Zeit unbezahlten Urlaub nehmen müsse.

»Ich genehmige so etwas nur selten und äußerst ungern«, sagte Herr Doktor Münch. »Aber ich glaube, es wird Ihnen guttun.«

»Gönnen Sie sich alle Zeit, die Sie brauchen«, fügte Frau Siegel hinzu und lächelte ihr falsches Lächeln. »Melden Sie sich bitte, wenn es Ihnen langweilig wird und Sie zurückkommen wollen!«

Christine verkniff sich die Bemerkung, dass Frau Siegel auf diese Mitteilung vermutlich lange würde warten können. Sie bedankte sich artig, räumte ihren Schreibtisch leer und stellte eine Abwesenheitsnotiz in ihren elektronischen Kalender ein, ohne ein konkretes Rückkehrdatum zu nennen.

Anschließend telefonierte sie noch einmal mit Adrian. »Viel Spaß bei der Party!«, wünschte sie ihm. »Und keine Angst, ich werde nicht erscheinen.«

»Bist du verärgert?«, wollte ihr Exmann wissen.

»Nein, nicht verärgert. Nur verhindert.« Sie musste über ihr eigenes Wortspiel lächeln. »Ich verreise.«

»Du fährst weg? Wohin?«

»In die Berge.«

»Tatsächlich? Du warst doch nie fürs Wandern.«

»Ich wandere auch nicht. Ich werde eine Zeitlang dort leben. Lexi hat mir ihre Alm vererbt. Es wäre nett, wenn du dich während meiner Abwesenheit ein wenig mehr um Jule kümmern könntest.«

»Klar, das mache ich.« Er zögerte. »Ist etwas passiert? Hast du Probleme?«

»Nein.«

»Sicher nicht? Möchtest du darüber reden?«

Sie schüttelte den Kopf. Nein, mit ihrem Exmann wollte sie auf keinen Fall über ihren momentanen Gemütszustand diskutieren. Stattdessen würgte sie jede weitere Frage mit der Behauptung ab, dass sie jetzt ganz schnell nach Hause müsse.

Das schwierigste Gespräch stand ihr nämlich noch bevor.

Wie erwartet, reagierten Helga und Jule sehr unterschiedlich auf die Ankündigung, dass Christine gleich am nächsten Morgen Richtung Schwarzwald abreisen würde. Während ihre Tochter nur zustimmend nickte und mit dem Lauf der Dinge sehr zufrieden wirkte, brach für ihre Mutter eine Welt zusammen.

»Was für eine Schnapsidee!« rief sie. »Wie bist du denn darauf gekommen?«

»Ganz spontan«, entgegnete Christine und warf Jule einen verschwörerischen Blick zu. Helga wusste zwar von der Erbschaft, doch Lexis Brief hatte Christine ihr nicht gezeigt.

»Soll ich mitkommen?«

»Bloß nicht!«

»Du kannst doch in deinem depressiven Zustand nicht allein sein!«, schimpfte ihre Mutter. »Jemand muss sich um dich kümmern. Du brauchst uns, wir sind eine Familie und machen alles gemeinsam.«

»Ach, wirklich?«, mischte Jule sich ein. »Dann möchte ich mal wissen, warum du heute Nachmittag ohne unsere Zustimmung mit dieser verlausten Katze nach Hause gekommen bist.«

»Katze?«, fragte Christine.

»Sie heißt Trudi, und ich habe sie aus dem Tierheim gerettet.«

»Sie hat mit Sicherheit Flöhe, und stubenrein ist sie auch noch nicht«, sagte Jule. Der Ekel in ihrer Stimme war nicht zu überhören.

»Ich verstehe nicht, warum du dich so aufregst«, entgegnete ihre Großmutter. »Früher, als du klein warst, hattet ihr immer eine Katze.«

»Früher, als ich klein war, hatte ich auch eine Zahnspange und Pickel.«

»Es besteht kein Grund, jetzt sarkastisch zu werden, meine Liebe! So ein Tier ist gut für eine harmonische Stimmung im Haus.«

»Wie man gerade deutlich sieht.«

»Mama! Jule!«, stöhnte Christine. »Kann mich mal jemand aufklären?«

»Oma hat eine Katze aus dem Tierheim geholt, ein total zerrupftes Ding, dem der halbe Schwanz fehlt.«

»Ich habe sie gebadet, jetzt sieht sie längst nicht mehr so verwahrlost aus.«

»Wo hast du sie gebadet?«, erkundigte sich Jule mit einem alarmierten Unterton. »Doch hoffentlich nicht in unserer Badewanne?«

»Nein, draußen im Nachbargarten. Jan hat mir geholfen.«

»Na fein, dann hat er jetzt endlich eine Spielkameradin.«

»Du solltest dich nicht immer über ihn lustig machen!«

»Und du solltest –«

»Stopp!«, brüllte Christine und schüttelte zornig den Kopf. »Muss dieser ständige Streit eigentlich sein?«

»Wir streiten nicht. Wir diskutieren nur sehr heftig, wie Oma es neulich treffend formuliert hat«, widersprach Jule mit einem boshaften Blick in Richtung ihrer Großmutter.

»Trotzdem! Wenn ich euch so höre, bekomme ich Angst. Euch kann man wirklich nicht allein lassen.«

»Doch, das kann man«, versicherte Jule ihr. »Wir sind bislang immer irgendwie zurechtgekommen, nicht wahr, Oma?«

»Kann sein«, brummte Helga.

»Und jetzt haben wir sogar noch ein Tier im Haus, das für eine harmonische Stimmung sorgen wird«, fuhr Jule fort. »Das hast du vorhin selbst gesagt.«

»Also ehrlich, in deiner Gegenwart muss man sich jedes Wort genau überlegen.«

»Hallo? Jetzt mal ernsthaft!« Christine musterte die beiden mit strengem Gesichtsausdruck. »Schafft ihr das wirklich ein paar Wochen ohne mich?«

»Ja, natürlich«, versicherte Jule ihr schnell.

Stille.

Jule stieß ihre Großmutter in die Seite.

»Na gut«, brummte diese. »Wenn es sein muss.«

»Ja, das muss es wohl. Denn wenn ich so weitermache wie bisher, klappe ich irgendwann zusammen.«

Erst als sie die Worte ausgesprochen hatte, erkannte Christine, wie richtig diese Erkenntnis war. Nach außen hin mochte sie beherrscht und diszipliniert wirken – doch sie war am Ende ihrer Kraft. Wenn sie nichts unternahm, bewegte sich die Spirale immer weiter nach unten. Und das konnte sie nicht zulassen, um ihrer selbst willen nicht, aber auch, weil sie es Lexi schuldig war.

Damit waren ihre letzten Zweifel beseitigt.

Sie telefonierte noch in derselben Stunde mit dem Nachlassverwalter und vereinbarte für den nächsten Tag eine Schlüsselübergabe an der Berghütte. Dann packte sie ihre Koffer und verbrachte den Rest des Abends mit ihrer Mutter und ihrer Tochter. Es war weit nach elf Uhr, als sie endlich im Bett lag.

Und keine zehn Stunden später war sie bereits auf dem Weg in den Schwarzwald.

5

Christines Reiseziel war Muggenbrunn, eine kleine Gemeinde im Hochschwarzwald. Der Ort lag auf etwa tausend Metern Höhe an der Südflanke eines Berges, der den bezeichnenden Namen Schauinsland trug.

Sie war ein paarmal mit Lexi hingefahren und kannte deshalb den Weg. Bis Freiburg konnte sie auf der Autobahn bleiben, dann ging es eine steile, kurvenreiche Straße hinauf, bis sie kurz vor dem höchsten Punkt einen kleinen Parkplatz erreichte. Von hier aus bot sich ein herrlicher Ausblick auf das Rheintal und die Vogesen.

Sie parkte den Wagen, wanderte den kurzen Weg entlang bis zu einem Aussichtspunkt und ließ dort ihren Blick über die Landschaft schweifen. Sanfte grüne Hügel, blühende Wiesen und dichte Wälder lagen direkt zu ihren Füßen. Weiter oben am Berghang standen einige bizarr verbogene Rotbuchen, die der Wind so verformt hatte, dass ihre Äste nur noch in eine Richtung wuchsen. In der Ferne ragte der Kaiserstuhl auf, und sie meinte sogar, am Horizont die schneebedeckte Schweizer Alpenkette erkennen zu können.

Die Stille war überwältigend, doch nach ein paar Minuten konnte Christine selbst in dieser Ruhe ein paar Geräusche ausmachen – das Rauschen des Windes in den Tannen zum

Beispiel, das emsige Summen der Insekten oder auch ein leises Läuten von Viehglocken. Sie schloss die Augen und konzentrierte sich auf ihre Atmung. Es duftete intensiv nach Blumen, frischem Moos und nassem Holz.

Himmlisch!

Nach einem weiteren tiefen Atemzug öffnete sie ihre Augen wieder. Sie fühlte sich gestärkt und erfrischt, als ob sie gerade eine kleine kostenlose Wellnessbehandlung erhalten hätte. Leise vor sich hin summend lief sie zum Auto zurück und setzte ihren Weg fort.

Von hier aus war es nicht mehr weit, und eine Viertelstunde später erreichte sie Muggenbrunn. Das verschlafene Dörfchen lag eingebettet zwischen tannenbewachsenen Hügeln und grünen Viehwiesen. Rechts und links der kaum befahrenen Hauptstraße standen zahlreiche alte Schwarzwaldhöfe, und immer wieder gingen schmale Wege zu weiteren Häusern ab. Über allem thronte eine kleine Kirche, die etwas abseits des Dorfes auf einem Hügel errichtet worden war.

Christine bog über eine Holzbrücke nach rechts Richtung Feuerwehrhaus ab. Da kein weiteres Auto in der Nähe war, hielt sie auf der Brücke an und öffnete ein Fenster. Sofort strömte frische, klare Bergluft ins Auto, und man konnte das Gurgeln und Rauschen des Baches hören, der unter der Brücke hindurchfloss.

Sie griff zum Telefon und wählte die Nummer ihrer Tochter.

»Ich bin angekommen und stehe jetzt im Dorf«, teilte sie Jule mit.

»Prima! Wie war die Fahrt?«

»Problemlos.«

»Hast du schon den Schlüssel?«

»Nein. Der Anwalt hat gesagt, dass am Mittag jemand zum Haus kommt.«

»Dann musst du dich beeilen. Wir haben schon kurz nach zwölf.«

»Ja, ich weiß.«

»Ist noch was?«

Christine zögerte. Eigentlich hätte sie sich an dieser Stelle erkundigen sollen, wie es zwischen ihrer Tochter und ihrer Mutter lief. Sie hatte sich während der gesamten Autofahrt Gedanken gemacht.

Doch wollte sie es wirklich wissen? Dann würde sie wohl so schnell nicht zur Ruhe kommen. Also verbiss sie sich eine entsprechende Frage, verabschiedete sich von Jule und fuhr weiter.

Ab jetzt ging es einige Kilometer durch den Wald. Die Straße wurde schmal und holperig, deshalb kam Christine nur langsam voran. Dann aber, nach einer scharfen Kurve, öffnete sich der Wald plötzlich und gab den Blick frei auf eine große, sonnenbeschienene Lichtung.

»Postkartenidylle« hatte Lexi diesen Anblick immer genannt. Völlig zu Recht, wie Christine wieder einmal feststellen konnte.

Eine riesige Blumenwiese fiel zur linken Seite hin sanft bergab und endete bei einem Felsvorsprung, auf dem eine einsame Bank stand. Von hier aus bot sich eine fantastische Aussicht auf die Berge des Schwarzwaldes.

Rechts von der Straße, ein Stück höher, wurde die Lichtung vom Tannenwald begrenzt – und genau davor, am Rande des Waldes, stand Lexis Haus. Ein steiniger Feldweg führte mitten durch die Wiese auf das Haus zu und endete vor einem morschen Holzzaun, der einen ziemlich verwilderten Vorgarten eingrenzte.

Vorsichtig fuhr Christine den Feldweg entlang, bremste am Gartenzaun ab und schaltete den Motor aus. Auf einen Schlag war es ruhig. Sie betrachtete das alte Gebäude. Jetzt, da es ihr gehörte, sah sie es plötzlich mit ganz anderen Augen.

Wie so viele Häuser im Schwarzwald war auch dieser ehemalige Almhof an einen Hang gebaut worden, so dass der obere hintere Teil des Hauses, in dem die Scheune untergebracht war, über einen Steg direkt vom Hang aus zu erreichen war. Links neben dem Wohngebäude stand eine kleine Hütte, die Alexandra als Schuppen gedient hatte.

Das ausladende Dach des Almhofes war mit Schindeln bedeckt und ragte an den Seiten weit hinunter. Das Mauerwerk im Erdgeschoss war mit weißem Kalk verputzt, im ersten Stock hatte man die Wände mit Holz verkleidet. Ein großer Balkon zog sich über die gesamte Breite des Hauses, und im Erdgeschoss führte eine Holztreppe mit vier Stufen zu einer reich verzierten Eingangstür.

Lexi hatte das Äußere des Hauses weitgehend so belassen, wie sie es vorgefunden hatte. Einziges sichtbares Zugeständnis an ihre künstlerische Tätigkeit waren vier großflächige Dachfenster, die sie nachträglich eingebaut hatte, um den Dachboden als Atelier nutzen zu können. Für die Verschönerung von Garten und Balkon hingegen hatte sie ganz offensichtlich – und zu Christines Leidwesen – nicht viel übrig gehabt.

»Es reicht, wenn ich auf der Wiese liegen und in den Himmel gucken kann«, war ihre Antwort gewesen, als Christine sie einmal auf die karge Bepflanzung und die fehlenden Gartenstühle angesprochen hatte. Dieser minimalistische Stil setzte sich im Innern des Hauses fort und war einer der

Gründe, warum Christine ihre Freundin hier nicht gern besucht hatte. Sie fühlte sich fehl am Platz zwischen den wenigen Designermöbeln und den kahlen Wänden, an denen als einziger Lichtblick ein paar von Lexis Kunstwerken hingen. Das war nicht ihre Welt – und sie hätte nie gedacht, dass sich das eines Tages ändern würde.

Doch dies würde für die nächsten Wochen ihr Rückzugsort sein. Konnte der Hof darüber hinaus auch ein richtiges Zuhause für sie werden? Würde sie es über sich bringen, das Mobiliar ihrer Freundin durch ihr eigenes zu ersetzen? Was hatte Lexi da bloß von ihr verlangt?

Stöhnend legte sie ihren Kopf aufs Lenkrad. Vielleicht war es doch keine gute Idee gewesen hierherzuflüchten.

Lautes Gemecker riss sie aus ihren Überlegungen. Christine hob den Blick und traute ihren Augen kaum. Direkt vor ihrer Motorhaube stand ein großer weißer Ziegenbock und glotzte sie neugierig an. Erstaunt starrte Christine zurück. Immer mehr Tiere kamen über die Wiese angelaufen, und ehe Christine sich's versah, war das gesamte Auto von Ziegen umringt.

»Hilfe!«, rief sie und kurbelte zur Sicherheit das Fenster hoch.

Die Ziegen schien das nicht zu beeindrucken. Sie schnüffelten eifrig am Auto herum und leckten mit ihren dicken Zungen über den Lack. Eine von ihnen, eine besonders Vorwitzige, wagte sich sogar bis zur Fahrertür vor.

»Hilfe!«, kreischte Christine wieder und drückte vorsichtshalber auch noch den Knopf für die Zentralverriegelung.

Zu ihrer grenzenlosen Erleichterung tauchte in diesem Moment ein Mensch zwischen den Ziegen auf, ein älterer Mann mit Latzhose, Sportkappe und grauem Vollbart. Sein Gesicht war sonnengebräunt und faltig, und seine grauen

Augen waren misstrauisch auf ihr Auto gerichtet. Leider unternahm er nichts, um die Tiere zu vertreiben. Im Gegenteil: Er stellte sich mit unfreundlicher Miene direkt zu ihnen vor die Motorhaube.

Christine öffnete das Fenster einen Spaltbreit.

»Hallo!«, rief sie dem Fremden zu. »Können Sie mir helfen?«

Der Mann schob seine Kappe ein Stück zur Seite und kratzte sich am Ohr. »Datt hier is privat«, verkündete er mit unfreundlicher Stimme.

Christine kurbelte die Scheibe noch ein Stück tiefer und steckte ihren Kopf nach draußen. »Das weiß ich.«

»Hier kannste nich parken, Frollein.«

Frollein?

Sie war siebenundvierzig. Und überhaupt! Was war denn das für eine Begrüßung? Welchen Dialekt sprach der Kerl? Sie war nicht oft hier gewesen, aber soweit sie sich erinnern konnte, hörte sich die alemannische Mundart anders an.

Vor lauter Empörung vergaß sie ihre Angst vor den Ziegen und öffnete die Fahrertür. »Ich kann hier sehr wohl parken«, sagte sie und versuchte, eine Ziege zu ignorieren, die sich mit Genuss an ihrem Hosenbein zu schaffen machte. »Mir gehört das hier nämlich!«

»Verflixte Hacke!« Sein wettergegerbtes Gesicht verzog sich zu einem entschuldigenden Lächeln. »Dann biste vermutlich die Christine?«

»Ja. Und wer bist du?« Da er sie duzte, beschloss sie, es ihm gleichzutun.

Er spuckte in die rechte Hand, wischte diese an seiner zerrissenen Hose sauber und streckte sie ihr entgegen.

»Norbert.«

Zögernd schüttelte Christine seine Hand und nahm sich

im Stillen vor, als Erstes ins Bad zu verschwinden und sich gründlich die Hände zu waschen, sobald sie das Haus betreten konnte.

»Hast du den Schlüssel?«

»Hä?«

Das bedeutete wohl, dass er den Schlüssel nicht hatte. Na toll, das fing ja gut an! Ungehalten versuchte sie, die lästige Ziege zu verjagen, die sich mittlerweile an ihrer Strickjacke festgekaut hatte.

»Achtung, da kommt die Hildegard!« Norbert deutete auf irgendetwas hinter Christines Rücken.

Alarmiert drehte sie sich um und erwartete, jeden Moment von einer weiteren Ziege angegriffen zu werden. Doch stattdessen kam ein gelber Wagen hinter ihrem Auto zum Stehen, und heraus kletterte eine zierliche Frau in Briefträgeruniform. Ihre grauen Haare waren zu einem langen Zopf geflochten. Erst auf den zweiten Blick erkannte Christine, dass die Frau älter war, als es zuerst den Anschein gehabt hatte.

»Entschuldigen Sie bitte meine Verspätung!«, rief sie im typischen Singsang des Schwarzwälder Dialekts. »Heute war viel zu tun, und dieser Hof ist immer der letzte Haltepunkt auf meiner Tour.«

»Das macht doch nichts«, sagte Christine. »Sie können sowieso noch keine Post für mich haben.«

»Nein, das habe ich auch nicht.« Die Briefträgerin trat zu Christine an die Autotür, verscheuchte die Ziege und überreichte ihr ein kleines Lederetui. »Aber ich habe den Schlüssel. Normalerweise wäre die Hausverwalterin selbst gekommen, aber die hat heute keine Zeit und hat deshalb mich gebeten, das zu übernehmen.«

»Oh … Wunderbar, danke!«

»Brauchen Sie sonst noch irgendetwas?«

»Nein danke, vorerst nicht.«

»Haben Sie Fragen?«

»Ich glaube nicht.«

»Falls doch, ich komme ja jeden Tag vorbei.«

»Fein!«

»Mein Name ist übrigens Hildegard Häberle.«

»Christine Lindner.«

»Wir haben gehört, was mit Frau Meyer passiert ist. Herzliches Beileid.«

»Danke.«

»Sind Sie allein unterwegs?« Frau Häberle beugte sich vor und inspizierte das Innere von Christines Auto. »Ja, offensichtlich«, beantwortete sie sich ihre Frage gleich selbst. »Brauchen Sie Hilfe mit dem Gepäck?«

»Nein danke!« Allmählich ging Christine die freundliche Geschwätzigkeit der Postbotin auf die Nerven. Die Autofahrt war anstrengend gewesen, sie wollte jetzt endlich ankommen und auspacken.

Doch Hildegard Häberle war noch nicht bereit, sich zu verabschieden. »Falls Sie noch einkaufen wollen, müssen Sie bis Todtnau fahren. Hier oben in Muggenbrunn gibt es keinen Laden.«

»Verstehe. Danke für den Tipp!«

»Und was Norbert betrifft ...« Frau Häberle deutete auf den alten Mann und die Ziegen. »Er hat das Land und den Wald rechts vom Haus für seine Ziegenherde gepachtet. Frau Meyer hatte nichts dagegen, dass er dort übernachtet und die Tiere hier auf der Wiese herumlaufen. Sie doch wohl hoffentlich auch nicht?«

»Natürlich nicht«, versicherte Christine. Sie hatte allerdings ihre Zweifel, ob sie das in ein paar Tagen immer noch so entspannt sehen würde. Das kam ganz auf die Ziegen und ihren brummigen Besitzer an. Andererseits: Das Haus lag recht einsam, es konnte also nicht schaden, ein paar Lebewesen in der Nähe zu wissen.

Norbert nickte, schnalzte mit der Zunge und schlenderte grußlos davon. Seine Ziegenherde folgte ihm unter lautem Gemecker.

Verblüfft starrte Christine ihm hinterher. »Er redet wohl nicht gern.«

»Nein«, bestätigte Frau Häberle und wirkte darüber ehrlich bekümmert.

»Tja, also ...« Christine machte eine unbestimmte Geste Richtung Haus. »Ich werde dann jetzt wohl mal reingehen.«

»Tun Sie das!« Frau Häberle lächelte freundlich. »Es war nett, Sie kennenzulernen. Wir sehen uns morgen.«

Aufatmend ließ sich Christine gegen die Tür sinken, die mit einem lauten Knall hinter ihr ins Schloss gefallen war.

Endlich angekommen!

Sie warf ihre Jacke achtlos über einen Kleiderhaken und rutschte mit dem Rücken an der Tür entlang Richtung Boden. Nachdem sie es sich dort einigermaßen bequem gemacht hatte, holte sie eine Wasserflasche aus ihrer Handtasche und leerte diese durstig. Dann schloss sie für einen Moment die Augen und gähnte. Die Stille im Haus war wohltuend, und die Aussicht darauf, dass sie hier auf niemanden Rücksicht nehmen musste, beruhigte und entspannte sie.

Sie konnte ab jetzt tun und lassen, was sie wollte.

Und als Erstes wollte sie das Haus besichtigen.

Mit neuem Tatendrang erhob sie sich und schlenderte langsam von Zimmer zu Zimmer. Irgendjemand musste vor kurzem gelüftet und geputzt haben, denn es roch nach Reinigungsmitteln und Tannennadeln. Die Fensterscheiben glänzten sauber im Sonnenlicht, und auf den wenigen Möbeln war nicht ein Körnchen Staub zu entdecken.

Es war ein merkwürdiges Gefühl, durch die stillen Räume zu gehen. Die unteren Zimmer waren wenig genutzt worden, denn wenn Lexi hier gewesen war, hatte sie die meiste Zeit in ihrem Atelier verbracht und sogar dort übernachtet. Die Einrichtung war deshalb spärlich und wirkte nüchtern und kühl. Christine kam sich fast so vor wie bei einem Bummel durch ein Möbelhaus.

Ein sehr exklusives Möbelhaus allerdings.

Der größte Raum im Erdgeschoss war das Wohnzimmer, das Lexi zur »Lounge« umgebaut hatte. Zu diesem Zweck hatte sie die Wand zwischen Bauernstube und Esszimmer entfernen lassen und sämtliche Holzvertäfelungen weiß gestrichen. Auch das breite Ledersofa, ein Flachbildfernseher sowie ein einsames Bücherregal waren in Weiß gehalten.

Unübersehbarer, wenn auch nicht zum Rest der Einrichtung passender Mittelpunkt des Wohnbereichs war der große, grüngekachelte Kaminofen. Er wurde von der Küche aus geheizt und wärmte nicht nur die Lounge, sondern auch das gesamte übrige Haus. Lexi hatte ihn unverändert stehen lassen, aber nur, weil sie die Wärme und das Knacken des Holzfeuers geliebt hatte.

Christine ließ sich auf der Kaminbank nieder und streckte probehalber die Füße aus. Mit ein paar neuen Kissen und Polstern würde das ein behaglicher und vor allem warmer Platz zum Lesen werden. Kritisch wanderte ihr Blick durch das Zimmer.

Hier war Platz für Verbesserungen. Viel Platz!

Dann ging sie weiter in die Küche. Lexi hatte beim Umbau nur das alte Spülbecken aus Porzellan und den Herd unberührt gelassen. Beides hatte sie mit Küchengeräten und Schrankelementen aus Edelstahl und Glas kombiniert. Der Raum wirkte zwar blank geputzt und sauber, aber auch kalt und unbehaglich.

»Holz«, flüsterte Christine. »Hier fehlt eindeutig Holz.«

Hinter der Küche, getrennt durch einen Flur, lagen ein Schlafzimmer und ein Bad. Das war Christines Reich gewesen, wenn sie Lexi begleitet hatte. Da sie bei ihren Besuchen regelmäßig kleinere Verschönerungen vorgenommen hatte, war der Raum nicht ganz so karg eingerichtet.

»Ich schlafe weiterhin hier«, beschloss sie laut und öffnete vor Verlassen des Zimmers ein Fenster. Kühle, würzige Waldluft wehte herein. Sie würde sicherlich wunderbar einschlafen können.

Danach stieg sie die breite Holztreppe in den ersten Stock hinauf. Hier befanden sich noch drei Schlafzimmer und ein Bad. Lexi hatte sich mit der Einrichtung dieser Räume keine Mühe gegeben. Außer einem Bett und ein paar alten Möbeln, die sie vermutlich von ihren Großeltern geerbt hatte, waren die Zimmer leer.

Christine hatte sich bei ihren früheren Besuchen nie für dieses Stockwerk interessiert. Jetzt aber untersuchte sie die Möbelstücke sorgfältig. Aus den alten Kommoden und Nachttischen ließ sich bestimmt etwas machen. Sie mussten abgeschliffen und neu lackiert werden. Mit den passenden Vorhängen, Decken, Bildern und ein paar weiteren Einrichtungsgegenständen würden die Schlafzimmer richtig heimelig aussehen. Schwungvoll nahm sie die Stufen der Wendeltreppe zum Dachgeschoss hinauf.

Sie hatte nicht erwartet, dass sie hier so schnell auf andere Gedanken kommen würde. Insgeheim hatte sie damit gerechnet, dass sie es nicht einmal über sich bringen würde, irgendeine Veränderung in diesem Haus zu *planen* – geschweige denn durchzuführen. Zu frisch war die Erinnerung, zu groß der Respekt vor den persönlichen Sachen ihrer verstorbenen Freundin. Aber anscheinend hatte sie Lexis Weitblick unterschätzt. Sie hatte genau gewusst, wie sie Christine aus ihrem Kummer heraushelfen konnte.

Doch sie hatte sich zu früh gefreut.

In dem Moment, als sie die Tür zum Atelier öffnete, kam die Trauer mit voller Wucht zurück.

Alles in diesem Raum – der Geruch nach Farbe und Papier, die fein säuberlich aufgereihten Pinsel, die große Staffelei in der Mitte des Raumes und die vielen farbenfrohen Bilder –, alles erinnerte an Lexi.

Es war ein Schock.

Betroffen ließ Christine ihren Blick über die Kunstwerke schweifen. Einige von ihnen lagen auf dem Boden, andere waren an eine Wand oder eine Holzsäule gelehnt. Es gab große und kleine Formate, gerahmte und ungerahmte. Eines jedoch hatten alle Bilder gemeinsam: Ihre Farben leuchteten ihr förmlich entgegen.

Christine verstand nicht viel von den Regeln und Techniken der modernen Malerei. Sie wusste nur das, was Lexi ihr hin und wieder erklärt hatte. Doch in diesen Werken hier im Dachgeschoss erkannte selbst sie als Außenstehende eine ungeheure Energie und Schaffenskraft.

Kreise, Dreiecke, Quadrate und Spiralen wechselten sich als Motive ab. Die Bilder wirkten fröhlich und zeitlos, und sie strahlten eine intensive Lebensfreude aus, die Christine in Lexis übrigen Werken vorher noch nie aufgefallen war.

Wann hatte ihre Freundin diese Bilder gemalt? War sie da bereits krank gewesen?

Sie beugte sich vor und versuchte, eine der Signaturen zu entziffern.

»A. M., Juli 2013«, las sie.

Ja, da hatte Lexi bereits von ihrer Krankheit und der schlechten Prognose gewusst. War das hier vielleicht der Versuch gewesen, die schlimme Wahrheit zu verarbeiten? Hatte sie dem Schicksal beweisen wollen, dass sie trotz des drohenden Todes weiterhin das Leben in all seinen bunten Formen und Facetten abbilden konnte?

Gedankenverloren strich sie über die Signatur. Natürlich war sie längst getrocknet, doch ein kleines, farbiges Kügelchen blieb an Christines Zeigefinger hängen. Vorsichtig hob sie ihre Hand und betrachtete den winzigen Klumpen.

Das war einmal Farbe gewesen, die Lexi angerührt und verteilt hatte. Farbe, die im Laufe der Monate getrocknet war, völlig unbeeindruckt von den Geschehnissen außerhalb dieses Ateliers. Es war, als hätte sie damit den Kreis geschlossen und eine Verbindung zu Lexi hergestellt.

Andächtig berührte sie das Farbklümpchen mit ihrem Daumen.

Es zerbröselte sofort.

Farbstaub fiel auf die Holzdielen.

Erschreckt schrie Christine auf. Sie fiel auf die Knie und versuchte hektisch, den Staub auf dem Boden zusammenzukehren. Es gelang ihr nicht, denn dazu gab es im Holz zu viele Löcher und Ritzen.

»Verdammt!« Mit beiden Händen schlug sie auf die Holzdielen ein. Tränen schossen ihr in die Augen. »Verdammt, verdammt, verdammt!«

Der Staub war weg.

Unwiederbringlich.

Sie hatte die Verbindung zu Lexi verloren.

Weinkrämpfe schüttelten sie. Ihre Handflächen brannten wie Feuer. Ihr Körper zitterte, und ihr Herz raste. Sie hörte sich selbst schluchzen und schreien. Immer wieder kratzten ihre Fingernägel über das Holz, zuerst verzweifelt, dann aber immer teilnahmsloser.

Irgendwann gab sie schließlich auf. Leise wimmernd kroch sie zu einer Matratze, die mitten im Raum unter einem der Dachfenster lag, und rollte sich unter einer Wolldecke zusammen.

»Es tut mir leid! So furchtbar leid …«

Sie fühlte sich schrecklich schuldig.

Dafür, dass sie vorhin noch so fröhlich durchs Haus gelaufen war.

Dafür, dass sie sogar Pläne für die Zukunft gemacht hatte.

Dafür, dass der Farbklumpen zerbröselt war.

Dafür, dass sie lebte und Lexi gestorben war.

6

Sie erwachte, als die Sonne schon tief am Horizont stand.

Im ersten Moment wusste sie nicht, wo sie sich befand, doch dann kehrte die Erinnerung zurück. Schlaftrunken richtete sie sich auf. Durch die großen Dachfenster konnte sie den Abendhimmel erkennen, der sich in der Dämmerung rosa verfärbt hatte.

Ihr Magen knurrte, aber ein Blick auf die Armbanduhr sagte ihr, dass es jetzt vermutlich zu spät war, um noch zum Einkaufen in den nächstgelegenen Ort zu fahren. Und selbst wenn die Supermärkte noch geöffnet haben sollten, so verspürte sie keine Lust auf eine weitere Autofahrt.

Zum Glück hatte sie eine Kühlbox im Kofferraum, die sie zu Hause auf Jules Anraten hin gut gefüllt hatte. Und ihr ganzes übriges Gepäck befand sich ja auch noch im Wagen. Bevor es dunkel wurde, sollte sie die Taschen ins Haus gebracht haben!

Sie richtete sich auf, rückte ihre Kleidung zurecht und fuhr sich mit der Hand über das Gesicht. Ihre Augen fühlten sich heiß und geschwollen an, sie musste sich in den Schlaf geweint haben. Immerhin hatte die Ruhe ihr gutgetan, sie fühlte sich frischer und ausgeglichener als zuvor. Nach einem letzten Blick auf die Bilder schloss sie die Tür zum Atelier und machte sich auf den Weg nach unten.

Da hörte sie auf einmal Schritte.

Erschreckt verharrte Christine auf der Wendeltreppe und sah sich um. Noch vier Stufen bis zum ersten Stock. Die Schritte kamen eindeutig aus dem Erdgeschoss. Irgendjemand schlich dort herum!

Na ja, schleichen konnte man das nicht nennen, korrigierte sie sich gleich darauf. Das war eher ein Trampeln. Die Schuhe, die der Eindringling trug, mussten sehr schwer sein. Vielleicht waren es sogar Springerstiefel? Dieser Gedanke war nicht sehr ermutigend.

Ob sie es schaffen würde, durch eines der Schlafzimmer zum Balkon zu schlüpfen und von dort aus um Hilfe zu rufen? Aber wer sollte sie hier oben hören? Wenn sie viel Glück hatte, war vielleicht dieser unfreundliche Ziegenhirte irgendwo in der Nähe.

Gerade als sie die Entfernung zwischen sich und den Zimmertüren abschätzte, ertönte von unten ein Ruf.

»Hallo?«, fragte eine Männerstimme, die noch ziemlich jung klang.

Christine zuckte zusammen.

»Hallo?«, kam es wieder aus dem Erdgeschoss. »Ist jemand zu Hause?«

Ihre Gedanken überschlugen sich.

Einbrecher liefen normalerweise nicht laut rufend durchs Haus. Vermutlich gab es für diesen Vorfall eine ganz natürliche Erklärung. Sie sollte hinuntergehen und sich dem ungebetenen Besucher stellen.

Trotzdem – es konnte nicht schaden, vorsichtig zu sein und sich zu bewaffnen. Hektisch sah sie sich im Treppenhaus um. Dort, zwischen zwei Schlafzimmertüren, hing ein schlichtes, massives Holzkreuz. Zum Glück ohne die Figur des gekreuzigten Jesus. Ansonsten hätte sie wohl nicht gewagt, was sie jetzt tat: Sie schlich die letzten Stufen der Wendeltreppe hinab und nahm das Kreuz von der Wand.

»Hallo?«, rief der Eindringling zum dritten Mal.

»Ja?«, piepste sie mit zitternder Stimme. Vorsichtig setzte sie auf der Treppe einen Fuß vor den anderen, immer bereit, sich notfalls mit ihrer ungewöhnlichen Waffe zu verteidigen.

Doch das war gar nicht nötig, denn als sie ins Erdgeschoss kam, stand dort ein junger Mann in Forstuniform. Als er sie erblickte, weiteten sich seine Augen erstaunt. Flüchtig kam es Christine in den Sinn, dass sie vermutlich ein sehr schräges Bild abgeben musste – mit verweintem Gesicht, zerknitterter Kleidung und einem schweren Holzkreuz in der Hand.

»Habe ... habe ich Sie erschreckt? Ich ... ich wollte nicht stören«, stotterte der Mann.

»Schon gut.« Christine ließ das Kreuz sinken und musterte ihren Gast.

Er trug eine dunkelgrüne Jacke mit dem Wappen Baden-Württembergs auf der Brust und eine gleichfarbige Hose. Seine Füße steckten, wie vermutet, in dicken Stiefeln. Das Gesicht wirkte offen und sympathisch, seine Augen blinzelten ein wenig kurzsichtig durch die Brillengläser. Er hatte sich die Haare aus dem Gesicht gekämmt, doch ein paar braune Locken fielen ihm vorwitzig in die Stirn.

»Wer sind Sie, und was wollen Sie hier?«, fragte Christine strenger als beabsichtigt.

»Ich ... ich bin Phillip.« Er räusperte sich. »Phillip Jung. Ich studiere Forstwirtschaft und mache gerade ein Praktikum hier. Ich ... ich kann das beweisen!«

Christine unterdrückte ein Lächeln. Anscheinend hatte sie den Jungen mit ihrem Auftritt ziemlich eingeschüchtert. »Und was genau treiben Sie nachts in meinem Haus?«

»Nachts?«, wiederholte er und blickte zweifelnd aus dem

Fenster, wo die letzten Sonnenstrahlen gerade die Tannenspitzen hinter dem Haus erreicht hatten. »In Ihrem Haus?«, setzte er ebenso skeptisch hinzu.

»Jawohl. Ich habe es von meiner Freundin geerbt.«

»Alexandra Meyer.« Der Zweifel in seinem Tonfall war verschwunden, dafür klang seine Stimme jetzt bewundernd, aber auch ein wenig traurig.

»Kannten Sie sie?«

»Nur flüchtig. Sie hat sich ja kaum gezeigt, wenn sie hier war. Aber ich bewundere ihre Werke. Sie war eine große und bedeutende Künstlerin.«

»Ja, das war sie wohl.« Christine schluckte und dachte an die Bilder im Dachgeschoss.

»Tja …«, setzte Phillip an. »Also, äh … ich gehe dann wohl mal besser.«

»Nicht so schnell! Was haben Sie hier zu suchen? Wie sind Sie überhaupt hereingekommen?«

»Ich hatte nicht vor einzubrechen. Es ist nur so, dass ich oft gegen Abend in der Nähe unterwegs bin, um das Verhalten der Fledermäuse zu studieren.«

»Es gibt hier Fledermäuse?«

»Jede Menge. Die Zwergfledermaus, das Langohr, das Mausohr, die Mopsfledermaus …«

»Ja, ja, schon gut!« Von jemandem, der so viele unterschiedliche Fledermausarten kannte, war wohl keine Gefahr zu erwarten. Christine stopfte das Holzkreuz deshalb in die alte Milchkanne, die Lexi als Schirmständer gedient hatte.

»Jedenfalls wollte ich heute mal wieder die Fledermäuse beobachten, die hier am hinteren Teil des Hauses leben. Dabei ist mir aufgefallen, dass ein Fenster im Erdgeschoss weit offen stand.«

»Das Schlafzimmerfenster!« Natürlich, das hatte sie total vergessen.

»Deshalb bin ich eingestiegen und wollte schauen, ob alles in Ordnung ist.«

»Auf die Idee, um das Haus herumzulaufen und an der Eingangstür zu klopfen, sind Sie nicht gekommen? Dann hätten Sie dort auch mein Auto stehen sehen.«

»Nein.« Schuldbewusst senkte er den Blick. »Daran habe ich tatsächlich nicht gedacht. Normalerweise sind nämlich immer nur die Ziegen vor dem Haus, und zu Norbert habe ich nicht das beste Verhältnis. Dem gehe ich lieber aus dem Weg.«

Das konnte Christine verstehen. »Sie habe mir einen riesigen Schrecken eingejagt.«

»Das tut mir leid.«

Jetzt lief er auch noch rot an! Ihr Ärger verpuffte. »Entschuldigung akzeptiert. Sobald ich mich hier eingerichtet habe, können Sie mir gern noch etwas über Fledermäuse erzählen … Aber nur, wenn Sie durch die Eingangstür kommen.«

»Schon klar!« Er grinste.

»Und jetzt entschuldigen Sie mich bitte, ich bin müde und schrecklich hungrig.«

»Kein Problem.«

Christine begleitete ihn nach draußen und winkte ihm nach. Dann räumte sie ihr Gepäck aus dem Wagen und stellte alles in der Lounge ab. Hier würde es erst einmal keinen stören.

Bevor sie die Tür verschloss, trat sie noch einmal hinaus auf die Treppe und warf einen Blick auf die Lichtung. Die letzten Strahlen der Abendsonne tauchten den Abendhimmel in sanftes rosafarbenes Licht. Aus der Ferne waren Kirchenglocken zu hören, und im Wald zwitscherten die Vögel um die Wette. Ein leichter Wind rauschte durch die Tannen, und über allem lag der vielversprechende Duft des Frühlings.

Zum wiederholten Male kam es Christine so vor, als ob sie mitten im Paradies gelandet war. Ein Paradies jedoch, in dem sie nicht allein unterwegs war, wie sie gleich darauf feststellte.

Denn dort unten, auf der Holzbank am anderen Ende der Wiese, saß Norbert und rauchte Pfeife. Er hatte ihr den Rücken zugekehrt und blickte hinunter ins Tal, wo Wiesen und Wälder allmählich im Schatten der Dämmerung verschwanden. Mehrere Ziegen hatten es sich zu seinen Füßen bequem gemacht, andere nutzten das letzte Tageslicht dazu, noch ein paar Grashalme zu fressen. Das ganze Bild wirkte so friedlich und idyllisch, dass Christine geneigt war, ihre Vorbehalte dem Ziegenhirten gegenüber zu vergessen und sich zu ihm zu setzen.

Aber schließlich siegten Hunger und Erschöpfung. Für heute hatte sie genug Bekanntschaften geschlossen!

Auch in den nächsten Tagen konnte Christine sich nicht dazu aufraffen, ihre neuen Kontakte zu vertiefen. Sie war viel zu sehr mit sich selbst beschäftigt.

Die erste Woche ihres Aufenthalts verbrachte sie ruhig und zurückgezogen. Sie schlief lange, gönnte sich ein ausgiebiges Frühstück und fuhr nur dann in den nächstgelegenen Ort, wenn sie einkaufen musste. Das Wetter hatte sich verschlechtert, es regnete oft und wurde empfindlich kalt. Gott sei Dank hatte Lexi vorgesorgt, denn in einem Schuppen neben dem Haus fand Christine einen riesigen Stapel

Brennholz. Damit heizte sie schon am Morgen ein, und bald darauf verbreitete sich eine wohlige Wärme im Haus.

Sie hatte den Fernseher aus der Lounge in ihr Schlafzimmer geschleppt und ihn dort direkt vor dem Bett postiert. Im Supermarkt hatte sie sich außerdem eine Wolldecke, ein paar Kerzen und mehrere Bücher besorgt. Damit ließen sich die Abende angenehm und gemütlich gestalten.

Tagsüber nahm sie sich viel Zeit, um sich an die Umgebung zu gewöhnen. Trotz des schlechten Wetters streifte sie stundenlang durch die Wälder. Manchmal riss die Wolkendecke auf und gab den Blick frei auf regennasse grüne Hochmoore, kleine Weiher und sprudelnde Wasserfälle. In solchen Augenblicken hielt sie inne, atmete tief durch und genoss den Anblick der frischen, unberührten Natur.

Die gesunde Bergluft und der viele Schlaf halfen ihr langsam wieder auf die Beine. Erschöpfung, Kummer und Verzweiflung ließen nach. Zwar übermannte die Trauer sie immer noch ohne Vorwarnung, doch sie lernte, damit umzugehen. Sie ließ ihre Tränen einfach laufen, und nach einer Weile wurde es besser. Nur auf den Dachboden traute sie sich nicht noch einmal – das musste warten, bis sie sich auch dazu stark genug fühlte.

Die Probleme zu Hause erschienen ihr, aus der Ferne betrachtet, klein und unbedeutend. Ans Büro dachte sie kaum, und an ihre Familie nur dann, wenn sie mit Jule oder Helga telefonierte. Da beide ihr regelmäßig versicherten, dass alles in Ordnung sei, machte sie sich keine großen Gedanken. Offensichtlich kamen ihre Tochter und ihre Mutter eine Zeitlang gut ohne sie zurecht. Und falls doch nicht, waren sie wohl übereingekommen, Christine nichts von ihren Streitigkeiten zu erzählen.

Vorerst genügte ihr das.

Immer wenn sie in der Küche am Fenster stand und auf die verregnete Landschaft blickte, überlegte sie, ob sie Norbert ins Haus bitten sollte. Wie sie inzwischen herausgefunden hatte, hauste der Arme nämlich mitten im Wald in einem ausrangierten Wohnwagen gleich neben seinem Ziegenstall. Doch dann ließ sie den Gedanken wieder fallen. Der ältere Mann redete nicht besonders gern, und sie selbst war derzeit sicherlich auch keine gute Gesprächspartnerin.

Die Einzige, die diese Tatsache hartnäckig ignorierte, war Hildegard Häberle. Jeden Tag kam sie gegen Mittag in ihrem gelben Auto angefahren, egal, ob sie Post dabeihatte oder nicht. Stets lächelte sie freundlich und erkundigte sich eifrig, ob Christine oder Norbert einen Brief oder ein Paket aufgeben wollten oder sonst etwas auf dem Herzen hatten. Beide schüttelten jedes Mal den Kopf, was Hildegard regelmäßig mit enttäuschtem Gesichtsausdruck zur Kenntnis nahm.

Gegen Ende der zweiten Woche jedoch, als das Wetter wieder besser wurde, hielt die Postbotin die Zeit für gekommen, ihre Kontaktversuche zu verstärken.

Christine hatte an diesem Samstagmorgen beschlossen, endlich mit der Verschönerung des Vorgartens zu beginnen. Gleich in der Früh war sie zum Blumenhändler gefahren und hatte Unmengen von Pflanzen besorgt, darunter Primeln, Geranien und Stiefmütterchen.

Jetzt stand sie an einer alten, schon leicht verwitterten Holzbank und bepflanzte Blumenkästen für den Balkon. Nachdem sie die Erde angedrückt hatte, trat sie einen Schritt zurück und betrachtete ihr Werk zufrieden. Das intensive Rot der Geranien passte wunderbar zum ausgeblichenen Holz des Balkongeländers.

In diesem Moment bog der Postwagen um die Ecke. Hildegard drückte zur Begrüßung auf die Hupe, winkte fröhlich und kam mit einer Paketlieferung in den Garten.

»Guten Morgen!«

Christine lächelte freundlich zurück. Sie mochte die Postbotin inzwischen gern und hatte sich im Laufe der vergangenen beiden Wochen sogar an Hildegards neugierige Fragen und ihre Geschwätzigkeit gewöhnt.

»Ich habe ein großes Paket für Sie.« Hildegard stellte den Karton auf der untersten Stufe der Eingangstreppe ab. »Aber Gott sei Dank ist es nicht besonders schwer.«

Christine nickte und schaute auf den Absender.

»Das kommt von einem Gartenausstatter.« Hildegard war ihrem Blick gefolgt.

»Ja, das dachte ich mir schon.«

»Haben Sie etwas bestellt?«, wollte Hildegard wissen. »Darf ich fragen, was?«

»Ach, so einiges.« Natürlich wusste Christine genau, was in dem Paket war. Vor ein paar Tagen hatte sie im Internet sechs bunte Solarleuchten für den Weg zwischen Gartenzaun und Hauseingang bestellt. Aber wenn sie jetzt anfing, ihre Verschönerungspläne mit Hildegard zu diskutieren, würde sie die Postbotin so schnell nicht wieder los. Und gerade heute hatte sie sich noch so viel vorgenommen!

Um zu demonstrieren, wie beschäftigt sie war, beugte sie sich vor und versenkte ihre Hände in einem großen Plastiksack mit Erde.

»Dieser Garten kann auch wirklich noch einiges vertragen«, griff Hildegard die letzte Bemerkung auf und ignorierte Christines zur Schau gestellten Arbeitseifer. »Ich fand es immer schade, dass sich niemand darum gekümmert hat.« Anerkennend betrachtete sie die Blumenkästen und die vielen Pflanzentöpfe, die noch auf dem Boden standen. »Das sieht sehr hübsch aus«, lobte sie.

»Danke.«

»Sie müssen nur aufpassen, dass die Ziegen nicht alles wegfressen.«

»Oje!« Christine blickte überrascht auf. »Daran habe ich noch gar nicht gedacht.«

»Sie sollten Norbert bitten, den Zaun auszubessern und das Gartentor zu verstärken. Immerhin sind es seine Tiere.« Hildegard deutete auf den Ziegenhirten, der gerade mit schnellen Schritten die Wiese überquerte. »Da kommt er ja! Wir können ihn gleich mal fragen.«

»Lieber nicht.«

»Ach, Sie müssen keine Angst vor ihm haben. Unter seiner rauen Schale sitzt ein weicher Kern.«

»Den kann er aber ziemlich gut verbergen.«

»Das ist nicht verwunderlich, er hat immerhin einiges durchgemacht.«

»Wirklich?« Hildegards düstere Andeutung weckte Christines Neugier. »Was denn? Und was hat ihn eigentlich hierher verschlagen?«

»Viel weiß ich leider auch nicht.« Hildegard zuckte mit den Schultern. »Er war auf einmal einfach da. Das muss im letzten Frühling gewesen sein. Im Dorf erzählt man sich, dass er ursprünglich aus Essen stammt. Nach dem Tod seiner Frau hat er sein Haus im Ruhrgebiet verkauft und sein einsames Quartier hier im Wald aufgeschlagen.«

»Das kann nicht sehr komfortabel sein, besonders nicht im Winter.«

»O doch. Er ist als Handwerker sehr geschickt und hat alles gut isoliert und ausgebaut. Sogar Strom hat er sich bis in den Wohnwagen gelegt.«

»Kannte Alexandra ihn?«

»Ich glaube, so gut wie gar nicht. Frau Meyer war im letzten Sommer nur einmal hier, da haben sich die beiden über die Pachtbedingungen geeinigt. Bald darauf ist sie abgereist, und er hat sich in den Wald zurückgezogen.«

»Wie eigenartig!« Christine empfand plötzlich Mitgefühl mit dem brummigen alten Mann. »Eigenartig, aber auch sehr traurig.«

Inzwischen hatte Norbert das Gartentor erreicht. »Hömma!«, rief er. »Datt geht ja garnich!« Schnaufend baute er sich vor Hildegard auf. »Musste datt mit der Hupe sein?«

»Aber ich wollte mich doch nur bemerkbar machen«, setzte Hildegard zu ihrer Verteidigung an. »Es ist doch nichts passiert.«

»Meinste datt ernst? Meine Ziegen ham sich zu Tode erschreckt!«

»Das tut mir leid!«

»Mach datt nich nochma, hörste?« Norbert stemmte seine Arme in die Seite und funkelte die zierliche Postbotin böse an, die mit hochrotem Kopf vor ihm stand. Christine musste lächeln. Der Anblick der beiden war zu komisch.

Doch Hildegard erholte sich schnell von ihrer Verlegenheit. Sie trat einen Schritt zurück und räusperte sich. »Wo du schon mal hier bist: Wir haben uns gerade über den Garten unterhalten. Frau Lindner braucht jemanden, der Zaun und Gartentor repariert. Als Schutz vor den Ziegen, sonst fressen die Tiere alle Blumen auf.«

»Blumen?« Erst jetzt sah sich Norbert im Garten um. Die vielen neuen Pflanzen boten in der Mittagssonne ein helles, fröhliches Bild. Anscheinend besänftigte ihn dieser Anblick, er brachte sogar einen anerkennenden Pfiff zustande. »Datt wird echt schön.«

»Danke! Ich bin aber noch längst nicht fertig«, antwortete Christine, erfreut über das unerwartete Lob. »Wenn meine Arbeit hier draußen erledigt ist, kommt das Innere des Hauses an die Reihe.«

»Da haste dir ja ganz schön watt vorgenommen.«

»Kannst du ihr nicht dabei helfen?«, fragte Hildegard. »Du hast doch Schreiner gelernt.«

»Ja, datt stimmt.«

»Und Zeit hast du auch mehr als genug.«

»Woher willste datt wissen?«

»Ich beobachte dich.«

»Abber meine Ziegen …«

»Würdest du den Zaun für mich ausbessern, Norbert?«, unterbrach Christine den Wortwechsel der beiden.

Der ältere Mann zuckte mit den Schultern.

»Ich zahle gut.«

»Ich will deine Knete nich.«

Hildegard schien das als Zustimmung zu werten. »Natürlich nimmst du kein Geld, das wäre ja noch schöner! Aber dafür, dass sie dich und deine Ziegen weiterhin hier wohnen lässt, könntest du dich ruhig ein wenig dankbar erweisen«, erklärte sie in ihrer typisch resoluten Art.

Norbert warf ihr einen finsteren Blick zu, nickte dann aber doch zustimmend. Christine konnte sich ein weiteres Grinsen nicht verkneifen. Die beiden waren ein seltsames Paar!

»Im Schuppen liegt jede Menge Holz, da sind sicherlich passende Ersatzstücke dabei.«

Der Ziegenhirt kniff die Augen zusammen und kaute eine Weile auf seinen Zähnen herum. »Ich mach datt gleich morgen«, murmelte er dann.

»Aber morgen ist Sonntag«, wandte Hildegard sofort ein.

Erstaunt musterte Christine die Postbotin. Hatte sie etwa ein Problem mit Sonntagsarbeit?

»Da muss ich keine Post austragen«, fuhr Hildegard fort.

Aha! Jetzt verstand Christine. Hildegard gefiel es offenbar gar nicht, dass sie morgen keinen Grund haben würde vorbeizukommen, um den Fortschritt von Norberts Arbeit begutachten zu können.

»Na und?« Norbert zumindest schien das nicht besonders schlimm zu finden. Er zuckte nur mit den Schultern und verließ den Garten grußlos. Vor dem Zaun drehte er sich noch einmal um.

»Und wehe, du hupst nochma!«, rief er Hildegard zu.

Die Postbotin schüttelte den Kopf. »Das mache ich bestimmt nie wieder.«

»So, das wäre geklärt.« Demonstrativ blickte Christine auf ihre Armbanduhr. Es war bereits kurz nach zwölf Uhr, und noch immer warteten mehrere Blumenkästen und Beete darauf, bepflanzt zu werden. Außerdem stand der Karton mit den Solarleuchten auf der Treppe, und sie wollte die Lampen möglichst heute noch auspacken und im Garten verteilen.

Aber vorher musste sie Hildegard loswerden – und das stellte sich als schwierig heraus.

»Heute bin ich mit meiner Tour sehr früh fertig geworden«, bemerkte die Postbotin nämlich und schaute Christine auffordernd an. »Jetzt könnte ich einen Kaffee vertragen.«

»Hm«, machte Christine nur und nahm eine Gartenschaufel in die Hand.

Hildegard schaute sich um. »Hier kann man bestimmt nett draußen sitzen.«

»Ja, kann sein.«

»Haben Sie schon mal draußen Kaffee getrunken?«

»Nein. Dazu war es bislang zu kalt und zu nass.«

»Aber heute ist es schön.« Hildegard strich mit der Hand über die Lehne der alten Holzbank. »Geradezu perfekt für einen kurzen Kaffeeklatsch an der frischen Luft.«

Christine legte die Schaufel zurück in den Blumenkasten und wischte sich umständlich die Hände an ihrer Jeans ab. Das verschaffte ihr Zeit zum Überlegen.

Sollte sie sich über die Postbotin ärgern oder amüsieren? Hildegards charmante Hartnäckigkeit imponierte ihr, und so siegte schließlich ihr Sinn für Humor. Die Postbotin sollte ihren Kaffee bekommen, wenn auch nicht gleich heute.

»Jetzt passt es mir leider gar nicht«, gab sie ehrlich zu. »Sie sehen ja, wie viel Arbeit ich noch habe. Aber irgendwann in den nächsten Wochen dürfen Sie gern mal auf einen Kaffee vorbeikommen.«

»Fein!« Hildegard strahlte. »Ich werde Sie beim Wort nehmen.« Zufrieden vor sich hin summend, verschwand sie Richtung Gartentor.

»Darauf wette ich!«, murmelte Christine, als das Postauto hinter der Waldbiegung verschwand.

Pünktlich am nächsten Morgen erschien Norbert, bewaffnet mit einem Werkzeugkasten, einer Plastiktüte und einem kleinen Transistorradio.

»Tach!«, brummte er, legte seine Sachen auf dem Gartentisch ab und begann ohne Umschweife mit der Ausbesserung des Holzzauns.

Den ganzen Vormittag über hämmerte er, sägte und passte die fehlenden Stücke ein. Christines Angebot, ihm zu helfen, lehnte er freundlich, aber entschieden mit der Begründung ab, dass er allein besser zurechtkäme.

Ihr war das ganz recht so.

Sie war immer noch mit der Gartenbepflanzung beschäftigt und machte sich heute daran, ein Gemüsebeet anzulegen. Während sie mit den Händen in der frischen Erde grub und Salatpflanzen setzte, hing sie ihren Gedanken nach.

Norbert hatte sein Radio angestellt, doch zu Christines großer Überraschung lief keine Schlagermusik, sondern eine Nachrichtensendung mit aktuellen Themen und Hintergrundberichten. Bald schon lauschte sie voller Interesse den Ausführungen der Reporter.

Mit Norbert wechselte sie kaum ein Wort – doch hin und wieder trafen sich ihre Blicke, und sie lächelten sich freundlich zu.

Am frühen Nachmittag verkündete Norbert, dass er fertig sei.

»Schon?« Stöhnend richtete Christine sich auf und drückte ihren schmerzenden Rücken durch.

Er nickte.

»Das ging aber schnell. Magst du … ich meine … willst du vielleicht mit mir eine Tasse Kaffee trinken?«

»Nee, lass ma!«

Ihr Magen knurrte. »Oder etwas essen?« Zur Abwechslung würde es mal ganz nett sein, nicht allein am Tisch zu sitzen.

»Nee.«

»Tja, dann eben nicht.« Christine musste zugeben, dass sie ein wenig enttäuscht war. So ähnlich hatte sich Hildegard Häberle sicher gestern gefühlt, als sie vergeblich auf einen gemeinsamen Kaffee gehofft hatte. Sie klopfte sich den Schmutz von der Hose und machte Anstalten, Norbert zum Gartentor zu begleiten.

Doch er hielt sie zurück.

»Warte ma! Ich hab noch watt für dich.« Er öffnete seine

Plastiktüte und zog ein Vogelhäuschen heraus. »Datt Häusken is für deinen Garten.«

Überrascht betrachtete Christine das Geschenk. Das Futterhaus war aus halbierten Birkenzweigen gebaut und ungefähr so groß wie ein Schuhkarton. Sein Dach bestand aus zwei aneinandergelegten Holzplatten, zwischen denen eine Schnur angebracht war, mit der man das Häuschen aufhängen konnte.

»Hast du das selbst gemacht?«

Er nickte.

»Es ist wunderschön. Vielen Dank!«

»Schon gut.« Er nahm seine Mütze ab und kratzte sich verlegen am Kopf. »Ich geh dann gezz ma.«

»Du magst wirklich nicht bleiben?«

»Nee.«

»Dann …« Christine war etwas ratlos, wie sie ihren Dank ausdrücken sollte. Da ihr nichts Besseres einfiel, sagte sie: »Danke für deine Hilfe!«

»Tschüs!« Er nahm Radio, Tüte und Werkzeugkoffer und verschwand Richtung Wald, wo seine Ziegen ihn meckernd begrüßten.

»Schade!«, hörte Christine sich selbst sagen.

Sie musste sich eingestehen, dass sie begonnen hatte, den alten Mann zu mögen. Seine schweigende Gesellschaft war angenehm gewesen, und sein überraschendes Geschenk rührte sie. Zum ersten Mal seit Lexis Tod hatte sie wieder das Gefühl, sich einem anderen Menschen gegenüber öffnen zu wollen. Leider jedoch machte Norbert es ihr nicht gerade leicht. Aber sie hatte Geduld und viel Zeit. Irgendwann würde sich bestimmt eine Gelegenheit ergeben.

Schon drei Tage später war es so weit.

Christine kehrte an diesem Abend von einem längeren Einkauf aus Freiburg zurück. Nach der Ruhe der letzten Tage war ihr die Stadt ungewohnt laut und hektisch vorgekommen. Erleichtert stieg sie aus dem Auto und genoss den friedlichen Anblick, der sich ihr bot.

Der Tag war klar und sonnig gewesen, der Sonnenuntergang würde sicherlich großartig werden. Norbert saß bereits auf seiner Bank, hatte sich eine Pfeife angezündet und blies nun kleine graue Rauchwolken in den Himmel.

Kurz entschlossen ließ Christine ihre Einkäufe im Auto liegen, hängte sich ihren Pulli über die Schultern und schlenderte langsam auf die Bank zu. Schon von weitem konnte sie den Pfeifentabak riechen. Vanille und Kirsche, eine harmonische Mischung – und weitaus angenehmer als der strenge Gestank der Ziegen, die sich, wie üblich um diese Zeit, auf der Weide niedergelassen hatten. Vorsichtig ging Christine um die Tiere herum und setzte sich zu Norbert auf die Bank.

»Guten Abend!«

Er grunzte nur.

»Kann ich eine Weile hier sitzen bleiben?«

Er zuckte mit den Schultern und zog an seiner Pfeife.

»Es ist schön hier.«

Ein weiterer Zug aus der Pfeife. Offensichtlich hatte er heute einen seiner besonders schweigsamen Tage.

»Hast du gesehen, dass ich mit den Blumen fast fertig bin?« Christine drehte sich zum Haus um.

Er folgte ihrem Blick.

»Jetzt sieht es so aus, wie ein Schwarzwaldhaus aussehen sollte, zumindest von außen.«

Norbert machte eine unbestimmte Geste, die man als Zustimmung werten konnte.

»Dein Vogelhäuschen hat einen Ehrenplatz im Fliederbusch bekommen. Die Meisen waren schon ein paarmal da und haben es besichtigt.«

Er sah aus, als ob ihn das freute, also redete sie schnell weiter. »Die Arbeit im Garten hat mir richtig gutgetan. Ich hätte nie gedacht, dass ich mich hier so schnell so wohl fühlen würde. Die Natur macht es einem leicht, dieses Stückchen Erde zu lieben.«

Sie hatte wohl die richtigen Worte gewählt, denn er nahm seine Pfeife aus dem Mund und lächelte.

»Als ich hier ankam, war ich völlig fertig«, fuhr Christine fort, ermuntert durch sein Lächeln. »Aber langsam finde ich meinen Frieden.«

Jetzt nickte er sogar.

»Kannst du das nachvollziehen? Ist dir das vielleicht auch so gegangen?«

Er seufzte. Dann steckte er die Pfeife zurück in den Mund und nahm einen tiefen Zug.

Christine wartete ab, doch Norbert blieb stumm.

Hatte sie ihn verschreckt? War die Frage zu persönlich gewesen? Sie beschloss, jetzt lieber nichts mehr zu sagen, denn sie wollte die Geduld des alten Mannes nicht noch weiter strapazieren. Es war schon als großer Fortschritt zu werten, dass er neben ihr sitzen blieb. Also streifte sie ihren Pulli über und schwieg, während er seine Pfeife ausklopfte, mit frischem Tabak befüllte und erneut anzündete.

So hockten sie still nebeneinander und beobachteten das Naturschauspiel am Abendhimmel. Die Schatten der Bäume wurden länger, das Licht weicher und der Gesang der Amseln lauter. Schließlich versank die Sonne wie ein Feuerball zwischen zwei Hügeln, und der Horizont erstrahlte von Hellgelb bis Dunkelrot.

Als es dämmerte, erhob sich Christine.

»Gute Nacht!«, flüsterte sie und rechnete nicht ernsthaft mit einer Erwiderung.

Doch dann passierte es. Eine warme, schwielige Hand legte sich für einen kurzen Moment auf ihren Arm.

»Kommste morgen wieder?«, brummte Norbert durch seine Zähne und die Pfeife hindurch.

»Wenn ich darf … gern!«

Rasch wandte sie sich ab.

Seine Bemerkung freute sie. Aber er musste ja nicht unbedingt sehen, dass sie vor Rührung sogar ein paar Tränen in den Augen hatte.

7

»Jetzt ist Mama schon seit über drei Wochen weg.«

Jule schob sich den Rest ihres Frühstücksbrotes in den Mund und spülte mit Kaffee hinterher. Dann warf sie, immer noch kauend, einen prüfenden Blick auf die Post, die neben ihrer Tasse auf dem Gartentisch lag: die monatliche Telefonrechnung, ein paar bunte Werbehefte und der Informationszettel für eine bevorstehende Altkleidersammlung – nichts Wichtiges also.

Sie gähnte herzhaft und streckte ihre Beine aus. So ein spätes Frühstück war der perfekte Start in einen faulen Samstagmorgen. Und Gott sei Dank spielte jetzt, Mitte Mai, auch das Wetter wieder mit, so dass sie heute zum ersten Mal im Freien frühstücken konnten.

Rechts von ihr hatte es sich Oma Helga mit einer Tasse Pfefferminztee und einem Kreuzworträtsel bequem gemacht. Irgendwo in einem der Nachbargärten brummte ein Rasenmäher, vor dem Nebenhaus putzten Oliver und Jan ihre Autos, und Trudi, das neue Kätzchen, sprang auf der Wiese umher und jagte Insekten.

»Drei Wochen schon!« Helga ließ die Rätselzeitschrift sinken. »Es wird langsam Zeit, dass sie zurückkommt. Hat sie dir gesagt, wann sie wieder hier sein wird?«

»Nö. Warum auch? Sie hat es nicht eilig.«

»Ich gebe es ja ungern zu, aber der Aufenthalt in den Bergen scheint ihr tatsächlich gutzutun.«

»Hast du das auch schon bemerkt? Am Telefon klingt sie richtig erholt.«

»Ich frage mich allerdings, was ihr Chef zu ihrer Abwesenheit sagt.«

»Bislang wohl gar nichts. Er hat ihr neulich sogar den unbezahlten Urlaub verlängert, als sie bei ihm angerufen hat. Und selbst wenn er das nicht mehr tun sollte, kann ihr das egal sein. Dann kündigt sie eben und sucht sich in aller Ruhe etwas Neues.«

»Unglaublich, dass man das so gelassen sehen kann, nur weil wir jetzt viel Geld haben, nicht wahr?«

»Nicht *wir*, Oma!«, korrigierte Jule. »Sondern *Mama*.«

»Christine hat schon immer gern geteilt. Hast du sie mal gefragt, ob sie dir ein Auto kauft? Oder vielleicht auch mir?«

»Nein, natürlich nicht! Und das werde ich auch nicht tun.«

»Warum nicht? Geld ist zum Ausgeben da.«

»Siehst du? Das ist der Grund, warum du keines hast.«

»Nein, das ist der Grund, warum ich Spaß hatte im Leben.«

»Den habe ich auch. So, und jetzt genug von diesem Thema!« Jule stapelte ihr Frühstücksgeschirr und schob die Post zusammen. Dabei fiel ihr Blick auf den Zettel für die Altkleidersammlung.

»Nächste Woche ist Kleidersammlung«, stellte sie fest. »Wollen wir morgen früh mal in Lexis Schrank schauen und die ersten Sachen aussortieren?«

»Das ist eine gute Idee! Wir können nicht alles aufbewahren. Lieber dient ihre Kleidung noch einem guten Zweck, als dass sie bei uns von Motten zerfressen wird.«

»Wir haben keine Motten.«

»Wie denn auch? In Lexis Schrank hängen Unmengen von Lavendelsäckchen.« Helga dachte an den intensiven Duft, der ihr vor ein paar Wochen beim Putzen entgegengeströmt war. An die sorgfältig aufgehängte Kleidung, die so viele schöne Erinnerungen geweckt hatte. Und plötzlich fiel ihr auch die kleine Schachtel wieder ein, die auf dem Boden des Schranks gestanden hatte.

»Verflixt!«, rief sie und schlug mit der Faust auf den Tisch. Erschreckt zuckte Jule zusammen, und die Katze flüchtete sich unter einen Johannisbeerstrauch.

»Was ist denn jetzt schon wieder?«

»Das hatte ich ja völlig vergessen!«

»Was denn?«

»Komm mal mit.« Helga stieß ihren Stuhl zurück und eilte zur Terrassentür.

Jule hatte Mühe, ihr zu folgen. »Oma, warte mal! Wo willst du hin?«

Helga gab keine Antwort. Sie lief die Treppen hinauf, riss die Tür zu Lexis Zimmer auf und öffnete den Kleiderschrank.

»Schau mal hier!« Ein wenig außer Atem deutete sie auf die schmale Kiste.

Jule runzelte die Stirn. Sie schien sich nicht sicher zu sein, ob sie der Aufforderung ihrer Großmutter Folge leisten sollte.

»Nun mach schon!«

Entnervt verdrehte Jule die Augen, kniete sich dann aber doch vor den Schrank auf den Boden und holte den kleinen Pappkarton heraus. Ihr betont gleichgültiger Blick streifte die Nachricht, die auf dem Deckel stand – und wurde plötzlich aufmerksam und konzentriert. Vorsichtig schüttelte sie die Schachtel, drehte sie hin und her und war dann offensichtlich mit dem Ergebnis ihrer Prüfung mehr als zufrieden.

»Das müssen sie sein!«, rief sie begeistert. »Ich bin mir hundert Prozent sicher! Wir haben sie gefunden!«

»Wir haben *was*?« Helga verstand gar nichts mehr.

»Na, die Briefe, die Lexi Mama versprochen hat.« In Windeseile fasste Jule für ihre Großmutter den Inhalt von Lexis erster Nachricht zusammen.

»Aha.« Helga wirkte gekränkt. Sie trat ein paar Schritte zurück und ließ sich auf das Bett sinken. »Warum erzählst du mir erst jetzt davon?«

Verlegen biss sich Jule auf die Lippen. Mit diesem Vorwurf hätte sie rechnen müssen. Es war ja so was von klar, dass ihre Großmutter sofort beleidigt war!

Um sich zu rechtfertigen, trat sie die Flucht nach vorn an. »Und wieso hast du uns die Schachtel nicht früher gezeigt?«, gab sie zurück.

»Ich habe es vergessen.«

»Mama und ich haben auch nicht daran gedacht, dir von dem ersten Brief zu erzählen. Damit sind wir jetzt wohl quitt, oder?«

»Das sehe ich nicht so. Ihr wart immerhin zu zweit. Ich hingegen war einfach nur vergesslich.«

»Natürlich! Jetzt sind wir wieder einmal die Bösen«, empörte sich Jule. »Das ist ja immer so.«

»Wie bitte? Warum bist *du* denn jetzt eingeschnappt?«, wunderte sich Helga. »*Ich* bin doch diejenige, der man nichts erzählt hat.«

»Wir haben nichts gesagt, weil der Brief eine Sache zwischen Mama und Lexi ist, die niemanden sonst etwas angeht.«

»Alles, was Christine betrifft, geht auch mich etwas an.

Erst recht, wenn es dabei um den Brief einer Toten geht. Tinchen ist meine Tochter, und ich will, dass es ihr gutgeht. Wenn du später einmal selbst Kinder hast, wirst du wissen, dass es keine tiefere Bindung gibt als diejenige zwischen Eltern und ihren –«

»Ach, Oma, ich bitte dich! Jetzt fang nicht schon wieder mit deinen Lebensweisheiten an. Darauf habe ich gerade echt keinen Bock.«

Helga sah aus, als ob sie widersprechen wollte. Doch dann schien sie es sich anders zu überlegen. »Worauf hast du denn Lust?«, erkundigte sie sich stattdessen beiläufig.

»Hä?« Die Frage kam so unerwartet, dass sie Jule völlig aus dem Konzept brachte.

»Worauf hast du Lust?«, wiederholte ihre Großmutter.

»Das ist doch jetzt völlig egal. Du willst nur vom Thema ablenken.«

»Nein, das will ich nicht. Ich möchte nur wissen, was du jetzt vorhast.«

»Mit den Briefen? Keine Ahnung.«

»Wir könnten sie öffnen.«

»Das werden wir sicherlich nicht tun. Nicht ohne Mama!« Vorsichtshalber schob Jule die Pralinenschachtel unter ihren Pulli, was Helga mit einem verächtlichen Blick quittierte.

»Warum nicht?«, fragte sie. »Bist du nicht neugierig?«

»Ich kann mich beherrschen.«

»O ja, das weiß ich.« Helga lächelte nachsichtig. »Du bist viel zu ernst und gewissenhaft. Etwas mehr Spontaneität würde dir guttun.«

»Kann sein. Aber wir werden diese Briefe trotzdem nicht ohne Mama öffnen.«

»Wie du willst.« Helga erhob sich und warf ihrer Enkelin einen langen, beleidigten Blick zu. »Anscheinend willst du dir nicht helfen lassen. Deshalb werde ich hier auch nicht weiter herumsitzen.«

»Wo gehst du hin?«

»In die Stadt. Ich will mich am Mittag mit Wolfgang treffen.«

»Wolfgang?«

»Der ist neu in meinem Kegelclub. Er hat sicher nichts dagegen, wenn ich anrufe und sage, dass ich schon früher Zeit habe. Er mag meine Gesellschaft.«

Jule blickte auf. »Du bist immer noch sauer.«

»Ja. Und das völlig zu Recht.« Ohne einen Abschiedsgruß verließ Helga das Zimmer.

Als Jule wenig später die Haustür ins Schloss fallen hörte, atmete sie erleichtert auf.

Endlich war sie ungestört und konnte sich in Ruhe ihre nächsten Schritte überlegen.

Die Schachtel mit Lexis Briefen musste auf dem schnellsten Weg zu ihrer Mutter.

Nur – wie?

Das Ganze mit der Post zu verschicken kam für Jule nicht in Frage. So etwas Kostbares gab man nicht in fremde Hände. Aber was dann?

Eigentlich würde sie Christine furchtbar gern überraschen und am liebsten dabei sein, wenn diese Lexis neue Nachrichten öffnete. Warum also sollte sie die Schachtel nicht persönlich in den Schwarzwald bringen? Was sprach gegen einen spontanen Ausflug?

Blitzschnell überschlug Jule ihre Pläne und Termine. Ihren Aushilfsjob in einer Pizzeria konnte sie Gott sei Dank jederzeit kündigen, auch wenn sie kein gutes Gewissen dabei hatte. Die Verabredungen mit ihren Freundinnen in der nächsten Woche müsste sie absagen, die Mädels würden sicher Verständnis dafür haben. Auf die Geburtstagsparty, die ihr Vater für sie ausrichten wollte, hatte sie sowieso keine Lust. Und hier im Haus gab es auch nicht mehr viel zu tun. Das wenige, das gemacht werden musste, schaffte Oma Helga allein.

Oder würde die am Ende mitreisen wollen?

Jule runzelte die Stirn.

Was für eine blöde Frage! Natürlich würde ihre Großmutter mitkommen wollen.

Alles, bloß das nicht!

Wenn sie verhindern wollte, dass Helga sie begleitete, musste sie wohl oder übel heimlich aufbrechen. Dieser Gedanke gefiel ihr gar nicht. Sie hasste es, unzuverlässig zu sein. Ihre Oma reagierte mit Sicherheit verstimmt, wenn Jule so plötzlich und ohne ein Wort der Erklärung abhaute.

Aber zum Glück war Helga nicht nachtragend und vergaß ihren Ärger in der Regel schnell. Sie würde sich furchtbar aufregen, dann aber wieder zur Tagesordnung übergehen. Oder – in ihrem Fall – zur täglichen Unordnung.

Außerdem: Hatte ihre Großmutter ihr nicht vorhin ausdrücklich zu mehr Spontaneität geraten?

Kurz entschlossen zog sie ihr Smartphone aus der Hosentasche und öffnete das Internet, um Informationen über Verkehrsverbindungen nach Muggenbrunn abzurufen. Doch schon auf der Startseite der Deutschen Bahn leuchtete ihr in roten Buchstaben das Wort »Streik« entgegen. Na toll! Heute und morgen würden keine Züge fahren.

Blieb wohl nur noch ein Auto.

Zu dumm, dass sie noch keinen eigenen Wagen hatte! Ob sie sich einen leihen sollte? Nein, lieber nicht. Sie war noch nie eine so lange Strecke allein gefahren. Vielleicht konnte ihr ein Freund oder ein Bekannter helfen.

Aber wer?

Gedankenverloren trat sie ans Fenster. Ihr Blick fiel auf die Straße und in den Vorgarten der Nachbarn.

Und auf einmal hatte sie eine Idee.

»Heute ist schon wieder Samstag«, stellte Hildegard Häberle am frühen Nachmittag des gleichen Tages fest, als sie Christine die Post überreichte.

»Tatsächlich! Die Zeit vergeht schnell, wenn man beschäftigt ist«, entgegnete Christine.

»Sie haben wirklich einiges geschafft!« Interessiert sah sich Hildegard im Garten um, wo es mittlerweile überall grünte und blühte. Gleich neben der Eingangstreppe standen neue Korbmöbel, die Solarleuchten waren montiert, ein riesiger gelber Sonnenschirm spendete Schatten, und ein Windspiel am Balkongeländer erzeugte sanfte, melodische Klänge.

»Ja, der Garten ist schön geworden.« Christine drehte sich einmal um ihre eigene Achse. »Das hat mich viel Arbeit gekostet.«

»Ich weiß. Deshalb habe ich Sie auch in Ruhe gelassen, wie Sie vielleicht bemerkt haben.«

Christine verkniff sich ein amüsiertes Lächeln. Ihr war tatsächlich schon aufgefallen, dass die Postbotin in der letzten Woche nicht mehr auf die ausstehende Einladung zum Kaffee zu sprechen gekommen war. Doch offensichtlich war es jetzt mit Hildegards Zurückhaltung vorbei.

»Aber heute passt es, oder?«, fuhr sie nämlich fort und blickte Christine auffordernd an.

»Klar. Warum nicht?« Sie hatte es versprochen und würde Wort halten. Außerdem vermisste sie mittlerweile weibliche Gesellschaft. Ein kleiner Schwatz bei einer Tasse Kaffee tat ihr sicher gut.

»Wollen wir uns hier draußen hinsetzen?«, fragte Hildegard. »Unter den Sonnenschirm?«

»Gern. Ich muss allerdings erst Kaffee kochen. Möchten Sie mit reinkommen?«

Hildegard nickte und folgte Christine ins Haus. Gleich im Flur blieb sie stehen und sah sich neugierig um. Schnell fiel ihr Blick auf den Schirmständer, in dem noch immer das Holzkreuz steckte. Ihre fragende Miene sprach Bände.

»Das kann ich erklären«, schmunzelte Christine und erzählte der Postbotin von ihrer ersten Begegnung mit Phillip.

Hildegard lachte Tränen. »Ja, so ist er, unser Phillip. Ein feiner, hilfsbereiter Kerl, aber immer etwas verpeilt.«

»Kennen Sie ihn näher?«

»Ja, freilich. Er ist mein Neffe und wohnt direkt neben mir.«

»Dann wundert es mich umso mehr, dass er nicht wusste, dass ich komme. Sie haben doch bestimmt zu Hause erzählt, dass Sie mir den Schlüssel bringen sollten.«

»Vermutlich hat er nicht zugehört. Er ist öfter mal … ein wenig abwesend.«

Christine nickte. Sie hatte den gleichen Eindruck von ihrem ungebetenen Gast gehabt.

»War er seitdem noch einmal hier?«, wollte Hildegard wissen.

»Nein. Entweder traut er sich nicht mehr her, oder das Wetter war zu schlecht um Fledermäuse zu beobachten.«

»Er kommt sicher wieder.«

Inzwischen waren sie in der Küche angelangt. Während Christine die Kaffeemaschine einschaltete, lehnte sich Hildegard in den Türrahmen und begutachtete die spärliche, hochmoderne Einrichtung.

»Ich bin heute übrigens das erste Mal in diesem Haus.«

»Wirklich? Wie kann das sein?«

»Jahrelang hat hier niemand gewohnt, deshalb musste ich auch keine Post bringen. Dann hat Frau Meyer das Haus übernommen. Sie lebte allerdings sehr zurückgezogen. Ich habe ihr die Post immer vor die Tür legen müssen, weil sie nicht gestört werden wollte.«

»Na, wenn das so ist, dann schauen Sie sich ruhig um!«

Das ließ sich Hildegard nicht zweimal sagen. Sie trat an eine der schmalen Vitrinen und warf einen neugierigen Blick in jedes Regalfach. Damit war sie schnell fertig, denn es stand nicht viel Geschirr im Schrank. Achselzuckend wandte sie sich ab und inspizierte ein Wandregal, auf dem lediglich ein verchromter Korkenzieher und ein Weinthermometer lagen.

»Sehr übersichtlich.«

»Nicht wahr? Dieser Einrichtungsstil setzt sich im ganzen Haus fort. Typisch Künstlerin!«

»Verstehe.« Die Postbotin nickte, doch es war ihr anzusehen, dass sie es im Grunde nicht verstand. Denn gleich darauf wiederholte sie noch einmal nachdenklich: »Künstlerin, so-so.« Dann fragte sie: »Was war sie eigentlich für ein Mensch?«

»Alexandra? Sie war eine tolle Frau …« Christine stockte und wartete auf den unbändigen Schmerz, der sich bislang immer dann eingestellt hatte, wenn sie von ihrer Freundin in der Vergangenheit sprechen musste.

Doch er kam nicht.

Stattdessen spürte sie etwas Neues – ein Gefühl, das längst nicht mehr so weh tat. Eine Mischung aus Sehnsucht und

Melancholie. Zum ersten Mal dominierte nicht Trauer, sondern Wärme und Zuneigung ihre Erinnerungen. Sie brachte sogar ein kleines Lächeln zustande.

»Sie war wunderschön«, fuhr sie fort. Ihre Stimme zitterte ein wenig, wurde dann aber fester. »Dunkle Haare, braune Augen und eine makellose Figur. Die Jungs standen schon in der Schule bei ihr Schlange, und das hat sich nie geändert. Mit ihr zusammen wurde es nie langweilig, denn sie war unglaublich fröhlich und hat viel gelacht. Für mich war sie die beste Freundin, die ich mir vorstellen konnte. Zuverlässig und loyal, aber auch lebhaft, extravagant und manchmal sogar ein wenig exzentrisch.«

Hildegard, die die ganze Zeit über stumm zugehört hatte, nickte verständnisvoll. »Sie vermissen sie.«

Das war keine Frage, sondern eine Feststellung. Christine atmete tief durch. »Und wie!«

Tröstend streichelte die Postbotin über ihre Hand. »In Ihren Erinnerungen wird sie weiterleben«, sagte sie leise. »Glauben Sie mir, ich weiß, wovon ich rede! Ich habe meine Mutter sehr früh verloren, schon vor fast vierzig Jahren, aber ich denke immer noch jeden Tag an sie.«

»Wird das nicht irgendwann besser?«

»Es wird anders. Leichter. Wie heißt es so schön? Die Zeit heilt alle Wunden.«

»Bis jetzt habe ich solche Sprüche nur für leere Phrasen gehalten. Aber ich glaube, dahinter steckt doch etwas Wahres.«

»Alle Sprichwörter haben einen wahren Kern. Das bemerkt man aber erst, wenn man selbst einmal in eine Lage gerät, in der eine alte Weisheit trösten kann.« Prüfend blickte Hildegard Christine an. »Geht es jetzt wieder?«

»Ja, danke.«

Die Postbotin lächelte noch einmal aufmunternd und setzte dann ihren Erkundungsgang durch die Küche fort. Vor der Fensterbank blieb sie stehen und deutete auf einen einzelnen hochhackigen knallroten Damenschuh, der Lexi als Stiftehalter gedient hatte.

»Dass Frau Meyer exzentrisch war, sieht man diesem Haus wahrlich an.«

»Das klingt so, als ob Sie die Einrichtung nicht mögen.«

Hildegard zögerte. »Hier drinnen ist alles sehr individuell und ungewöhnlich gestaltet«, formulierte sie ihre Kritik dann vorsichtig.

Christine unterdrückte ein Schmunzeln. »Es ist eigentlich überhaupt nicht gestaltet«, entgegnete sie. »Ich fand schon immer, dass Lexi sich bei der Einrichtung viel zu wenig Mühe gegeben hat. Ihr reichte offenbar die Abgeschiedenheit der Berge, ein großes Atelier mit tollen Lichtverhältnissen, eine Matratze unter dem Fenster und eine moderne Küche im Erdgeschoss. Alles andere war lästiges Beiwerk, das sie so schlicht und pflegeleicht wie möglich gestalten wollte. Aber das werde ich ändern.«

»Was haben Sie vor?«

»Ich möchte das Haus wieder zu dem machen, was es einmal war. Ein gemütliches Zuhause, mit allem, was dazugehört.«

»Und was gehört Ihrer Meinung nach dazu?« Interessiert beugte sich Hildegard vor.

»Ich möchte die alte Bausubstanz sichtbar machen. Holzdecken, Paneele und Fußböden«, zählte Christine auf, froh darüber, ihre Ideen endlich mit jemandem teilen zu können. »Dazu farbige Wände, Vorhänge, buntes Geschirr, Bücher, Kissen, Tischdecken, Lampen, Holzmöbel, ein paar Antiquitäten aus der Gegend … alles Mögliche.«

»Das klingt sehr schön. Wenn Sie wollen, gebe ich Ihnen ein paar Tipps, wo Sie einkaufen gehen können.«

»Das wäre nett.«

»Haben Sie schon Handwerker bestellt?«

»Ja. Am Montag kommen Maler und Zimmermänner.«

»Fein!« Hildegard nickte zufrieden. »Die Arbeit wird Ihnen guttun und über die Trauer hinweghelfen.«

Überrascht blickte Christine von der Kaffemaschine auf. Sie hatte Frau Häberle bis heute eindeutig unterschätzt. Die Postbotin mochte zwar neugierig und bisweilen sogar etwas aufdringlich sein. Aber anscheinend konnte sie auch sensibel und einfühlsam reagieren, wenn es wirklich darauf ankam.

»Ich merke jetzt schon, dass es mir bessergeht.« Sie strich sich ein paar Haarsträhnen aus der Stirn. »Dieses Haus ist wie ein Neuanfang für mich.«

»Eine große Aufgabe.«

»Aber auch eine schöne Aufgabe.«

Der Kaffee war fertig. Christine stellte die Kanne zusammen mit Geschirr, Besteck, Zucker und Milch auf ein Tablett. »Wollen wir wieder hinausgehen?«

»Gern.« Fröhlich schwatzend folgte Hildegard ihr in den Garten.

»Sollen wir Norbert fragen, ob er auch einen Kaffee möchte?«, unterbrach Christine ihren Redefluss.

»Norbert?«, wiederholte die Postbotin gedehnt, bevor sie mit einem bekümmerten Lächeln abwinkte. »Der kommt nicht. Ich versuche schon seit langem, mich mal mit ihm zu verabreden. Aber er will nicht.« Christine glaubte, Bedauern aus ihrer Stimme heraushören zu können. Hatte Hildegard etwa ein persönliches Interesse an Norbert?

»Haben Sie Familie, Frau Häberle?«

»Nein, keine eigene, nur die meiner Schwester. Ich bin ledig. Und Sie?«

»Ich bin geschieden und lebe mit meiner Tochter Jule und meiner Mutter unter einem Dach.«

»Das ist schön für Sie. Eine eigene Familie zu haben ist sehr wichtig. Leider blieb mir das verwehrt.« Hildegard wirkte für einen Moment lang niedergeschlagen, doch sie riss sich schnell wieder zusammen. »Aber lassen wir das jetzt! Der Tag ist viel zu schön, um ihn mit trüben Gedanken zu verbringen. Reden wir über etwas Netteres. Beschreiben Sie mir doch noch mal, was Sie in der Küche alles verändern wollen!«

Von jetzt an drehte sich das Gespräch nur noch um Geschirrschränke, Vitrinen, Gewürzregale und alte Kaffeemühlen. Ehe sich die beiden Frauen versahen, waren zwei Stunden vergangen. Zum Abschied schlug Hildegard vor, sich zu duzen. Christine hatte nichts dagegen.

»Dann sehen wir uns am Montag wieder«, sagte Hildegard und erhob sich vom Gartentisch. »Ich werde …«

Doch der Rest ihres Satzes ging in lauten Motorengeräuschen unter. Beide Frauen blickten zum Weg, auf dem in diesem Moment ein alter weißer Opel auftauchte. Er fuhr nicht besonders schnell, aber der Lärm, den der Motor machte, war ohrenbetäubend. Irgendwie kam das Auto Christine bekannt vor, aber sie erinnerte sich nicht gleich daran, wo sie es zuletzt gesehen hatte. Als es ihr wieder einfiel, verschlug es ihr vor Überraschung die Sprache.

Mitten auf dem Feldweg und ein ganzes Stück vor dem Gartenzaun kam der Wagen zum Stehen.

»Erwartest du Besuch?«, wollte Hildegard wissen.

Christine schüttelte den Kopf. Sie presste die Lider zusammen, um einen genauen Blick auf das Nummernschild werfen zu können. Und saß da nicht noch eine andere Person im

Auto? Angestrengt kniff sie die Augen noch ein bisschen mehr zusammen.

Konnte das möglich sein?

Mit entgeistertem Gesichtsausdruck beobachtete sie, wie die Beifahrertür geöffnet wurde. Im Zeitlupentempo stieg ihre Tochter aus dem Wagen aus und lächelte gequält.

8

Jule hatte das Gefühl, sich jeden Moment übergeben zu müssen.

Die kurvige Strecke am Ende der Fahrt wäre schon dann eine Herausforderung für ihr Gleichgewichtsorgan gewesen, wenn sie die ganze Zeit auf die Straße geschaut hätte. Dummerweise jedoch hatte sie ihre Nase in ein Buch gesteckt und nicht auf die Strecke geachtet.

Das rächte sich jetzt.

Jan beugte sich über den Beifahrersitz zu ihr herüber. »Alles okay?«

Sie nickte, lehnte sich von außen gegen die Motorhaube und atmete tief durch. Aus halbgeschlossenen Augen beobachtete sie, wie ihre Mutter und eine ältere Frau in gelber Jacke das Gartentor öffneten und auf sie zuliefen.

»Jule!«, rief Christine. »Was machst du denn hier?«

»Jule? Ist das etwa deine Tochter?«, wollte die andere Frau wissen, offenbar die örtliche Postbotin.

»Ja.«

»Watt war datt denn?« Jetzt kam auch noch ein älterer Mann über die Wiese, eine Horde Ziegen im Schlepptau.

»Willst du nicht lieber wieder ins Auto kommen?«, erkundigte sich Jan. »Hier drinnen ist es wesentlich ruhiger.«

»Aber es stinkt nach Zigaretten.«

»Das habe ich dir vorher gesagt.«

Er hatte die ganze Fahrt über geraucht. Jule hatte alle Lüftungsdüsen in ihre Richtung gestellt und jedes Mal das Fenster geöffnet, sobald die Geschwindigkeit es zuließ. Doch vergeblich, die Luft war schon nach wenigen Kilometern völlig grau und verraucht gewesen. Irgendwann hatte sie es schließlich aufgegeben und sich stattdessen in ihr Buch vertieft.

Doch im Grunde konnte sie Jan nicht böse sein, denn es war schließlich sein Auto. Außerdem war sie ihm dankbar dafür, dass er sich bereit erklärt hatte, sie in den Schwarzwald zu fahren. Gut, sie hatte ihm zweihundert Euro Benzingeld geboten, das war viel Geld. Vermutlich war er deshalb so schnell einverstanden gewesen.

Als er fragte, wann es denn losgehen solle, hatte Jule geantwortet: »Möglichst sofort.« Er hatte genickt und ihr zu verstehen gegeben, dass er eine halbe Stunde für die Vorbereitung brauchen würde.

Überrascht von so viel Spontaneität hatte Jule sich ihrerseits beeilt, ein paar Sachen einzupacken und ihrer Großmutter eine kurze schriftliche Nachricht zu hinterlassen. Erst beim Einbiegen auf die Autobahn waren ihr erste Zweifel an ihrer überhasteten Aktion gekommen. Doch da war es bereits zu spät.

Und jetzt war sie hier …

Sie atmete noch einmal tief durch. Die frische Bergluft beruhigte Lunge und Magen, sie konnte wieder klar denken. Mit zwei Schritten eilte sie ihrer Mutter entgegen und warf sich ihr in die Arme.

»Hallo, Mama!«

Christine erwiderte die Umarmung herzlich, dann jedoch schob sie Jule ein Stück von sich und schaute ihr fest in die Augen. »Was ist passiert?«, wollte sie wissen.

»Nichts. Alles gut.«

Inzwischen hatte auch Norbert die kleine Gruppe erreicht. Ein wenig kurzatmig blieb er neben Hildegard stehen und stemmte seine Hände in die Seiten.

»Watt is hier los?«

Seine Ziegen trabten weiter zum Auto und schnüffelten an den Felgen.

»Das ist Christines Tochter, und der Junge ist wahrscheinlich ihr Freund«, raunte die Postbotin ihm zu. »So eine Überraschung!«

Norbert brummte irgendetwas, das wie »Knalltüten« klang, und drängte sich an den Frauen vorbei Richtung Wagen.

Christine setzte unterdessen ihre Befragung fort, ohne auf die anderen beiden zu achten.

»Wo ist Oma Helga?«, wollte sie von Jule wissen.

»Zu Hause, bei der Katze.«

»Geht es ihr gut?«

»Ich denke schon.«

»Wollte sie denn nicht mitkommen?«

»Äh … genaugenommen hatte sie … eigentlich gar keine Chance, sich zu äußern.«

»Sie weiß also nicht, dass du hergekommen bist?«

»Nein. Oder vielmehr ja, sie weiß es nicht.«

»Und warum bist du hier? Ich meine … warum seid ihr beide hier?« Christines misstrauischer Blick wanderte weiter zu Jan, der ausgestiegen war und gerade die Motorhaube aufklappte.

»Er hat mich gebracht.«

»Einfach so?«

»Äh … sozusagen … ja.«

»Und du?«

»Ich bin hier, weil ich dir unbedingt etwas geben muss.«

»Hättest du mir nicht vorher Bescheid sagen können? Wozu gibt es schließlich Handys?«

»Ich wollte dich überraschen. Du wirst Augen machen, wenn du siehst, was ich für dich habe. Warte, ich hole es!« Jule machte Anstalten, zum Wagen zurückzulaufen – froh darüber, den lästigen Fragen ihrer Mutter für einen Moment entkommen zu können.

Doch Christine packte sie am Ärmel. »Das kannst du mir später in Ruhe zeigen«, sagte sie in einem Tonfall, der keinen Widerspruch zuließ.

Jule nickte. Sicherlich wollte ihre Mutter zuerst die Zuschauer loswerden. Immer noch stand die Postbotin nämlich dicht hinter Christine und lauschte der Unterhaltung mit großem Interesse.

Unterdessen hatte sich Jan gemeinsam mit dem älteren Mann über den Motorraum gebeugt. Beide starrten schweigend auf das Gewirr aus Kabeln, Zylindern und Kolben. Bestimmt hörten auch sie jedes Wort, das gewechselt wurde.

»Okay«, flüsterte sie deshalb und zwinkerte ihrer Mutter verschwörerisch zu. »Später.«

»Da is nix«, sagte Norbert in diesem Moment. »Komma mit, Junge!« Er zog Jan mit sich hinter das Auto und kniete sich auf den Boden.

»Habbich mir fast gedacht«, verkündete er und deutete unter den Wagen. »Datt is der Auspuff. Der is kaputt. Siehste datt? Da kannste nix mehr machen.« Ungeduldig verscheuchte er eine Ziege, die sich zwischen ihn und Jan drängen wollte.

»Seid ihr etwa den ganzen Weg mit diesem schrecklichen Geräusch gefahren?«, fragte Christine.

»Nein.« Jule schüttelte den Kopf. »Das fing erst in Freiburg an.«

»Gott sei Dank ist alles gutgegangen!« Hildegard sah auf ihre Armbanduhr. »Schon vier Uhr. Vor Montag werdet ihr keine Werkstatt finden, die das repariert.«

Jan blickte auf. »Montag?«, wiederholte er gedehnt und runzelte die Stirn.

»Wir könnten den Pannendienst anrufen«, schlug Christine vor.

Jan schüttelte den Kopf. »Ist schon okay. Ich kann auch bis Montag bleiben.«

»Hier?«, fragte Jule entgeistert.

»Wo denn sonst?«

»Aber …« So war das nicht geplant gewesen. Jule hatte sich auf ein paar ungestörte Tage allein mit ihrer Mutter gefreut. Jetzt machte ihr ausgerechnet Jan einen Strich durch die Rechnung.

»Keine Angst! Ich kann im Auto pennen.«

»Echt? Na super. Ich bringe dir auch ein paar Decken.«

»Niemand schläft im Auto«, ging Christine dazwischen. »Das Haus hat genug Zimmer. Hast du Waschzeug und was zum Anziehen dabei?«

»Nö. Nur ein bisschen Proviant. Ich wollte ja eigentlich gleich wieder zurückfahren.«

»Ich kann dir 'ne frische Zahnbürste geben, Junge«, meldete sich jetzt überraschend Norbert zu Wort. »Ich hab imma watt auf Vorrat da.«

»Und ich könnte mal bei Phillip nachfragen, ob er nicht ein paar Klamotten zum Wechseln vorbeibringen kann. Nur für alle Fälle«, bot sich Hildegard an und musterte Jan von Kopf bis Fuß. »Ihr könntet ungefähr die gleiche Größe haben.«

Christine ergriff diese Gelegenheit, wenigstens schon einmal die Postbotin loszuwerden.

»Das wäre wirklich sehr nett von dir!«, sagte sie und sah Hildegard bittend an. »Kannst du gleich losfahren und das klären?«

Die ältere Frau nickte zögernd. Anscheinend hatte sie noch keine Lust, den Schauplatz des Geschehens zu verlassen. Ihr fiel aber wohl auch auf die Schnelle kein plausibler Grund zum Bleiben ein.

»Tja, dann fahre ich jetzt zu Phillip«, murmelte sie deshalb, verabschiedete sich und brauste im Postauto davon.

»Wer ist Phillip?«, wollte Jule wissen.

»Der Förster«, antwortete Christine knapp und schob ihre Tochter zum Haus. »Nachdem das Organisatorische geregelt ist, können wir jetzt reingehen, und du erzählst mir in Ruhe, warum du hierhergekommen bist. Allerdings solltest du zuerst duschen.« Sie verzog das Gesicht. »Du riechst nämlich nach verräucherter Kneipe.«

»Ich weiß.« Am Gartentor blieb Jule stehen und sah sich neugierig um. »Das ist ja toll geworden!«, rief sie begeistert aus. »Hast du das alles allein gemacht? Können wir nachher draußen reden? Die Gartenstühle sehen total gemütlich aus.«

»Gern.«

»Fein!« Jule strahlte und drückte ihrer Mutter einen Kuss auf die Wange. »Das ist Erholung pur, so schön hatte ich es gar nicht in Erinnerung. Jetzt bin ich echt froh, dass ich hier bin!«

»Ich auch«, entgegnete Christine.

Doch tief in ihrem Innern regten sich leise Zweifel. Mit der Stille hier oben und ihrem selbstgewählten Tagesrhythmus würde es wohl vorerst vorbei sein. Es sah nicht danach aus, als ob Jule gleich am Montag wieder mit Jan nach Hause fahren wollte.

Ach ja, Jan – der war ja auch noch da!

Sie drehte sich um.

Der Junge stand noch immer neben Norbert am Auto und hatte sich eine Zigarette angezündet. Zu ihrer Überraschung rauchte Norbert ebenfalls. Beide Männer bliesen den Qualm genießerisch durch die Nase aus und wechselten kein Wort miteinander. Dennoch schien die Stille sie nicht zu stören, im Gegenteil. Sie beobachteten die Ziegen, die sich immer noch um Jans Auto herumtrieben, und grinsten hin und wieder zufrieden. Die beiden würden gut miteinander auskommen, da hatte Christine nicht den geringsten Zweifel.

Ob Jan seinem Vater von dem Ausflug erzählt hatte? Sie nahm sich vor, später mit Olli zu telefonieren. Und ihre Mutter konnte sie bei dieser Gelegenheit auch gleich anrufen.

Eine Stunde später hatte sie beide Anrufe hinter sich gebracht. Weder Olli noch Helga waren über die spontane Reise der jungen Leute besonders begeistert.

»Jan muss sofort zurückkommen. Schließlich hat er noch Schule, die kann er nicht einfach so schwänzen.«

»Mitte nächster Woche ist er sicherlich wieder zu Hause.«

»Das will ich hoffen. Er darf auf keinen Fall seinen Abschluss riskieren. Sonst kann er den Ausbildungsplatz beim Finanzamt vergessen.«

»Jan will zum Finanzamt?«, wunderte sich Christine. Dieser Wunsch passte überhaupt nicht zu dem Jungen.

»Von Wollen kann keine Rede sein, aber irgendetwas muss er schließlich machen. Ich habe ihm die Stelle vermittelt, und das hat mich viel Mühe und Überzeugungsarbeit gekostet. Deshalb musst du unbedingt dafür sorgen, dass er so schnell wie möglich wieder hier ist, hörst du?«

Es war ungewöhnlich, dass Olli dermaßen laut wurde. Normalerweise ertrug er die Abenteuer seines Sohnes gleichmütig und gelassen.

Auch Helga hatte gereizt geklungen. »Neuerdings haltet ihr beide es anscheinend nicht mehr für nötig, mich über alles Wichtige zu informieren«, hatte sie sich beklagt. »Ihr werdet schon sehen, was ihr davon habt!« Nach dieser Drohung hatte sie das Gespräch beendet.

Christine starrte noch eine Weile nachdenklich auf das Display und legte das Handy dann zurück auf den Gartentisch.

Wo blieb Jule eigentlich?

Ihre Tochter hatte sich vor einer Dreiviertelstunde unter die Dusche verabschiedet – nachdem sie sich das größte Zimmer im ersten Stock vor allem deswegen ausgesucht hatte, weil man die Tür von innen verriegeln konnte. Mit einem raschen Seitenblick auf Jan hatte sie erklärt, dass sie sich mit ihrer Mutter das Badezimmer im Erdgeschoss teilen würde. Jan hatte nur mit den Schultern gezuckt und sich mit allem einverstanden erklärt. Dann war er in das nächste freie Zimmer marschiert und hatte die Tür hinter sich zufallen lassen. Was er dort wohl machte? Viel mehr als ein leeres Bett, einen alten Schrank und kahle Wände hatte das Zimmer nicht zu bieten.

Der Junge war Christine ein Rätsel. Er wirkte immer so verschlossen und gleichgültig. Ob er überhaupt fähig war, so etwas wie Begeisterung oder Leidenschaft für eine bestimmte Sache zu verspüren?

Ein Räuspern direkt hinter ihrem Rücken ließ sie zusammenfahren. Erschreckt sprang sie auf und wirbelte herum.

»Was …?«

»Ent … Entschuldigung!«

Phillip Junge stand am Gartentisch. Heute trug er keine

Forstkleidung, sondern lediglich eine kurze Sporthose und ein T-Shirt. Er atmete heftig und wirkte verschwitzt, seine lockigen Haare klebten an Stirn und Nacken.

»Meine Güte, hast du mich erschreckt!« Christine fasste sich ans Herz. »Ich habe dich gar nicht kommen hören.«

»Sagen wir jetzt du zueinander?« Phillip war vor Verlegenheit knallrot angelaufen. »Ich ... ich habe nichts dagegen. Nicht, ... äh ... dass das jetzt gerade wichtig wäre ...«

»Wie bitte?«

»Schon gut, ich rede dummes Zeug ... also ... äh ... man konnte mich gar nicht hören, denn ich bin mit dem Fahrrad gekommen, und das macht ja keine Geräusche. Daran hätte ich ... hätte ich denken müssen.« Er deutete hinter sich auf ein Rennrad, das am Gartenzaun lehnte.

»Den ganzen Weg den Berg herauf?« Christine warf ihm einen anerkennenden Blick zu.

Er nickte und streckte ihr einen Blumenstrauß entgegen. »Hier! Als kleine Entschuldigung dafür, dass ich neulich einfach so bei dir eingebrochen bin ... und ... äh ... dafür, dass ich dich jetzt schon wieder erschreckt habe.«

»Schon gut.« Christine nahm die Blumen und steckte ihre Nase in die Fliederblüten.

»Die sind aus unserem Garten«, erklärte Phillip, der seine Selbstsicherheit allmählich zurückgewann. »Mit einem schönen Gruß von Tante Hildegard. Und das da ...« – er zeigte auf eine Plastiktüte, die unter dem Gepäckträger seines Rads klemmte – »das sind ein paar Klamotten für den Freund deiner Tochter.«

»Er ist nicht mein Freund«, erklang Jules helle Stimme vom Haus her.

Phillips Augen wanderten vom Fahrrad zur Eingangstreppe und weiteten sich überrascht.

Christine drehte sich um.

Ihre Tochter war endlich fertig mit Duschen – und das Ergebnis konnte sich sehen lassen. Kein Wunder, dass Phillip sie anstarrte!

Jule hatte Jeans und T-Shirt gegen ein langes, luftiges Sommerkleid getauscht. Das frischgewaschene Haar wehte um ihre Schultern. Schon von weitem konnte man ihr Parfum riechen, ein frischer Duft nach Zitrone und Orange. Leichtfüßig sprang sie die Treppe hinab. In der einen Hand trug sie eine Wasserflasche, in der anderen hielt sie etwas, das wie eine Pralinenschachtel aussah.

»Hi!« Sie stellte sich zwischen Christine und Phillip und blickte neugierig von einem zum anderen. »Blumen? Habe ich etwas verpasst?«

»D … d … die sind für Christine«, stammelte Phillip. »W … weil ich neulich in ihr Schlafzimmerfenster eingestiegen bin.«

»Ins Schlafzimmer, sagst du?« Jule runzelte die Stirn.

»Also, nein! Ich meine, äh … ja …« Seine Gesichtsfarbe wechselte von Pink zu Rot.

Christine hielt es für angebracht, dieses peinliche Missverständnis aufzuklären. Ihre Tochter brachte den armen Jungen ja völlig durcheinander! In ein paar Sätzen schilderte sie ihr erstes Zusammentreffen mit Phillip.

Jule lächelte amüsiert. »Dass du Förster bist, darauf wäre ich jetzt nicht unbedingt gekommen.«

Verlegen fuhr sich der junge Mann mit der Hand durch die verschwitzten Haare. »Ich trainiere das Radfahren ja auch nicht in meinen Arbeitsklamotten. Und strenggenommen bin ich gar kein Förster, sondern Forstwirtschaftsstudent.«

»Training in Uniform wäre äußerst unpraktisch.« Jule ließ ihren Blick ungeniert über seinen Körper wandern.

»Obwohl ich manchmal auch dienstlich mit dem Fahrrad im Wald unterwegs bin«, fuhr Phillip fort. »Allerdings nicht in dieser Geschwindigkeit.«

»Du musst durstig sein. Magst du etwas trinken?«

»Gern!«

»Dann komm mit, auf dem Tisch stehen Gläser.«

Mit amüsiertem Staunen verfolgte Christine, wie ihre Tochter, die sich sonst gern kühl und sachlich gab, plötzlich die charmante Gastgeberin mimte. Fröhlich plaudernd setzte sie sich neben Phillip, versorgte ihn mit einem Glas Wasser und schaute ihm hin und wieder tief in die Augen.

So kannte sie Jule gar nicht.

Aber wann hatte sie das Mädchen in letzter Zeit auch in Gegenwart eines jungen Mannes erlebt? Selbst wenn Jule seit ihrer Rückkehr aus Amerika einen Freund gehabt hätte, wäre ihr das vermutlich gar nicht aufgefallen. Sie, Christine, hatte andere Probleme gehabt und die Welt außerhalb ihres Hauses kaum wahrgenommen. Was war sie nur für eine schlechte Mutter gewesen!

Christine schüttelte den Kopf über sich selbst. Es war nur gut und richtig, dass Jule jetzt hier war. Sie hatten einiges nachzuholen. Weit weg vom alltäglichen Leben würden sie endlich genug Zeit und Ruhe haben, sich miteinander zu beschäftigen.

Mit diesem versöhnlichen Gedanken wandte sie sich ab, um ins Haus zu gehen und die Blumen in eine Vase zu stellen – und wäre fast gegen Jan gestoßen. Gerade noch rechtzeitig hielt sie inne.

Wie lange stand der Junge schon dort?

Wortlos trat er zur Seite und ließ sie durch. Ebenso schweigend, wenn auch leicht irritiert, setzte Christine ihren Weg fort und sah sich an der Tür noch einmal um.

Jule und Phillip saßen immer noch am Tisch, während Jan durch das Gartentor Richtung Auto lief, ohne von den beiden Notiz zu nehmen. Jetzt blickte Phillip auf und sagte etwas zu Jule. Ihre Tochter drehte daraufhin den Kopf in Jans Richtung und winkte ab. Offensichtlich hatte sie keine Lust, sich mit dem Nachbarsjungen zu beschäftigen. Wohl schon allein deshalb nicht, weil sie ihr Gegenüber wesentlich interessanter und attraktiver zu finden schien.

Konnte man ihr das verübeln?

Als Christine kurze Zeit später aus der Küche in den Garten zurückkehrte, saß Phillip nicht mehr neben Jule am Tisch, sondern stand mit Jan am Auto. Jule verfolgte die muntere Unterhaltung der beiden mit skeptischem Gesichtsausdruck.

»Abgeblitzt?«, lächelte Christine und setzte sich zu ihrer Tochter.

»Kann man so sagen. Eigentlich wollte Phillip Jan nur die Klamotten geben und gleich zurückkommen. Aber anscheinend hat Jan ausgerechnet jetzt seine guten Manieren entdeckt. Ich habe ihn noch nie so viel reden hören.«

»Du bist doch gerade mit ihm ein paar Stunden im Auto gefahren.«

»Da hat er nicht geredet, sondern geraucht.«

»Olli ist übrigens ziemlich wütend, dass ihr einfach abgehauen seid.«

»Olli ist nie wütend, sondern höchstens mal ein bisschen schlecht gelaunt«, murmelte Jule, ohne die beiden Jungs aus den Augen zu lassen.

»Jule!«

»Ach, komm schon, Mama! Ich musste dringend zu dir,

und Jan hatte zufällig gerade Zeit. Außerdem verstehe ich die ganze Aufregung nicht. Am Montag fährt er wieder nach Hause, und alles ist gut.«

»Und wie lange willst *du* bleiben?«

Jetzt löste die junge Frau den Blick von den Jungs und schaute ihre Mutter fragend an. »Möchtest du mich etwa loswerden?«

»Nein«, versicherte ihr Christine. »Im Gegenteil, ich habe vorhin gedacht, dass es sehr schön wäre, wenn wir zwei ein paar ungestörte Tage miteinander hätten.«

»Das trifft sich gut. Ich habe mir nämlich das Gleiche gedacht. Außerdem habe ich dich schrecklich vermisst.«

»Und darum musstest du so dringend herkommen?«

»Teilweise.« Jule klopfte auf die Pralinenschachtel, die neben der Wasserflasche auf dem Tisch lag. »Hauptsächlich aber deshalb.«

»Was ist das?« Christine streckte ihre Hand aus. »Darf ich mal sehen?«

Jule nickte und überreichte ihrer Mutter die Schachtel. »Ich glaube, das sind Lexis Briefe«, erklärte sie. »Die, von denen sie in ihrer ersten Nachricht gesprochen hat. Oma hat sie im Schrank gefunden.«

Christine hielt in der Bewegung inne. Für den Bruchteil einer Sekunde hätte sie das Päckchen am liebsten losgelassen. Dann jedoch gab sie sich einen Ruck und legte die Schachtel vorsichtig auf ihren Schoß.

Sie spürte Scheu, aber auch Neugier. In den letzten Wochen war es ihr gelungen, den Tod ihrer Freundin einigermaßen zu verarbeiten und wieder nach vorn zu blicken. Aber ganz so entspannt und gleichmütig, wie sie gedacht hatte, war sie wohl doch noch nicht. Jules Mitbringsel riss alte, eben erst verheilte Wunden auf. War sie überhaupt schon wieder stark genug, sich Lexis Botschaften zu stellen?

Sie würde es ausprobieren müssen.

Später.

Allein.

»Wann habt ihr die Kiste entdeckt?«

»Das kommt darauf an, wen du fragst. Oma hat sie schon vor ein paar Wochen gefunden, sich aber nichts dabei gedacht. Warum auch? Sie denkt ja nie richtig nach.« Jules Miene verfinsterte sich.

Aha, dachte Christine und war für einen Moment von ihren eigenen Grübeleien abgelenkt. So harmonisch, wie man es sie glauben machen wollte, war es zu Hause wohl doch nicht zugegangen.

»Mir hat sie das allerdings erst heute Morgen gesagt«, fuhr ihre Tochter fort. »Und dann hat sie mir noch dazu geraten, endlich einmal spontan zu sein.«

»In welchem Zusammenhang? Das verstehe ich nicht.«

»Ich auch nicht. Aber du kennst doch Oma! Die redet ständig komisches Zeug.« Jule zuckte mit den Schultern. »Im Nachhinein fand ich ihren Rat allerdings richtig cool, denn genau deshalb bin ich überhaupt erst auf die Idee gekommen hierherzufahren. Ab jetzt mache ich öfter mal das, worauf ich spontan Lust habe!«

Auch wenn sie diese Ankündigung aus dem Mund ihrer Tochter höchst seltsam fand, beschloss Christine, zunächst einmal ruhig zu bleiben und Verständnis zu zeigen. »Das ist dein gutes Recht. Du hattest es in den letzten Monaten auch nicht gerade leicht.«

»Ist schon okay.«

»Viel Aufregendes kann ich dir hier allerdings nicht bieten. Höchstens Gartenarbeit, ein paar Verschönerungsaktionen im Haus und Einkaufstouren. Und vielleicht noch jede Menge Natur sowie …« – sie deutete auf Phillip – »… attraktive männliche Gesellschaft.«

»Für mich klingt das perfekt«, sagte Jule grinsend. Entspannt lehnte sie sich in ihrem Gartenstuhl zurück. »Willst du nicht endlich die Schachtel öffnen?«, fragte sie dann.

»Doch.« Unschlüssig drehte Christine die kleine Kiste hin und her.

»Aber?«

»Nicht hier.«

»Wo dann?«

Christine musste nicht lange überlegen. Es kam dafür nur eine einzige Stelle in Frage. Ein Ort, an dem ihre Seele gestreichelt wurde.

Wo es so still war, dass man das Rauschen des Windes durch jeden einzelnen Tannenzweig hören konnte. Mit einer Aussicht, die ihr immer noch regelmäßig den Atem raubte. Es gab keinen anderen Platz, der besser dafür geeignet war, Erinnerungen zu wecken und über Vergangenes nachzudenken.

»Ich gehe auf Norberts Bank.«

»Welche Bank? Und wer ist Norbert? Der Alte mit den Ziegen?«

»Genau der.«

»Du hast hier echt schon ein paar bemerkenswerte Bekanntschaften geschlossen.« Jules Blick fiel wie zufällig auf Phillip.

»Ich weiß.«

»Darf ich mitkommen auf die Bank?«

»Nein. Ich möchte lieber ungestört sein.«

»Okay, wenn du unbedingt willst.« Ihre Tochter klang enttäuscht. Sicherlich hatte sie erwartet, dass sie Lexis Nachrichten gemeinsam lesen würden.

Sofort meldete sich Christines schlechtes Gewissen. »Wenn ich nachher zurückkomme, kannst du die Briefe haben«, versprach sie.

»Von mir aus.« Jule schien ihre Enttäuschung schnell überwunden zu haben. Allerdings konnte das auch daran liegen, dass Phillip genau in diesem Moment an den Tisch zurückkehrte.

»Viel Spaß!«, wünschte sie noch, bevor sie sich mit strahlendem Lächeln an den jungen Mann wandte.

»Hi! Noch was zu trinken?«, war das Letzte, was Christine hörte, bevor sie den Garten verließ.

Wie erwartet, stand die Bank einsam und verlassen da.

Nicht einmal die Ziegen waren auf der Wiese unterwegs, sondern hatten sich unter die großen Tannenbäume in den Schatten zurückgezogen. Christine warf einen Blick auf ihre Armbanduhr. Es war erst kurz nach fünf. Zeit genug also, um in Ruhe den ersten Brief ihrer Freundin zu lesen.

Sie entfernte das Klebeband und öffnete den Deckel der Pralinenschachtel. Gleich darunter kamen mehrere lavendelfarbene Umschläge zum Vorschein, sorgfältig verschlossen und mit verschiedenen Überschriften versehen. Vorsichtig nahm Christine die Umschläge in die Hand, immer darauf bedacht, die Reihenfolge nicht durcheinanderzubringen.

Willkommen stand auf dem ersten, *Frei sein* auf dem zweiten. Es folgten *Gesund sein, Geliebt werden* und *Glück teilen*.

Fünf Briefe.

Anscheinend hatte Lexi ihr noch einiges zu sagen gehabt. Das war mal wieder typisch für ihre Freundin! Mit ihrer Meinung hatte sie nie hinterm Berg gehalten, ob gefragt oder ungefragt. Erst in den letzten Monaten ihres Lebens war sie ruhiger geworden.

Christine hatte das auf Lexis Krankheit geschoben. Aber nun, mit den Briefen in der Hand, war sie sich da nicht mehr sicher. Möglicherweise hatte ihre Freundin diese Aktion bereits geplant gehabt und sich deshalb nicht mehr so oft eingemischt.

Es war an der Zeit, das herauszufinden.

Vorsichtig öffnete sie deshalb den ersten Umschlag mit der Aufschrift *Willkommen* und begann zu lesen.

Liebe Christine,

ich hoffe, du hast meine ersten Ratschläge befolgt und sitzt jetzt gut erholt und einigermaßen getröstet im Schwarzwald (oder bist auf dem Weg dorthin).

Ich habe dir ja schon in meinem ersten Brief angekündigt, dass ich gern noch ein paar Weisheiten über das Glück und das Leben loswerden möchte. Das mag dich überraschen, schließlich war ich nie der besonnene, grüblerische Typ. Dieser Part war immer für dich reserviert.

Aber jetzt wird es Zeit, die Rollen zu tauschen. Viel mehr, als im Bett zu liegen und nachzudenken, schaffe ich schließlich nicht mehr. Doch glaub mir, auch daraus kann man noch etwas Sinnvolles und Kreatives zaubern – ich werde es dir beweisen.

Weißt du noch, welche Kriterien zum Glücklichsein ich in meinem ersten Brief genannt habe?

Es waren:

Versorgt sein.

Frei sein.

Gesund sein.

Geliebt werden.

Glück teilen.

Diese Gedanken werde ich aufgreifen, einen nach dem anderen. (Außer Versorgt sein, das haben wir ja schon erledigt.)

Wieso ich das tue?

Nun, wenn man das eigene Ende vor Augen hat, dreht man sich zwangsläufig um und schaut zurück auf seinen Lebensweg. Dabei fällt einem dann auf, dass man nicht immer geradeaus Richtung Glück gelaufen ist, sondern viele Kurven und Umwege genommen hat. Manchmal hat man sein Ziel auch verfehlt. Verkehrsschilder oder ein Navigationsgerät wären an vielen Stellen sehr hilfreich gewesen. Aber jetzt ist es zu spät, um noch etwas zu ändern.

Diese Erkenntnis frustriert, das kannst du mir glauben!

Damit dich irgendwann (hoffentlich erst in vielen, vielen Jahren!) nicht dieselbe Erkenntnis überfällt, möchte ich dir helfen, dein Glück ein wenig schneller zu finden.

Leider kann ich dir nicht als Navigationsgerät in »Echtzeit« zur Verfügung stehen, denn meine Akkus sind leer und verbraucht. Ich kann dir lediglich ein paar Ratschläge an die Hand geben, die dir den Weg erklären – so wie es die guten alten Straßenkarten früher getan haben. Du kannst dann immer noch selbst entscheiden, ob du meinen Routenvorschlag bevorzugst oder deinen eigenen Weg wählst.

Oder – um es in der Sprache zu sagen, die ich als Malerin benutze: Wir schlagen eine neue Seite in deinem Zeichenblock auf. Ich werde dir ein paar Schablonen anbieten. Ausmalen musst du dieses neue Kapitel jedoch ganz allein, und natürlich in deinem ganz eigenen Rhythmus. Entweder alles auf einmal oder eines nach dem anderen, mit Pausen zwischendrin.

Das Tempo bestimmst ganz allein du.

Und? Bist du bereit?

Dann lass uns anfangen!

In Liebe, deine Lexi

PS: Ich kann dein zweifelndes Gesicht in diesem Moment lebhaft vor mir sehen. Du fragst dich, warum um alles in der Welt ich dir diese Ratschläge schriftlich gebe, statt sie zu Lebzeiten mit dir besprochen zu haben.

Aber mal ehrlich:

Hättest du dir das angehört?

Und hättest du tatsächlich zugehört, was ich zu sagen gehabt hätte?

Nein, ich glaube nicht. Du beschäftigst dich lieber mit den Sorgen anderer Leute, statt auch einmal über dich selbst nachzudenken. Du hättest jeden Gesprächsversuch damit abgeblockt, dass deine Probleme doch gar nicht so wichtig sind.

Natürlich: Für eine Sterbende sind Probleme wie Familienstreit oder Bürostress tatsächlich bedeutungslos. Wie heißt es so schön? Der Gesunde hat viele Wünsche, der Kranke nur einen.

Andererseits: Ewig nur dankbar dafür zu sein, dass man weiterleben darf, ist zwar lobenswert, aber unproduktiv. Für ein glückliches Leben darf es auch mal ein bisschen mehr sein.

Gönn dir dieses bisschen mehr!

Ich werde dich dabei beraten. Aber wie ich schon erwähnt habe, fehlt mir die Kraft, um diese Diskussion persönlich zu führen. Ich mache es mir deshalb leicht und vertage sie. Sammele Argumente, schreibe sie auf, und verpacke das Ganze in schönes Briefpapier mit Lavendelduft. Immer darauf vertrauend, dass du jetzt »zuhören« wirst!

»Das mache ich«, versicherte Christine mit Tränen in den Augen. Rasch faltete sie den Brief zusammen und wischte sich mit der freien Hand über das Gesicht.

Aber es half nichts.

Es kamen sofort neue Tränen.

Sie versuchte, sich vorzustellen, wie Lexi im Bett gesessen

hatte, über das Briefpapier gebeugt, und Seite um Seite vollgeschrieben hatte. Es musste sie einige Mühe gekostet haben – und natürlich auch viel Geduld. Eine Eigenschaft, die bei ihrer Freundin nicht besonders stark ausgeprägt gewesen war.

Plötzlich erinnerte sie sich auch wieder daran, dass Lexi vor ein paar Monaten nach einem Frühstückstablett mit einklappbaren Beinen gefragt hatte. Angeblich, weil ihr der Platz auf dem Nachttisch nicht ausgereicht hatte. Doch nun ergab das einen anderen Sinn. Sie hatte die Briefe auf dem Tablett geschrieben. Wie sie allerdings an Papier und Umschläge gekommen war, wusste Christine nicht zu sagen.

Aber das war jetzt auch nebensächlich.

Ihr Blick fiel auf die vier verbliebenen Umschläge. Sollte sie die Briefe alle auf einmal lesen? Oder sollte sie sich mit dem Öffnen noch etwas Zeit lassen?

Einerseits war sie sehr neugierig, was ihre Freundin ihr noch zu sagen hatte. Andererseits wollte sie nichts überstürzen und jedem Brief genug Zeit einräumen. Dadurch konnte sie das Ende der Nachrichten möglichst lang hinauszögern.

Was hatte Lexi geschrieben?

Das Tempo bestimmst ganz allein du.

Ihre Freundin ließ ihr die Wahl.

Niemand drängte sie.

Ein immer noch ungewohntes Gefühl. Bis vor wenigen Wochen hatten Zeitdruck, Abgabefristen und private Termine ihren Alltag definiert. Sie war sich fast wie ferngesteuert vorgekommen. Erst hier im Schwarzwald war sie zur Ruhe gekommen.

Das Tempo bestimmst ganz allein du.

Langsam ließ Christine ihren Blick über die gezackten Wipfel der Tannenbäume Richtung Sonne schweifen. Ein

Adler kreiste lautlos über ihr, und ein paar Flugzeuge hatten mit ihren Kondensstreifen ein unordentliches Netz aus weißen Fäden an den Himmel gemalt. Fasziniert beobachtete Christine, wie die Wolkenstränge langsam zerflossen und sich schließlich ganz auflösten.

Das Tempo bestimmst ganz allein du.

Früher hätte sie bei solch einer Beobachtung nach spätestens zwei Minuten die Geduld verloren. Oder sie wäre gestört worden. Heute jedoch unterbrach niemand ihre Tagträumerei, und so löste sie ihren Blick erst dann vom Himmel, als kein Wölkchen mehr zu sehen war. Aber auch danach wusste sie nicht, ob sie noch einen weiteren Brief von Lexi öffnen sollte.

Letztendlich war es eine kleine Ziege, die ihr die Entscheidung abnahm. Das Jungtier hatte sich von der Seite zur Bank geschlichen und schnappte nun nach dem Briefbogen, den Christine immer noch in der Hand hielt.

»Weg da!« Sanft schlug sie dem Zicklein mit dem Papier auf die Nasenspitze.

Die Ziege meckerte, schüttelte übermütig mit dem Kopf und dachte gar nicht daran, den Rückzug anzutreten. Schnüffelnd machte sie sich an der Pralinenschachtel zu schaffen.

»Jetzt reicht es aber!« Christine sprang auf und riss das Päckchen an sich. Inzwischen hatte sich ihre Angst vor den Ziegen zwar gelegt, dennoch wollte sie nicht riskieren, dass Lexis kostbare Botschaften dem Appetit eines Tiers zum Opfer fielen. Deshalb trat sie hastig den Rückzug an.

»Aber ich komme wieder«, drohte sie dem kleinen Störenfried. »Und dann werde ich dich verpetzen.«

9

In der Küche hatte Jule unterdessen festgestellt, dass die Vorräte ihrer Mutter keinesfalls über das Wochenende reichen würden.

Ein kurzer Blick in den Kühlschrank genügte. Neben drei Bechern Joghurt und zehn Eiern fand sie Käse, Tomaten und eine Packung Schokolade. Das war zu wenig für zwei Erwachsene. Drei, korrigierte sie sich gleich darauf selbst. Jan war ja auch noch da, zumindest bis Montag.

Mit dem Einkaufen würde sie sich beeilen müssen. Der digitale Radiowecker auf einem der Küchenregale zeigte bereits halb sechs. Hoffentlich hatte der Supermarkt in Todtnau auch am Samstag bis zwanzig Uhr geöffnet!

Sie griff nach einem Stift aus dem roten Damenschuh und nach einem kleinen Notizblock, der ebenfalls auf dem Fensterbrett lag, setzte sich an den Tisch und begann mit dem Schreiben einer Einkaufsliste.

Milch.

Müsli.

Wasser.

Phillip hatte die letzte Flasche ganz allein ausgetrunken. Himmel, hatte der einen Durst gehabt!

Brot.

Butter.

Nur schade, dass er nicht zum Abendessen bleiben konnte!

Nudeln.

Zwiebeln.

Aber er hatte versprochen, morgen Abend wiederzukommen und ihr die Fledermäuse hinter dem Haus zu zeigen. Was für eine schöne, ausgefallene Idee!

Orangensaft.

Tee.

Kekse.

War das ein Date?

Wenn sie es geschickt anstellte und genug Geduld bewies, konnte sie mit ihm vielleicht die ganze Nacht über draußen sitzen. Vielleicht würden sie sogar ein kleines Lagerfeuer machen. Er wusste sicherlich, wie das ging, schließlich studierte er Forstwirtschaft.

Und er war sportlich.

Und total süß.

Und …

»Aufwachen!« Zwei Finger schnippten vor ihrer Nase. Jan stand am Tisch und beugte sich zu ihr hinunter. »Ich habe dich was gefragt.«

»Hm?« Sie räusperte sich und legte den Stift zur Seite. »Was denn?«

»Wann gibt es Essen? Ich habe Hunger.«

»Ich auch. Wir haben aber nicht genug Lebensmittel im Haus. Deshalb mache ich gerade eine Einkaufsliste.«

»Oh, gut. Dann schreib mal Zigaretten mit auf.«

»Das hättest du wohl gern! Kauf dir deine blöden Zigaretten doch selbst.«

»Wo ist denn hier der nächste Supermarkt?«

»In Todtnau.«

»Wie weit ist das?«

»Keine Ahnung. Vielleicht zehn Kilometer von hier?«

»Nach der Brücke links oder rechts?«

»Rechts.«

»Okay.« Jan kramte die Autoschlüssel aus seiner Hosentasche hervor und verließ ohne ein weiteres Wort die Küche.

»Warte!« Jule stürzte hinter ihm her. »Wohin gehst du?«

»Zigaretten kaufen.«

»Und lässt mich hier sitzen? So läuft das nicht!«

»Wie dann?«

»Ich fahre mit dir. Wir könnten das Auto meiner Mutter nehmen.«

Jule deutete auf ihre Einkaufsliste. »Und du kannst mir beim Tragen helfen.«

»Christine wird mir ihr Auto nicht freiwillig geben.«

»Aber mir. *Ich* fahre.«

»Wieso muss ich dann mitkommen?« Er ließ die Schlüssel auf eine Kommode fallen. »Denkst du an die Zigaretten?«

»Den Teufel werde ich! Du kommst mit.«

»Wenn du unbedingt Gesellschaft willst, warum fährst du dann nicht mit deiner Mutter?«

»Die ist beschäftigt.«

»Ist sie nicht.«

»Woher willst du das wissen?«

»Weil sie schon länger auf einer Bank sitzt und Löcher in die Luft starrt.«

»Beobachtest du sie etwa?«

»Nein. Ich habe auf dem Balkon geraucht, und von dort aus sieht man zwangsläufig zur Bank hinüber.«

Jule schüttelte den Kopf. »Ich kann meine Mutter jetzt nicht stören. Das ist alles etwas … äh … komplizierter, als es aussieht.«

Er zuckte mit den Schultern. »Okay, dann eben nicht. Aber ich habe trotzdem noch eine Frage: Wie willst du an ihre Autoschlüssel kommen, wenn du sie nicht stören darfst? Sollen wir das Auto aufbrechen? Ich weiß, wie das geht.«

»Das dachte ich mir, aber das wird nicht nötig sein. Ich sage ihr kurz Bescheid. Und jetzt komm endlich!«

Es war kurz vor acht Uhr am Abend, als Christine noch einmal auf die Lichtung zurückkehrte.

Sie fühlte sich satt und zufrieden.

Ihre Tochter hatte sich selbst übertroffen und ein raffiniertes Nudelgericht gekocht, dazu eine Flasche französischen Rotwein geöffnet und zum Nachtisch sogar noch eine dunkle Schokoladenmousse serviert. Wie Jule es geschafft hatte, dieses Menü in so kurzer Zeit zuzubereiten, war ihr ein Rätsel. Das Mädchen hatte wirklich alles im Griff!

Doch es war nicht nur das gute Essen, das Christine fröhlich gestimmt hatte. Auch die Gesellschaft bei Tisch hatte ihr gutgetan. Erst jetzt fiel ihr auf, wie still es in den letzten Wochen in der Küche gewesen war. So still, dass sie meistens im Bett vor dem Fernseher gegessen hatte oder – noch schlimmer – im Stehen direkt am Kühlschrank.

Ab heute würde sich das ändern.

Jetzt hatte sie zwei Gäste am Tisch. Jan gab sich zwar wortkarg, doch er hörte interessiert zu. Oder er tat zumindest so, sie war sich da nicht ganz sicher. Jule hingegen plauderte munter drauflos und wollte alles über die neuen Bekanntschaften ihrer Mutter wissen. Besonders Phillip schien sie weiterhin zu interessieren.

Ob sich da etwas anbahnte? Gegen eine kleine Romanze, noch dazu direkt vor ihrer Nase, hätte sie gar nichts einzuwenden. Beschwingt trat sie an die Bank und ließ sich auf die hölzerne Sitzfläche fallen.

Norbert war noch nicht zu sehen, vermutlich würde er erst in einer Viertelstunde auftauchen. In den letzten vier Tagen war er zuverlässig immer dann gekommen, wenn die Sonnenstrahlen die Tannenwipfel hinter dem Haus erreicht hatten.

Zeit genug also, um in Ruhe einen weiteren Brief von Lexi zu lesen. Christine zog den Umschlag mit der Überschrift *Frei sein* aus ihrer Hosentasche und öffnete ihn.

Liebe Christine,

weißt du noch, wie wir uns kennengelernt haben?

Erster Schultag im August 1973, kleine Begrüßungsfeier in der Aula mit Kuchen und Schnittchen.

Du warst das einzige Mädchen in Latzhose und Turnschuhen, und du hattest deine langen Haare zu einem Pferdeschwanz gebunden. An der Hand deiner Mutter kamst du zur Tür herein, und mich hätte bei deinem Anblick fast der Schlag getroffen. Aber nicht wegen der Hose (ich selbst sah mit Topfdeckel-Schnitt und im kurzen Dirndl ja auch nicht besser aus!), sondern weil du die gleiche Biene-Maja-Schultüte hattest, wie ich sie stolz im Arm hielt. Damals war ich total sauer auf dich.

Ein Gefühl, das Gott sei Dank nicht lange vorgehalten hat. Denn schon nach wenigen Tagen habe ich gewusst, dass du für immer meine liebste, beste Freundin werden würdest.

Irgendwann hast du mir dann auch die Geschichte erzählt, die hinter dieser Schultüte steckte: dass deine Mutter dir zuerst diese Tüte nicht kaufen wollte, weil sie so teuer war, und dass sie dir am liebsten eine selbst gebastelt hätte.

Aber zum ersten Mal in deinem Leben hast du dich durchgesetzt.

Du hattest dich in Biene Maja verliebt.

Du wolltest nichts Selbstgemachtes.

Du wolltest eine gekaufte, grün-glänzende Tüte mit gelbem Kreppverschluss.

Und du wolltest endlich »normal« sein und ein geregeltes Leben führen.

Anscheinend war die Grundschule der erste Ort, wo du das konntest. Aber bald schon bist du auch in unserem Haus ein und aus gegangen. Du hast es genossen, während deiner Besuche Teil einer konventionellen Familie zu sein, in der alles so ablief, wie es ablaufen sollte: Vater, Mutter, Kind.

Ich hingegen war von Anfang an fasziniert von eurem Zwei-Personen-Haushalt und den Freiheiten, die deine Mutter dir gelassen hat. Im Stillen habe ich Helga immer bewundert: ledig und alleinerziehend, dabei jedoch selbstbewusst und stolz.

Deine Mutter hat stets nur gemacht, was sie wollte, ohne sich um das Gerede der Leute zu kümmern. Sie war (und ist es größtenteils heute noch) völlig frei.

Leider hat sich das nicht vererbt! Ein bisschen mehr Freiheitsliebe würde dir nämlich nicht schaden.

Doch auch bei mir haben sich die Gene nicht durchgesetzt. Ich bin zum Glück längst nicht so spießig geworden, wie meine Eltern es waren.

Für mich hat Freiheit immer bedeutet, dass man seine eigenen Entscheidungen treffen darf. Egal, ob im Glauben, im Beruf, in der Liebe oder im täglichen Leben. Danach habe ich gelebt – manchmal ein wenig zu intensiv, ich weiß.

Du jedoch hast dir bei deinen Entscheidungen schon immer viel mehr Beschränkungen auferlegt. Bis heute willst du es allen rechtmachen: deiner Firma, deinen Verwandten, den Freunden und Nachbarn etc. Aber nicht deine Pflichten, dein Job oder deine Familie engen dich ein, wie du es vielleicht glaubst.

Du selbst bist es.

Du glaubst leider viel zu oft, dass du für alles verantwortlich bist, was um dich herum geschieht. Und dass du deshalb für alle mitdenken musst. Du berücksichtigst möglichst viele Aspekte, wenn es darum geht, eine Entscheidung zu treffen.

Aber was ist mit deinen eigenen Bedürfnissen? Deinen Wünschen? Deinen Träumen?

Die lässt du meistens außer Acht.

Aber glaube mir: Du wirst so lange nicht frei sein, bis du dich von deinen bisherigen Gewohnheiten und deinem Pflichtbewusstsein verabschiedet hast.

Also: Lass los! Die Erde wird sich trotzdem weiterdrehen.

Im Büro geht es auch ohne dich. Du brauchst diesen Job nicht einmal mehr, weil du jetzt finanziell einigermaßen unabhängig bist.

Deine Mutter ist für ihr Leben selbst verantwortlich.

Jule ist noch jung und hat deshalb das Recht auf eigene Fehler. Das gehört zum Erwachsenwerden.

Das bedeutet, dass du jetzt alle Zeit der Welt hast, um dich um dich selbst zu kümmern.

Lehn dich zurück, und frage dich, was du wirklich willst. Und was dich glücklich macht. Nur das zählt!

Nimm dir die Freiheit, alles zu tun, was du willst! Sei wieder das Mädchen mit der Latzhose, das seinen sehnlichsten Wunsch durchgesetzt hat. Es gibt noch viele Biene Majas …

Deine Lexi

Christines Blick blieb bei Lexis Unterschrift hängen. Wie immer war das L am Anfang viel größer als die restlichen Buchstaben, und der I-Punkt zum Schluss dick und kringelig. So hatte ihre Freundin schon in der Grundschule unterschrieben.

Ach ja, die Grundschule und der erste Schultag!

Natürlich erinnerte sich Christine noch gut daran, wie sie Lexi kennengelernt hatte. Damals war sie, Christine, das eigensinnige, weitgehend sich selbst überlassene Kind einer alleinerziehenden Mutter gewesen, und Lexi die brave, behütete Tochter aus gutem Hause.

Wie hieß es so schön? Gegensätze ziehen sich an.

Im Laufe der Jahre hatten die Mädchen ihre Rollen dann aber getauscht – und waren trotzdem Freundinnen geblieben.

Bis zum Schluss.

Christine lächelte wehmütig.

Lexis liebevolle, ehrliche Worte berührten sie. Ihre Botschaft war zwar nicht unbedingt neu, denn Lexi hatte immer schon gefordert, dass Christine ein wenig egoistischer und spontaner werden sollte. Doch so eindringlich wie in diesem Brief hatte sie es noch nie formuliert.

Lehn dich zurück, und frage dich, was du wirklich willst.

Tja – woher sollte sie das denn so schnell wissen?

Christine schloss die Augen und dachte angestrengt nach, aber ihr fiel auf Anhieb keine Antwort ein. Vielleicht musste sie erst einmal damit beginnen, sich zu fragen, was sie *nicht* wollte.

Das war einfach.

Sie wollte zum Beispiel nicht wieder zurück ins Büro. Der ständige Zeitdruck, die endlosen Diskussionen mit Kunden und der Konkurrenzkampf unter den Kollegen kamen ihr mit einem Mal völlig sinnlos vor. Bislang hatte sie ihren Job nicht hinterfragt, schließlich brauchte sie das Geld. Das hatte sich nun aber geändert …

Rasch verwarf sie diesen Gedanken wieder. Für solche Überlegungen war die Zeit noch nicht gekommen. Sie konnte doch nicht gleich alles in Frage stellen, was bislang ihren Alltag ausgemacht hatte!

»Is nich wahr! Pennste etwa?«

Erschreckt riss Christine ihre Augen auf und blickte direkt in Norberts faltiges Gesicht. Sie hatte ihn gar nicht kommen hören.

Der ältere Mann schmunzelte nachsichtig. »Is verständlich. Erst die Hildegard mit ihrer Quasselei, und dann die Blagen mit der kaputten Karre. Da kannste schomma müde werden!«

»Nein, das ist es nicht.« Christine steckte Lexis Brief in ihre Hosentasche und rückte ein Stück zur Seite, um Norbert Platz zu machen. »Ich habe mich nur gerade gefragt, was ich will und was ich nicht will.«

»Wasse wills und wasse nich wills?«, wiederholte er und kratzte sich am Kopf. »Versteh ich nich. Warum?«

Ob sie Norbert von Lexis Briefen erzählen sollte?

Lieber nicht. So gut kannte sie ihn nicht, und vermutlich interessierte ihn das auch gar nicht.

»Ach, mir war gerade danach. Ab und zu kann man sich das ruhig mal fragen.« Sie seufzte. »Leider weiß ich bis jetzt keine Antwort.«

Norbert machte nicht den Eindruck, als ob er das Thema vertiefen wollte. Er zuckte mit den Schultern und begann, seine Pfeife zu stopfen. »Wo sind die beiden andern?«, fragte er, während er die Tüte mit dem Tabak wieder sorgfältig verschloss.

»Im Haus.«

Jule telefonierte mit ihren Freundinnen, und Jan machte … irgendetwas.

»Hm.«

Norbert zündete seine Pfeife an und lehnte sich zurück. Offensichtlich war die Unterhaltung für ihn beendet. Auch Christine machte es sich gemütlich. Sie war es inzwischen gewohnt, schweigend neben ihm zu sitzen. Genussvoll nahm Norbert Zug um Zug aus seiner Pfeife und blies den Rauch in die Luft. Beide sagten kein Wort, bis die Sonne verschwunden war.

»Wenn's dir beim Nachdenken hilft: Ich will imma hierbleiben, und ich will hier nich weg«, hob Norbert dann wieder an. Christine nickte, erstaunt darüber, dass er das Thema noch einmal aufgriff.

Für immer hierbleiben.

Das war ein einfacher Wunsch, und noch dazu einer, den sie gut nachvollziehen konnte. Sie selbst verlängerte ihren Aufenthalt hier oben ja auch schon von Woche zu Woche.

»Hast du das eigentlich geplant?«, wollte sie wissen.

»Watt?«

»Das hier ...« Sie machte eine Geste, die die gesamte Lichtung mit einschloss.

»Nee, datt hat sich so ergeben.« Er klopfte seine Pfeife aus. »Und wenn du datt genau wissen willst: Ich hab nie bereut, hierhergekommen zu sein.«

»Das freut mich für dich.«

Er unterbrach seine Pfeifenreinigung und musterte Christine interessiert. »Und du? Bereuste, dass du hier bis?«

»Nein, auf keinen Fall«, antwortete Christine sofort. »Das war die beste Entscheidung seit langem.«

Und eine, die sie tatsächlich allein getroffen hatte, setzte sie in Gedanken hinzu. Ohne Rücksicht auf Beruf und Familie. Vielleicht war es doch gar nicht so schwer, sich ein wenig mehr Freiheit zu gönnen. Im Grunde hatte sie ja schon damit angefangen.

»Die beste«, wiederholte sie deshalb leise.

Norbert nickte. »Find ich auch.«

10

Jule schlief nicht gut in dieser Nacht.

Die ungewohnte Stille und die völlige Dunkelheit im Zimmer machten sie nervös. Hinzu kamen Enttäuschung und Ärger. Denn statt eines gemütlichen Mutter-Tochter-Gesprächs bei Kerzenschein hatte es Christine vorgezogen, den Abend mit diesem seltsamen Ziegenhirten zu verbringen. Sie war erst lang nach Sonnenuntergang zurückgekehrt, hatte ihr zwei von Lexis Briefen hingelegt und war danach mit der Bemerkung in ihr Zimmer verschwunden, dass sie schrecklich müde sei und am nächsten Tag eine viel bessere, ausgeschlafene Gesprächspartnerin abgeben würde.

Es war Jule nichts anderes übriggeblieben, als ebenfalls ins Bett zu gehen, denn in der großen, aber unbehaglichen Lounge hatte sie sich noch nie wohl gefühlt. Zwar war auch ihr Schlafzimmer nur spärlich eingerichtet, doch wenigstens konnte sie sich hier unter der Bettdecke verkriechen, Musik hören und die Briefe lesen.

Erst gegen Mitternacht war sie schließlich in einen unruhigen Schlaf gefallen, aus dem sie schon gegen sechs Uhr am Morgen wieder erwachte. Da es keine Vorhänge gab, fielen die ersten Sonnenstrahlen ungehindert durchs Fenster ins Zimmer.

Träge sah Jule sich um.

Bislang hatte sie bei ihren wenigen Besuchen im Schwarzwald gemeinsam mit ihrer Mutter im Gästezimmer im Erdgeschoss übernachtet. Dort stand ein breites Bett, das groß genug für zwei Personen war. Doch dieses Mal hatte sie sich bewusst für ein eigenes Zimmer entschieden.

Im Gegensatz zum Zimmer ihrer Mutter war dieser Raum allerdings überhaupt nicht gemütlich. An den kahlen weißen Wänden blätterte bereits die Raufasertapete ab. Die Zimmerdecke war mit feinen Rissen durchzogen. Die wenigen Möbel – ein Bett, ein Bauernschrank und eine Spiegelkommode – hätten einen neuen Anstrich vertragen können. Das Einzige, was dem Raum einen gewissen Charme verlieh, war der alte Holzfußboden, der beim Drüberlaufen herrlich knarrte.

Wenn ihre Mutter hier tatsächlich renovieren wollte, dann wartete noch viel Arbeit auf sie!

Jule gähnte, doch an Einschlafen war nicht mehr zu denken. Also beschloss sie, eine Runde joggen zu gehen. Das pustete den Kopf frei, und außerdem hatte sie nach der gestrigen Autofahrt Bewegung nötig. Schnell schlüpfte sie in ihre Sportklamotten und machte sich auf den Weg.

Sie schlug einen Pfad rechts vom Haus ein, der eine halbe Stunde lang bergauf durch den Wald führte. Das Sonnenlicht schimmerte um diese Zeit besonders hell durch den Morgendunst, und die Bäume warfen lange Schatten auf den Waldboden. Hin und wieder lief ein Kaninchen oder huschte ein Eichhörnchen über den Weg.

Jules Schritte wurden von Moos und Laub abgefedert, und mit großen Sprüngen nahm sie die letzten Meter der Steigung. Oben angekommen, bot sich ein wunderschöner Ausblick auf ein kleines Hochtal. Tau lag auf einer Blumenwiese, und die Baumkronen mehrerer einzeln stehender

Buchen bewegten sich leicht im Morgenwind. Im Hintergrund begann dichter Tannenwald.

Jule blieb stehen und betrachtete das idyllische Bild. Hier musste sie unbedingt noch einmal herkommen. Die Wiese eignete sich perfekt für einen faulen Nachmittag auf der Decke, oder auch für ein Picknick.

Langsamer als vorher lief sie weiter, doch bereits nach wenigen Schritten hielt sie erneut inne. Denn dort, vor ihr auf dem Weg und nur knapp hundert Meter entfernt, stand ein junger Mann in olivgrüner Uniform, der einen Jagdhund an der Leine mit sich führte. Jule erkannte ihn sofort. Ihr Herz, das nach dem anstrengenden Lauf sowieso schneller als normal schlug, machte einen zusätzlichen Hüpfer.

»Phillip!«, rief sie und rannte auf ihn zu.

Er drehte sich um. »Oh, hallo, Jule!«

Jule drosselte ihr Tempo. Ihr wurde plötzlich bewusst, dass sie vermutlich nicht besonders vorteilhaft aussah – so verschwitzt und kurzatmig. Aber das war jetzt nicht zu ändern.

»Bist du auch sonntags im Dienst?«, fragte sie, als sie ihn erreicht hatte.

»Manchmal schon.« Er nickte. »Heute hatten wir in aller Herrgottsfrühe einen Autounfall mit einem Wildschwein, das verletzt in den Wald geflohen ist. Und jetzt sind Lucy und ich auf Fährtensuche.«

Der dunkelhaarige Hund hatte sich zu seinen Füßen niedergelassen und beobachtete Jule aufmerksam.

»Lucy heißt du also.« Sie beugte sich zu der Hündin hinunter und streichelte sie vorsichtig hinter den Ohren. »Das ist ein hübscher Name. Ist das dein Hund?«

»Nein, Lucy gehört meinem Chef, ich habe sie mir nur ausgeliehen. Und … äh … was machst du schon so früh? Bist du joggen?«

Jule deutete auf ihre kurze Hose und das verschwitzte T-Shirt. »Nein, eigentlich bin ich dir gefolgt, damit du mich auch mal in engen Sportklamotten zu sehen bekommst. Jetzt sind wir quitt«, scherzte sie.

»Dachte ich es mir doch!« Er grinste. »Dir stehen die Sachen allerdings viel besser als mir.«

»Danke.«

Lucy erhob sich und winselte.

»Ich glaube, der Hund will weitergehen«, stellte Phillip mit leichtem Bedauern in der Stimme fest. »Wir haben gerade eine Spur aufgenommen.«

»Kann ich euch ein Stück begleiten?«, wollte Jule wissen.

»Gern!« Er gab sich keine große Mühe, seine Begeisterung über die unverhoffte Gesellschaft zu verbergen. »Aber solltest du nicht lieber weiterjoggen? Sonst wird dir kalt.«

»Ach, das geht schon!« Jule winkte ab. Für *diesen* Spaziergang würde sie alles in Kauf nehmen, sogar eine Unterkühlung oder eine Sommergrippe.

Doch Phillip sah das anscheinend anders, denn er zog seine olivgrüne Fleecejacke aus und legte sie Jule fürsorglich über die Schultern. »Hier, damit du nicht frieren musst.«

»Und was ist mit dir?«

»Ich habe ja noch das langärmelige Hemd an. Das geht schon.«

»Danke!« Sie schlüpfte die Jacke, die ihr natürlich viel zu groß war.

Phillip drehte sich um. »Komm, Lucy, es geht los!«

Schwanzwedelnd und bellend machte sich der Hund mit dem jungen Mann auf den Weg. Jule hatte Mühe, den beiden zu folgen. Während sie hinter Phillip und Lucy herlief, schnupperte sie unauffällig am Kragen der Jacke. Es roch nach Waschmittel und Rasierwasser. Außerdem steckte

Phillips Körperwärme noch in den langen Ärmeln, die ihr bis über das Handgelenk gingen. Glücklich kuschelte sie sich in den weichen Stoff.

Das war schon fast so gut wie eine Umarmung!

»Ist deine Fleecejacke nicht ein bisschen zu groß und zu … grün?«, wollte Christine wissen, als ihre Tochter eine Stunde später in die Küche kam.

Immer noch trug Jule Phillips Jacke über ihrer Sportkleidung. Und immer noch hatte sie ein seliges Lächeln auf den Lippen, das sich einfach nicht abschalten ließ.

Der Waldspaziergang mit Phillip war wunderschön gewesen. Er hatte ein paar witzige Geschichten über seine Begegnungen mit Wildschweinen erzählt, sie auf verschiedene Tierfährten aufmerksam gemacht und ihr bei einem Aussichtspunkt dann auch noch die höchsten Berge des Schwarzwalds gezeigt. Zum Abschied hatte er ihren Arm einen Moment länger als nötig berührt und sie dabei an ihre Verabredung für den Abend erinnert. Seine Jacke hatte er Gott sei Dank nicht zurückgefordert. So konnte Jule jetzt noch ein wenig länger und intensiver von ihm träumen.

»Jule?«

»Äh … Was?«

»Ist das dein Fleece?«

»Nein, das gehört Phillip. Er hat mir die Jacke heute Morgen gegeben, weil es kalt war.«

»Phillip? Heute Morgen?« Christines Blick huschte zur Decke, so als ob sie in den ersten Stock schauen wollte. Jule konnte ihrer Mutter förmlich ansehen, wie deren Fantasie gerade mit ihr durchging.

»Nicht, was du denkst! Wir haben uns zufällig im Wald getroffen. Ich war joggen und er auf der Suche nach einem angefahrenen Wildschwein. Weil mir kalt wurde, hat Phillip mir seine Jacke geliehen.«

»Das ist sehr aufmerksam von ihm.«

»Stimmt.« Jule ließ sich auf einen Stuhl fallen. Erst jetzt bemerkte sie, dass ihre Mutter bereits die Kaffeemaschine eingeschaltet und den Tisch gedeckt hatte. Der köstliche Duft nach aufgebackenen Brötchen ließ ihr das Wasser im Mund zusammenlaufen. Hungrig wollte sie in den Brotkorb greifen, doch Christine hielt sie zurück.

»Wollen wir nicht auf Jan warten?«

»Wieso? Der schläft bestimmt noch.«

»Nein, ich habe ihn schon herumlaufen hören.«

»Von mir aus.« Jule lehnte sich zurück und schob ihr Kinn in den Kragen der Fleecejacke. Zum wiederholten Male schnupperte sie am Stoff. Und schon wieder musste sie lächeln, sie konnte gar nicht anders.

»Na, du hast ja heute Morgen gute Laune«, stellte ihre Mutter fest. »Und ich dachte schon, du bist mir böse, weil ich gestern so früh ins Bett gegangen bin.«

Erst jetzt fiel Jule ihr Unmut vom Vortag wieder ein. »Na ja, ein bisschen enttäuscht war ich schon«, räumte sie ein. »Da komme ich extra angereist, um dir Lexis Briefe zu bringen und sie mit dir zu lesen. Und was tust du? Du sagst mir, dass du sie allein lesen willst. Okay, dafür habe ich ja noch ein gewisses Verständnis. Aber dann haust du nach dem Abendessen ab und unterhältst dich lieber mit einem uralten Typen, der nach Ziege stinkt.«

»Der Typ heißt Norbert, aber er ist weder uralt, noch riecht er nach Ziege.« Christine schenkte sich eine Tasse Kaffee ein. »Und eine Unterhaltung würde ich das auch nicht nennen, eher einen minimalistischen Wortwechsel.«

»Warum bist du dann nicht zu mir gekommen?«

»Ich war müde und auch ziemlich durcheinander.«

»Kann ich verstehen. Ich habe die ersten beiden Briefe gestern Abend noch gelesen. Das geht einem ganz schön nahe, nicht wahr?«

»Ja, das tut es.«

»Magst du jetzt drüber reden?«

»Ich weiß nicht …« Christine zögerte. »Ich kann noch nicht viel dazu sagen, ich muss das erst mal wirken lassen.«

»Aber beim nächsten Mal kommst du zu mir und nicht zu diesem …«

Christine hob warnend eine Augenbraue.

»… Ziegenhirten«, vollendete Jule ihren Satz.

»Mal sehen.«

Offensichtlich wollte sich ihre Mutter nicht festlegen. Das wurmte Jule zwar, doch ihre gute Stimmung ließ sie sich an diesem Morgen dadurch nicht verderben. Sie beschloss, das Thema vorerst fallenzulassen.

»Was liest du gerade?«, fragte sie stattdessen und deutete auf eine Zeitschrift, die neben der Butterdose auf dem Tisch lag.

»Das sind Einrichtungsideen im Landhausstil.« Christine schob das Magazin auf Jules Platz. »So ungefähr stelle ich mir die Inneneinrichtung dieses Hauses vor. Wie findest du das?«

Interessiert blätterte Jule durch die Seiten. Die Mischung aus alten Bauernmöbeln, farbigen Stoffen und ländlicher Dekoration gefiel ihr.

»Das passt perfekt hier rein«, stellte sie fest. »Wann willst du mit der Renovierung anfangen?«

»Sofort. Im Garten bin ich fertig, jetzt ist der Rest des Hauses dran. Ab morgen kommen die Handwerker.«

»So bald schon?«

»Warum noch länger warten? Und weißt du was? Wir könnten sogar schon heute mit dem Ausräumen beginnen. Das sollten die Handwerker morgen als Erstes machen, aber wenn wir das vorher schon schaffen, ist es natürlich umso besser.«

»Ooch, Mami, eigentlich bin ich nicht zum Möbelschleppen hergekommen ...«

Christine überhörte den Einwand ihrer Tochter. »Ich möchte dir gern etwas zeigen. Erinnerst du dich an die große Scheune, die Lexi als Lager genutzt hat? Dort habe ich einige alte Möbel gefunden, die man sicherlich gut restaurieren kann.«

»Im ersten Stock stehen auch noch ein paar schöne Stücke, das ist mir heute Morgen aufgefallen. Wollen wir mal gucken gehen?« Jule sprang auf.

»Langsam«, bremste Christine ihre Tochter. »Zuerst frühstücken wir.«

»Gute Idee!«, kam es von der Küchentür. Dort stand Jan lässig gegen den Türrahmen gelehnt. »Ich dachte schon, ihr quatscht ewig so weiter.«

Jule verdrehte die Augen. Doch bevor sie etwas Passendes erwidern konnte, kam ihre Mutter ihr zuvor.

»Magst du auch einen Kaffee?«, fragte sie. »Und ein Brötchen?«

Jan nickte und setzte sich an den Tisch. »Schicker Fummel«, sagte er zu Jule. »Ist der vom Flohmarkt?«

»Nein, der ist von Phillip.«

»Tragen wir jetzt alle hier seine Sachen? Cool!«

»Inzwischen weiß ich auch, was mich heute Morgen an dir stört. Ich meine ... mehr als üblich. Du hast nichts Schwarzes an. Findest du das hellblaue T-Shirt nicht etwas zu gewagt?«

»Nicht, solange ich neben dir sitze. Deine Farbe schlägt meine Farbe um Längen.«

»Bitte!«, stöhnte Christine. »Das reicht jetzt.«

»'tschuldige«, murmelte Jule.

Hungrig biss sie in eine Butterbrezel und vertiefte sich beim Kauen erneut in das Einrichtungsjournal. Das war zwar unhöflich, ersparte ihr aber die weitere Unterhaltung. Sollte ihre Mutter sich doch darum kümmern!

Genau das tat Christine dann auch.

»Hast du gut geschlafen?«, erkundigte sie sich freundlich bei Jan.

»Hmm.« Er nickte mit vollem Mund.

»Reichen dir die ausgeliehenen Sachen bis morgen?«

»Hmm ... notfalls auch länger.«

»Und hast du mit deinem Vater telefoniert?«

Schweigen. Dann ein geräuschvolles Schlucken und ein kurzes »Nö.«

»Warum nicht?«

»Weil du das gestern gemacht hast.«

»Ja, aber ...«

»Dann ist doch alles klar.«

»Eigentlich schon. Das hoffe ich jedenfalls.« Christine klang nicht überzeugt. »Olli geht davon aus, dass du gleich morgen früh zur Werkstatt fährst.«

»Hmm.«

»Und dann nach Hause.«

»Yep. Guter Plan.«

Eine Weile lang blieb es still am Tisch. Dann ergriff Christine erneut das Wort. »Hast du heute etwas vor, Jan?«

»Nö.«

»Das trifft sich gut.«

Alarmiert hob Jule den Kopf. Ihre Mutter wollte doch hoffentlich das vorhin besprochene Programm nicht ändern und stattdessen einen spontanen Ausflug mit Jan vorschlagen? Das hätte gerade noch gefehlt!

Doch zu Jules großer Erleichterung dachte Christine an etwas viel Praktischeres. »Du kannst uns helfen«, sagte sie zu Jan. »Wir beginnen heute mit der Hausrenovierung.«

»Und jetzt stellen wir das Sofa mal probeweise zwischen Kamin und Fenster.«

Christine verharrte mitten im leer geräumten Wohnzimmer und dirigierte Jule und Jan, die an beiden Enden des weißen Ledersofas standen und dieses nun Richtung Fenster schoben.

»Wieso eigentlich ›wir‹?«, murmelte Jule. »Du machst gar nichts.« Erschöpft wischte sie sich den Schweiß von der Stirn und trat einen Schritt zurück.

»Ich habe den wichtigsten Job«, entgegnete Christine ohne Mitleid. »Ich versuche, mir vorzustellen, wo das Sofa hinpasst.«

»Dort, wo es jetzt steht, jedenfalls nicht.« Jule sah sich um. »Eigentlich passt weißes Leder sowieso nicht zum Landhausstil.«

»Du hast recht. Also fliegt es raus.«

Jule glaubte, sich verhört zu haben. So entscheidungsfreudig kannte sie ihre Mutter gar nicht. »Es fliegt raus? Einfach so?«

»Ja.« Ihre Mutter nickte.

»Aber … aber es hat doch Lexi gehört!«

»So wie alles in diesem Haus. Aber so ist das nun mal bei einer Renovierung. Man muss sich von alten Sachen trennen können.«

»Bist du dir sicher? Ich weiß nicht …« Vorhin am Küchentisch hatten Jule die Umbaupläne ihrer Mutter noch gefallen. Doch nachdem sie jetzt die ganze Tragweite dieses Vorhabens erkannte, kamen ihr auf einmal Zweifel. »Lexi ist doch noch gar nicht lange tot.«

»Ach, Liebes!« Tröstend legte Christine den Arm um ihre Tochter. »Es ist doch nur ein Sofa.«

»Lexis Sofa.«

»Die Erinnerung an sie ist aber nicht an ein Möbelstück gebunden.«

Der gelassene Tonfall ihrer Mutter ließ Jule aufhorchen. So ruhig und besonnen hatte Christine bislang nicht reagiert, wenn die Sprache auf Lexis Tod gekommen war. Offenbar war sie in ihrer Trauerbewältigung weiter, als Jule angenommen hatte.

»Außerdem hat Lexi gewollt, dass ich das Haus nach meinen Vorstellungen umbaue«, fügte Christine hinzu.

Ja, das hatte Lexi in ihrem ersten Brief erwähnt. Jule erinnerte sich. Und trotzdem …

»Können wir das Sofa wenigstens behalten und es in die Scheune stellen? Oder es jemandem schenken, der es gebrauchen kann? Vielleicht deinem Ziegenhirten?«

»Das ist nicht *mein* Ziegenhirt!«

»Und außerdem haust Norbert in einem Wohnwagen«, mischte sich Jan in die Unterhaltung ein. Er lag mittlerweile auf dem Sofa und betrachtete gelangweilt ein Loch in seiner Socke, durch das sein rechter großer Zeh herausragte. »Wenn er dieses riesige Sofa haben will, muss er locker mal auf sein Klo und auf die Küchenzeile verzichten. Aber wer weiß? Vielleicht steht er auf Leder.«

»Er wohnt in einem Wohnwagen?«, erkundigte sich Jule. »Wieso das denn?«

»Das hat sich so ergeben.«

»Niemand landet zufällig in einem Wohnwagen.«

»Er schon.«

Etwas grober als nötig schob Jule Jans Füße beiseite und hockte sich neben ihm aufs Sofa. »Jetzt lass dir doch nicht jedes Wort aus der Nase ziehen!«

Jan stöhnte und richtete sich auf. »Also gut, wenn du es genau wissen willst: Den Wohnwagen hatte er ursprünglich gekauft, um nach der Pensionierung zusammen mit seiner Frau durch Südeuropa zu reisen. Dann aber ist seine Frau vor zwei Jahren plötzlich gestorben. Weil er keine Kinder und auch sonst keine Verwandten hat, ist er abgehauen aus Essen – nur mit einem alten VW-Käfer und dem Wohnwagen.«

»Wie traurig!«, murmelte Christine leise.

»Jedenfalls ist er immer Richtung Süden gefahren«, fuhr Jan fort. »Kurz vor Muggenbrunn ist ihm das Auto kaputtgegangen, und so ist er hiergeblieben.«

»Und die Ziegen?«

»Die hat er einem kleinen Zirkus in Freiburg abgekauft, weil er Mitleid mit den Tieren hatte.«

Christine machte ein nachdenkliches Gesicht. »Woher weißt du das alles?«

»Ich war gestern drüben bei ihm, um mir eine Zahnbürste zu holen.«

»Und dann erzählt er dir einfach so seine Lebensgeschichte?«

»Nö, nicht einfach so. Ich habe nachgefragt.«

»Warum?«

»Weil es mich interessiert hat.«

»Echt?« Jule musterte Jan erstaunt. Bislang hatte sie nicht den Eindruck gehabt, dass er sich sonderlich für seine Mitmenschen interessierte.

Auch Christine schüttelte ungläubig den Kopf. »Ich kenne Norbert jetzt seit mehreren Wochen«, sagte sie. »Aber mir hat er seine Geschichte noch nicht erzählt.«

»Hast du ihn denn mal gefragt?«, wollte Jule wissen.

»Nein. Das traue ich mich nicht.«

»Ich schon.« Jan zuckte mit den Schultern. »Ist ja auch kein großes Ding.«

»Ich hatte bislang nicht den Eindruck, dass er gern über sich und seine Gefühle spricht«, sagte Christine.

»Wir haben ja auch nicht über seine Gefühle gesprochen, sondern lediglich die Fakten ausgetauscht.«

Jule runzelte genervt die Stirn. »So einen Satz können nur Männer von sich geben.«

»Na, wie auch immer.« Christine schaute auf ihre Uhr. »Wir sollten weitermachen.«

»Schon wieder sagst du ›wir‹«, knurrte Jule. »Ich für meinen Teil weigere mich, dieses Sofa noch länger durch die Gegend zu tragen.«

»Nur bis zur Scheune, okay? Dort können wir es einlagern und später entscheiden, was wir damit machen.«

»Ich kann nicht mehr, Mama!« Jule rutschte noch ein Stück tiefer in die Polster. »Meine Arme zittern schon.«

Mitleidig betrachtete Christine ihre Tochter. »Ich könnte Norbert fragen, ob er uns hilft.«

»Muss das sein?«

»Sonst ist niemand da.«

»Phillip kommt heute Abend.«

»Das ist zu spät. Du musst dich also bitte entscheiden, ob du Norberts Hilfe willst oder lieber weiter selbst schleppen möchtest.

Jule stöhnte und rappelte sich auf. »Also gut, gehen wir ihn fragen …«

11

»Ihr wollt *watt?*« Norbert schob seine Kappe zurück und kratzte sich am Hinterkopf – wie immer, wenn er nachdenken musste.

»Renovieren«, wiederholte Christine.

»Im Haus. Ab morgen. Komplett«, ergänzte Jule im Telegrammstil und wesentlich ungeduldiger.

Nur Jan sagte nichts. Er stand ein wenig abseits, hatte sich eine Zigarette angezündet und tippte auf seinem Smartphone herum.

»Eigentlich hatt ich andere Pläne.« Norbert deutete auf einen altmodischen Klappstuhl vor dem Wohnwagen. Daneben, auf einem Campingtisch, lagen eine Zeitung und ein Sudoku-Heft, und aus einer Thermoskanne roch es verführerisch nach frischem Kaffee.

»Bitte, Norbert! Wir könnten deine Hilfe wirklich gut gebrauchen.« Christine warf ihm einen flehenden Blick zu.

»Wieso machste auf einmal so 'n Stress? Hat deine Tochter dich etwa überredet?« Er deutete auf Jule. »Datt Frollein scheint mir sehr energisch zu sein.«

»Nein, sie hat mich nicht überredet«, entgegnete Christine belustigt. Jules Abneigung gegen den Ziegenhirten schien wohl auf Gegenseitigkeit zu beruhen. »Die Renovierung ist schon länger geplant. Da ich aber unerwartet zwei

Helfer habe, kann ich einen Tag früher mit dem Ausräumen beginnen.«

»Und, was ist jetzt?«, wollte Jule wissen. »Falls das ein Problem für dich ist, müssen wir nicht länger hier herumstehen. Manche von uns haben nämlich am Abend noch was vor.«

Norbert kniff die Augen zusammen und musterte Jule unfreundlich. »Nee, datt is kein Problem.«

»Also«, ging Christine hastig dazwischen. »Dann danke ich dir schon mal.«

Norbert erhob sich. »Ich zieh mich nur schnell um und komm dann rübber.«

Zwei Stunden später hatten sie das Sofa und die übrigen aussortierten Möbelstücke aus dem Haus geschafft und in der Scheune verstaut. Während Christine sich danach erschöpft gegen das Scheunentor lehnte, liefen die anderen drei neugierig auf dem Heuboden herum.

»Wir können froh sein, dass Lexi sich von vielen alten Sachen nicht trennen konnte. Sonst hätten wir jetzt nicht so eine tolle Auswahl«, stellte Jule begeistert fest. Sie blieb stehen. »Oh, was haben wir denn da? Eine alte Kuckucksuhr! Ob die noch funktioniert?«

»Das können wir demnächst mal ausprobieren.«

»Und diese wunderschönen Kommoden!« Jule wanderte weiter zu mehreren halbhohen Schränken, die mit Messinggriffen und Schnitzereien verziert waren.

»Zwei davon wollte ich ins Wohnzimmer stellen.« Christine trat zu ihrer Tochter. »Nämlich diese beiden hier.«

»Datt musste abber erst mal bearbeiten lassen«, stellte Norbert fest und begutachtete eine der Kommoden, die Christine ausgesucht hatte.

Sorgfältig fuhr er mit der Hand über die Oberflächen, öffnete die Schranktüren, prüfte die Türgriffe und zog sogar einige Schubladen heraus.

»Datt kannste nich einfach so hinstellen.«

»Warum nicht? Für mich sieht das okay aus.«

»Isses aber nich.«

»Und was genau muss gemacht werden?«, wollte Christine wissen.

»Du musst Scharniere und Beschläge übberprüfen, ausbessern und eventuell nachleimen. Datt Holz musste abbeizen, schleifen und dann neu grundieren und anstreichen«, zählte er auf. »Datt erfordert viel Geduld und noch mehr Liebe.«

Überrascht blickte Jule hoch. »Das klingt, als wärst du vom Fach.«

Norbert nickte. »Ich bin Möbelschreiner.«

»Schreiner? Echt?«, kam plötzlich Jans Stimme aus der hinteren rechten Ecke. »Dann weißt du ja, wie das geht. Zeigst du es mir?«

Verwundert drehten sich alle zu ihm um.

»Richtig, du bist ja auch noch da«, scherzte Jule.

Den ganzen Tag über hatte Jan sich kaum an der Unterhaltung beteiligt, und auch hier in der Scheune war er ohne ein Wort zwischen den alten Möbeln verschwunden. Jetzt stand er vor einem wunderschönen altmodischen Küchenbuffet aus honigfarbenem Holz und berührte vorsichtig die verglasten Seitentüren.

»Da hast du ja auf Anhieb das beste Stück erwischt, Jan«, sagte Christine. »Ist das Buffet nicht toll? Ich will es unbedingt in der Küche stehen haben.«

Norbert stieß einen anerkennenden Pfiff aus. »Ich hab selten so viele gut erhaltene alte Möbel gesehen. Da krieg ich echt widder Lust aufs Schreinern.«

»Zeigst du mir, wie es geht, Norbert?«, wiederholte Jan.

»Von mir aus.«

»Gleich morgen?«

»Junge, bis du ungeduldig! Abber geht klar.«

Christine öffnete den Mund, um zu protestieren. Sie wollte Jan daran erinnern, dass er morgen zuerst in die Werkstatt und dann nach Hause fahren musste. Schließlich verließ sich Olli darauf, dass sie sich persönlich darum kümmerte. Doch dann sah sie Jans Gesichtsausdruck und klappte den Mund wieder zu.

In all den Jahren, in denen der Junge nun schon neben ihr wohnte, hatte sie ihn kaum wahrgenommen. Und wenn doch, dann entweder nur als völlig desinteressiert oder aber als extrem aufsässig. Doch heute entdeckte sie zu ihrer eigenen Verblüffung völlig neue Eigenschaften an ihm. Er wirkte auf einmal lebendig und begeistert, und er schien seine Bitte an Norbert absolut ernst gemeint zu haben. Immer noch hing sein Blick fasziniert an den alten Möbeln. Es war, als könne er sich gar nicht sattsehen.

Sollte sie diesen Eifer tatsächlich ignorieren und ihn wegschicken? Stand es ihr überhaupt zu, über seinen Kopf hinweg zu entscheiden? Warum durfte er nicht bleiben, wenn er das unbedingt wollte?

Plötzlich kamen ihr ein paar von Lexis Zeilen in den Sinn.

Du glaubst, dass du für alles verantwortlich bist, was um dich herum geschieht. Und dass du deshalb auch immer für alle mitdenken musst.

War jetzt nicht ein günstiger Zeitpunkt, damit aufzuhören? Sie war nicht verantwortlich für Jan. Niemand war das, nur er selbst.

Und deshalb beschloss sie zu schweigen.

»Du fährst morgen nach Hause, schon vergessen?«, platzte dafür jedoch Jule heraus.

Christine seufzte. Auf die Gewissenhaftigkeit ihrer Tochter war, wie üblich, Verlass.

»Das war der Plan«, murmelte Jan zerstreut und fuhr mit der Hand noch einmal über das alte Holz. »Aber jetzt hat er sich geändert. Ich bleibe.«

»Kann er das so einfach?« Jule drehte sich zu ihrer Mutter um.

Christine zuckte mit den Schultern. »Warum nicht? Wir haben Platz genug und können jede Hilfe gebrauchen.«

»Erst mal muss ich gucken, wie der Junge sich anstellt«, warf Norbert ein.

»Und was ist mit der Schule?«, wollte Jule wissen.

»Ich mach einfach ein paar Tage blau«, antwortete Jan. »Das ist nicht so tragisch, und außerdem ist das nicht dein Problem, oder?«

»Einer muss ja vernünftig bleiben«, gab Jule zurück.

»Lasst es gut sein!« Christine winkte ab. »Jan ist alt genug, um selbst zu wissen, was er tut.«

»Find ich auch«, bestätigte Norbert.

Jule sah aus, als ob sie protestieren wollte. Doch dann überlegte sie es sich anscheinend anders. »Ihr habt recht. Es ist nicht mein Problem. Gott sei Dank habe ich Besseres vor.«

»Norbert hat sich angeboten, für euch die alten Schränke zu restaurieren? Das kann ich kaum glauben.« Phillip schüttelte den Kopf.

Er saß zusammen mit Jule auf einer Gartenbank hinter dem Haus. Die Dämmerung war bereits hereingebrochen, aber er hatte vorgesorgt und mehrere Windlichter angezündet. Der flackernde Schein der Kerzen beleuchtete das provisorische Lager, das aus einer Isomatte, zwei Schlafsäcken und einer Picknicktasche bestand.

Jules Stimmung war schlagartig gestiegen, als sie nach draußen gekommen war. Phillip hatte sich wahnsinnig viel Mühe gegeben und ein Mondscheinpicknick geplant. Wie romantisch! Vergessen waren Müdigkeit und Muskelkater. Der zurückliegende Tag war hart und anstrengend gewesen – aber die beginnende Nacht versprach, großartig zu werden.

»Norbert ist nicht der Typ, der jedem hilft«, fuhr Phillip jetzt fort. »Zu mir ist er nie besonders nett.«

»Ich mag ihn auch nicht«, sagte Jule. »Aber meine Mutter hat aus irgendeinem Grund einen Narren an ihm gefressen. Gleich morgen früh wollen die beiden zusammen zum Baumarkt fahren, um das nötige Werkzeug für die Restaurierung zu kaufen.«

»Und Jan wird auch helfen?«

»Sieht so aus.« Jule hatte keine Lust, das Thema zu vertiefen. Sie war schließlich nicht hier, um über andere Leute oder über den anstehenden Umbau zu sprechen. Heute Abend sollte es um Fledermäuse gehen. Und vielleicht auch noch um …

»Wo sind sie überhaupt?«

»Wer?«

»Jan und deine Mutter. Wollen sie die Fledermäuse nicht sehen?«

»Äh … nö.«

Jan hatte keine Ahnung von dieser nächtlichen Aktion, und Christine hatte sich nach dem Abendessen taktvoll zurückgezogen.

»Da!« Phillip deutete auf mehrere kleine Schatten, die vom Dach aus in den Nachthimmel flogen.

»Wahnsinn!«, murmelte Jule, obwohl sie fast nichts gesehen hatte.

Phillip versuchte, den Tieren mit einem kleinen Scheinwerfer zu folgen. »Das sind Zwergfledermäuse.«

»Wohin fliegen sie?«

»In den Wald, sie suchen Nahrung. In diesem Jahr haben sie extrem früh Nachwuchs bekommen, und Brutpflege macht hungrig.«

»Sie haben Fledermaus-Babys? Wo sind die?«

»Bei euch unter dem Dach. Schau!« Er stand auf und leuchtete mit dem Scheinwerfer auf den Boden. »Siehst du die kleinen schwarzen Kotkrümel? Die weisen auf ein darüberliegendes Versteck hin.« Langsam ließ er den Lichtschein zum Dach gleiten.

»Stört das Licht die Tiere nicht?«

»Kaum.« Sein Blick blieb an einer Stelle unterhalb der Regenrinne hängen. »Da ist ein Nest.«

»Echt?« Jule erhob sich.

»Du musst schon näher kommen, sonst kannst du es nicht sehen«, murmelte Phillip, der seine Augen immer noch fest auf das Nest gerichtet hatte.

Das ließ sich Jule nicht zweimal sagen. Vorsichtig schlich sie sich an und stellte sich direkt vor Phillip. Dabei berührte ihr Rücken seine Brust, und sie konnte den mittlerweile sehr vertrauten Geruch nach Waschmittel und Rasierwasser in sich aufsaugen.

»Da oben«, flüsterte Phillip und legte eine Hand auf ihre Schulter. Mit der anderen Hand beleuchtete er das Nest.

Jule starrte in den Lichtschein, konnte aber zunächst nichts erkennen. Allerdings war sie auch nicht mehr ganz bei der Sache, seit sie seinen Körper an ihrem spüren konnte.

»Siehst du?« Phillip richtete den Scheinwerfer neu aus. Sein Gesicht schob sich neben ihres. »Da ist ein Junges.«

»Wie süß!« Ein winziges nacktes Jungtier klammerte sich an der Hauswand fest und schaute mit großen Augen auf sie herunter. »Und so ein kleiner Kerl kann schon Insekten fressen?«

»Nein, er wird noch gesäugt.«

Immer noch blinzelte die kleine Fledermaus ins Scheinwerferlicht. Jule bekam Mitleid. »Sollen wir das Baby lieber in Ruhe lassen? Sonst fällt es noch herunter«, sagte sie und drehte ihr Gesicht in seine Richtung. Dabei streiften ihre Haare über seine Wange.

Phillip nickte, ohne auch nur den geringsten Schritt zur Seite zu machen. Langsam ließ er den Scheinwerfer sinken und schaute Jule an. »Weißt du, was ich jetzt gern tun würde?«, fragte er nach einer gefühlten Ewigkeit.

Sie schüttelte den Kopf, obwohl ihre Fantasie durchaus ausreichte, um sich das vorzustellen.

Sanft strich er über ihre Haare und ließ seine Hand auf ihrer Wange liegen. »Ich würde dich gern …«, begann er, wurde aber von einem Telefonklingeln unterbrochen.

»Das ist meins.« Hektisch zog Jule ihr Handy aus der Hosentasche und verfluchte sich stumm. Warum hatte sie das blöde Ding nicht einfach im Haus gelassen? Welcher Anruf konnte heute Abend wichtiger sein als ihr erstes Date mit Phillip?

Sie stöhnte, als ihr Blick auf das Display fiel. Kurz entschlossen drückte sie das Telefonat weg und steckte das Handy zurück in ihre Hosentasche.

»Sorry!« Sie lächelte entschuldigend. »Wo waren wir gerade stehen geblieben?«

»Äh …« Offensichtlich hatte ihn das Klingeln aus dem

Konzept gebracht. Er hob die Taschenlampe Richtung Dach. »Wollen wir noch mal schauen?«

»Von mir aus.« O Gott, wie süß, er war schüchtern! Na, da musste sie wohl ein wenig nachhelfen. Wieder stellte sich Jule ganz nahe neben ihn, und wieder dauerte es keine Minute, bis Phillip das Licht sinken ließ und sich stattdessen mit Jules Gesicht befasste.

Leider wurden sie erneut durch das Telefon gestört.

»Willst du nicht rangehen?«, murmelte Phillip ungefähr fünf Zentimeter von ihrem Mund entfernt.

»Nö.«

»Und wenn es wichtig ist?«

»Es ist nicht wichtig.«

»Woher willst du das wissen?« Er trat einen Schritt zurück.

Jule seufzte. »Also gut, ich gehe dran.«

Dieser Anrufer würde sowieso keine Ruhe geben, setzte sie in Gedanken hinzu. Selbst wenn sie das Handy auf stumm schaltete, würde er sich zu helfen wissen und bei ihrer Mutter anrufen. Und das hatte Christine wahrlich nicht verdient.

»Hallo, Papa!«

»Guten Abend!« Wie üblich hielt sich ihr Vater nicht mit Small Talk auf, sondern kam gleich zur Sache. »Was muss ich von deiner Großmutter hören? Du bist zu deiner Mutter gefahren? Warum?«

»Ich habe sie vermisst und wollte sie sehen.« Mehr brauchte er nicht zu wissen.

»Bleibst du länger da?«

»Ja.« Ihr Blick fiel auf Phillip, der zur Bank zurückgekehrt war und jetzt so tat, als ob er seine Taschenlampe reparieren musste. Vermutlich bekam er trotzdem jedes Wort mit. »Ich bleibe so lange hier, bis Mama mich rausschmeißt.«

Phillip lächelte, das konnte sie sogar im Dunkeln erkennen.

»Du weißt, dass du bald Geburtstag hast«, sagte ihr Vater. »Wir werden eine riesige Party für dich veranstalten. Nicola freut sich schon total.«

Klar, die zweite Frau ihres Vaters war ja auch nur halb so alt wie er selbst und würde die Party im Gegensatz zu ihm in vollen Zügen genießen können.

»Ich weiß, dass ich Geburtstag habe. Aber ich bleibe hier.«

»Und die Party?«

»Die müssen wir absagen, tut mir leid.«

»Aber wir haben schon so viel geplant und organisiert!«

»Vieles kann man doch sicherlich noch rückgängig machen.«

»Na klar, aber weißt du, wie viel Arbeit das ist?«

»Ich kann es gern übernehmen, die Gäste auszuladen.«

»Ist das dein letztes Wort?«

»Ja.«

»Das enttäuscht mich. Aber okay.«

Eines musste Jule ihrem Vater lassen: Er wusste, wann er keine Chance mehr hatte, sie umzustimmen.

»Ich werde das mit Nicola besprechen.«

»Tu das! Und grüße sie schön von mir.« Nicola würde toben. Aber das war nicht Jules Problem. Sie hatte nie um diese Party gebeten.

Nach dem Ende des Gesprächs stellte sie das Handy vorsichtshalber aus. Jetzt durfte keiner mehr stören. »Das war mein Vater«, erklärte sie überflüssigerweise.

»Leben deine Eltern getrennt?« Phillip legte die Taschenlampe zur Seite.

Jule nickte. »Schon viele Jahre.«

»Das habe ich mir gedacht.«

Kein »Tut mir leid« oder Ähnliches. Allein schon deshalb hätte sie ihn küssen können.

»Habe ich das richtig verstanden? Du bleibst länger hier?«

»Ja.«

»Warum?«

»Mir gefällt es hier.« Langsam ging sie auf Phillip zu.

Er grinste erfreut. »Und Geburtstag hast du auch?«

»Ja, aber erst in ein paar Tagen.«

»Schade!«

»Warum?«

»Wenn es heute wäre, könnte ich dir einen Geburtstagskuss geben.«

Jetzt hatte sie ihn erreicht. »Vielleicht hat sich die Hebamme ja im Datum vertan.«

»Möglich ist alles.« Er umfasste ihr Gesicht. »Darf ich?«

»Natürlich.«

»Willst du einen Geburtstagskuss oder einen richtigen Kuss?«

»Wo ist denn der Unterschied?«

»Ein Geburtstagskuss ist harmlos, den kann man auch seiner Großtante geben«, murmelte er und legte seine Stirn an ihre. »Wohingegen ein richtiger Kuss …«

»Phillip?«

»Hm?«

»Hör auf, dummes Zeug zu quatschen, und küss mich endlich!«

Weder Phillip noch Jule ahnten, dass sie heimlich beobachtet wurden.

Christine hatte eigentlich nur das Fenster im Bad schließen wollen und dabei einen flüchtigen Blick nach draußen geworfen. Sie stutzte, als sie die beiden eng umschlungen vor der Bank stehen sah. Zum Glück hatte sie kein Licht gemacht, so dass ihre Anwesenheit unentdeckt blieb. Rasch zog sie ihren Kopf zurück, klappte leise das Fenster zu und setzte sich im Dunkeln auf den Badewannenrand.

Jule und Phillip.

Also hatte sie sich das nicht eingebildet. Ging das nicht alles ein bisschen schnell? Die beiden kannten sich doch kaum. Andererseits war Phillip ein netter Junge mit einem interessanten Beruf – sozusagen der Schwarm aller Schwiegermütter. Genau so einen Mann hatte sie ihrer Tochter immer gewünscht.

Doch ob Jule schon daran gedacht hatte, dass sie spätestens zum Ende des Sommers zurück nach Frankfurt musste, um dort ihr Studium aufzunehmen? Vielleicht sollte sie das mal mit ihrer Tochter besprechen.

Oder war es zu früh für solche Überlegungen?

Und überhaupt – hatte sie nicht heute Nachmittag beschlossen, sich nicht mehr in alles einzumischen?

»Hör auf, dir Gedanken um alles zu machen!«, befahl sie sich selbst.

Lexis mahnende Worte kamen ihr wieder in den Sinn.

Du wirst so lange nicht frei sein, bis du dich von deinen bisherigen Gewohnheiten und deinem Pflichtbewusstsein verabschiedet hast. Lass los!

Christine nickte zustimmend.

Es war an der Zeit, den Rat ihrer Freundin zu befolgen.

Ab heute würde sie loslassen.

12

In den nächsten Tagen hatte Christine viele Gelegenheiten, ihren Vorsatz in die Tat umzusetzen. Zu ihrem eigenen Erstaunen fiel ihr das leichter als gedacht.

Sie überhörte die immer lauter werdenden Beschwerden ihrer Mutter, die sich am Telefon bitter darüber beklagte, von ihrer Familie im Stich gelassen worden zu sein. Auch der wütende Anruf ihres Exmanns kümmerte sie wenig. Natürlich gab Adrian ihr die Schuld, dass Jules Geburtstagsparty ins Wasser fiel.

»Das ist nicht akzeptabel«, schimpfte er. »Das Kind ist mit deinem plötzlichen Umzug völlig überfordert. Kein Wunder, dass sie dir hinterhergereist ist!«

»Das Kind wird zwanzig und ist erwachsen«, entgegnete Christine ruhig. »Wenn du etwas mit Jule zu besprechen hast, dann ruf sie an! Ich kann dir nicht weiterhelfen.« Danach legte sie auf und fühlte sich wunderbar erleichtert.

Eine ähnlich befreiende Wirkung hatte das Telefonat, das sie mit ihrer Firma führte. Zwar schien ihre Kollegin Frau Siegel inzwischen realisiert zu haben, dass Christine ihr in der Vergangenheit viel Arbeit abgenommen hatte. Sie klang am Telefon erschöpft und gereizt. Doch Christine überhörte die Klagen. Stattdessen verlängerte sie ihren unbezahlten Urlaub mit dem Hinweis auf ihren labilen Gesundheitszustand um weitere sechs Wochen und heuchelte Bedauern.

Es gelang ihr sogar, Ollis Forderung nach Jans sofortiger Abreise zu ignorieren. »Der Junge muss zurück in die Schule. Ich kann ihn nicht ewig entschuldigen«, wiederholte Olli gebetsmühlenartig bei jedem Gespräch.

»Dann musst du mit ihm reden«, erwiderte Christine daraufhin immer wieder geduldig. Sollte er doch selbst sehen, wie er seinen Sohn zurückbekam!

Nichts von alledem war tatsächlich ihr Problem. Lexi hatte völlig recht gehabt: Die Erde drehte sich trotzdem weiter – und das sogar sehr lebhaft und laut.

Gleich nach dem Einkauf im Baumarkt am Montagmorgen nahmen Norbert und Jan die Restaurierung der alten Möbel in Angriff. Da das Wetter warm und sonnig war, schleppten sie Stück für Stück nach draußen und arbeiteten im Freien. Im Laufe des Nachmittags kamen die ersten Handwerker hinzu, die im Innern des Hauses mit der Renovierung begannen. Bald schon war es vorbei mit der Ruhe, stattdessen hörte man stetiges Hämmern, Klopfen, Sägen, Schleifen und natürlich die unvermeidliche Radiomusik. Überall lagen Werkzeuge, Abdeckplanen und Farbeimer herum, und es herrschte ein heilloses Durcheinander.

Doch es war ein kreatives Chaos, wie Christine erfreut feststellte. Jeden Abend wanderte sie durchs Haus und begutachtete die Arbeit.

Was sie sah, gefiel ihr. Sehr sogar.

Die kahle, unbehagliche Lounge verwandelte sich im Laufe der nächsten zehn Tage in ein gemütliches Wohnzimmer mit vertäfelter Holzdecke, Parkettboden und pastellfarbenen Wänden. Erst jetzt kam der alte Kachelofen richtig zur Geltung. Der warme Holzton der restaurierten Schränke und Kommoden harmonierte wunderbar mit den anderen Farben im Raum.

In der Küche hatte sie sämtliche moderne Möbel entfernt und durch Holzregale, einen alten Tisch und bequeme Stühle ersetzt. Absoluter Blickfang war jedoch das riesige Küchenbuffet, das perfekt an die Wand zwischen Spüle und Kamin passte. Der Raum war zu einer gelungenen Mischung aus zeitgemäßen und traditionellen Elementen geworden.

Trotz ihrer Begeisterung entging ihr natürlich nicht, dass immer noch viele Dinge erledigt werden mussten. Jeden Abend machte sie sich entsprechende Notizen. Vorhänge, Lampen und Bilder wollte sie erst dann aufhängen, wenn die Arbeiten in den Räumen erledigt waren.

Im Wohnzimmer fehlte noch ein Sofa, in der Küche ein Gewürzregal, und bei der Auswahl von passenden Dekorationsartikeln war sie auch noch nicht weitergekommen. Doch diese Dinge konnten warten, bis sie wieder mehr Zeit hatte. Dann würde sie zusammen mit Jule auf große Einkaufstour gehen.

Ihre Tochter unterstützte sie, wo sie nur konnte. Das Mädchen hatte zahlreiche Listen für die Handwerker erstellt, die sie nun penibel überwachte.

Nur bei Norbert und Jan mischte sich Jule nicht ein. Die beiden kamen gut miteinander aus und ergänzten sich perfekt. Geduldig erklärte Norbert seinem Helfer jeden Arbeitsschritt, und ebenso ruhig und sorgfältig setzte Jan das Gehörte um. Dabei stellte er sich so geschickt an, dass Norbert ihn nach ein paar Tagen selbständig arbeiten ließ und ihm nur noch selten über die Schulter schaute.

Jan genoss dieses Vertrauen, obwohl er versuchte, sich das nicht anmerken zu lassen. Nach wie vor schwieg er die meiste

Zeit. Doch seine Augen hatten den teilnahmslosen, gelangweilten Blick verloren, und wenn man Glück hatte, konnte man ihn sogar lächeln sehen. Die körperliche Arbeit an der frischen Luft tat ihm gut. Bald schon waren sein Gesicht und seine Arme braun gebrannt und er machte einen dynamischeren Eindruck.

Das fiel sogar Hildegard Häberle auf, die pünktlich jeden Mittag vorbeikam und den Fortschritt auf der Baustelle begutachtete.

»Dein Lebenspartner wird seinen Sohn kaum wiedererkennen«, sagte sie Mitte der zweiten Arbeitswoche zu Christine.

»Olli ist nicht mein Lebenspartner, sondern nur ein guter Freund und Nachbar«, stellte Christine richtig. Sie fragte sich, ob Hildegard absichtlich alles durcheinanderbrachte, um Einzelheiten zu ihrem Leben in der Stadt herauszubekommen.

Zuzutrauen wäre es ihr!

»Der Junge sieht auf einmal richtig gut aus.« Hildegard stieß ihr mit dem Ellbogen kumpelhaft in die Seite. »Wir müssen aufpassen, dass Jule das nicht bemerkt. Sonst ist es aus mit unserem Phillip.«

»Nein, das glaube ich nicht.« Jule hatte tatsächlich nur Augen für Phillip. Viel mehr beunruhigte Christine allerdings die Tatsache, dass Hildegard sich durch die Beziehung der beiden fast schon als Verwandte fühlte und sich leider auch so benahm.

»Hast du einen Kaffee für mich?«, fragte sie jetzt.

»Tut mir leid, die Handwerker haben gerade das Wasser abgedreht«, log Christine. Dass die Postbotin noch etwas bleiben wollte, passte ihr heute überhaupt nicht ins Konzept, sie hatte noch einiges zu erledigen.

»Schade!«

In diesem Moment trat Jule mit einem Tablett aus dem Hinterausgang und lief Richtung Scheune. Selbst aus der Entfernung waren Thermoskanne, Tassen und ein Teller mit Broten gut zu erkennen.

»Das ist alter Kaffee«, beeilte sich Christine zu sagen. »Den wollte ich dir ungern anbieten. Der ist für Norbert und Jan. Wir haben ihn ... äh ... schon heute Morgen gekocht.«

Hildegard lächelte nachsichtig, und Christines schlechtes Gewissen verstärkte sich. Sie hatte das Gefühl, etwas gutmachen zu müssen.

»Magst du vielleicht am Freitag zum Kaffee kommen?«, fragte sie. »Jule hat Geburtstag.«

»Wirklich? Das hat Phillip noch gar nicht erzählt.«

Christine biss sich auf die Lippe. Verflixt!

Warum war sie nur immer so voreilig? Sie hätte zuerst mit ihrer Tochter reden sollen. Vielleicht hatte diese ganz andere Pläne? Aber jetzt war es zu spät, um noch einen Rückzieher zu machen. Notfalls musste sie sich allein mit Hildegard in den Garten setzen.

»Um vier Uhr?«, schlug sie vor.

»Gern!« Hildegard strahlte. »Soll ich einen Kuchen mitbringen?«

»Das wäre toll. In dem Durcheinander hier komme ich nicht zum Backen.«

»Wenn das so ist, dann mache ich zwei Kuchen«, beschloss Hildegard. »Einen mit Quark, und eine echte Schwarzwälder Kirschtorte nach altem Familienrezept.«

»Ist das nicht ein bisschen viel?« Christine runzelte die Stirn. Falls sie tatsächlich mit Hildegard allein war, wer sollte das dann alles essen?

»Ach, das kriegen wir schon weg«, zerstreute Hildegard

ihre Bedenken. »Notfalls verfüttern wir den Rest an die Handwerker. So, und jetzt muss ich weiter.« Gut gelaunt verabschiedete sie sich.

»Oh, habe ich da gerade meine zukünftige Tante verpasst?« Grinsend trat Jule zu ihrer Mutter.

»Jetzt fang du nicht auch noch an!«, stöhnte Christine. »Es reicht schon, dass Hildegard sich aufführt, als sei eure Hochzeit nur noch eine Frage der Zeit.«

»Bleib cool!« Jule hakte sich bei ihrer Mutter unter. »Wenn es dich beruhigt: Ich kann Phillip gar nicht heiraten.«

»Warum nicht?«

»Hast du dir mal überlegt, wie doof das klingt? Jule Jung? Das geht doch gar nicht.«

»Er könnte deinen Namen annehmen.«

»Darüber ließe sich reden.«

»Echt?« Prüfend sah Christine ihrer Tochter in die Augen. »Ist es euch schon so ernst?«

»Quatsch! Natürlich mag ich ihn, sehr sogar. Genaugenommen ist er einfach perfekt.« Das Mädchen lächelte verträumt. »Aber so weit sind wir längst noch nicht. Vor lauter Stress hier auf der Baustelle sind wir bislang noch nicht einmal dazu gekommen, miteinander –«

»So genau will ich das gar nicht wissen«, unterbrach Christine hastig.

»Das dachte ich mir«, gab Jule frech zurück. »Ich wollte es nur mal testen.«

»Wenn du gerade so guter Laune bist, können wir vielleicht gleich mal deine Pläne für den Freitag besprechen. Wie willst du deinen Geburtstag verbringen?«

»Phillip hat sich ab Mittag freigenommen. Wir wollen ein

Picknick machen, oben auf der Bergwiese. Ansonsten habe ich noch nichts vor.«

»Seid ihr am Nachmittag wieder da? Ich habe nämlich gerade versehentlich Hildegard zum Kaffee eingeladen.«

»Versehentlich?«

»Ja, mehr oder weniger. Sie hat sich aber sehr gefreut und will zwei Kuchen backen.«

»Von mir aus. Gegen ein Kaffeetrinken habe ich gar nichts, besonders, wenn es hier bei uns im Garten stattfindet.«

»Dann ist das also abgemacht.«

Jule nickte. »Ich sage Norbert und Jan Bescheid.«

»Wann hast du dich denn mit den beiden angefreundet? Das habe ich gar nicht bemerkt.«

»Ach, so schlimm sind sie gar nicht. Ich leiste ihnen hin und wieder ein wenig Gesellschaft. Jan stellt sich mit den Möbeln echt geschickt an.«

»Das habe ich auch schon beobachtet.«

»Olli wird begeistert sein, wenn er davon erfährt. Endlich kriegt sein Sohn mal was auf die Reihe!«

»Und mit Norbert verstehst du dich auch?«

»Wir ignorieren uns, so gut es geht, aber auf eine nette Weise. Hat er dir das nicht erzählt? Ihr sitzt doch jeden Abend zusammen auf der Bank.«

»Momentan sind wir zu kaputt, um uns zu unterhalten. Ich muss immer aufpassen, dass ich nicht während des Sonnenuntergangs einschlafe.«

»Das kann ich verstehen.«

»Ich hoffe, das wird bald besser.« Christine gähnte verstohlen. »Derzeit kann ich mich nicht einmal dazu aufraffen, Lexis Briefe weiterzulesen.«

»Das solltest du aber! Bist du gar nicht neugierig?«

»Doch. Allerdings sind ihre Botschaften keine leichte

Kost, die sich einfach so weglesen lässt. Dazu brauche ich Zeit und Ruhe.«

»Warum nimmst du dir heute Abend nicht mal beides?«, schlug Jule vor. »Jan und ich kümmern uns ums Aufräumen und Saubermachen.«

»Bist du denn nicht mit Phillip verabredet?«

»Nein, der hat einen Lehrgang in Freiburg. Ich habe also wirklich nichts Besseres vor.«

»Du bist unglaublich lieb, weißt du das?« Gerührt drückte Christine ihre Tochter an sich.

»Klar!« Jule lächelte geschmeichelt. »Und jetzt lass uns weitermachen, sonst schaffen wir unser Programm für heute nicht.«

Es war kurz nach acht Uhr am Abend, als Christine zur Bank ging, den Briefumschlag mit der Aufschrift *Gesund sein* in der Hand.

Sie hatte gezögert, ausgerechnet diesen Umschlag zu nehmen. Doch da sie Lexis vorgegebene Reihenfolge einhalten wollte, war ihr nichts anderes übriggeblieben.

Unentschlossen starrte sie auf das Papier, immer noch nicht sicher, ob sie tatsächlich lesen wollte, was Lexi zum Thema Gesundheit zu sagen hatte. Gesund war ihre Freundin seit fast einem Jahr nicht mehr gewesen …

Nein, das waren keine schönen Gedanken. Und vermutlich würde der Inhalt des Briefes ähnlich schrecklich sein.

Aber sie war kein Feigling. Also atmete sie einmal tief durch, riss den Umschlag auf und begann zu lesen.

Liebe Krankenschwester Tinchen!

Erinnerst du dich, dass ich dich immer so genannt habe, wenn wir als Kinder Krankenhaus spielten?

Wir waren ungefähr sieben Jahre alt, und du hattest zum Geburtstag einen Arztkoffer geschenkt bekommen. So eine rote Tasche mit einem Stethoskop aus Gummi, einem grünen Mundschutz, einer Plastikspritze und einer leeren Pillendose. Um unser Spiel noch realistischer zu gestalten, haben wir uns zwei ausrangierte weiße Hemden meines Vaters übergezogen und diese am Kragen mit roten Kreuzen aus Filzstift verziert. Ich war die Ärztin Frau Doktor Meyer, du Schwester Tinchen, und unser Hospital bestand aus meinem Kinderzimmer. Mein Schreibtisch wurde umfunktioniert zum OP-Saal, und mein Bett zur Krankenstube für die frisch Operierten. Auf diese Weise konnten wir uns stundenlang beschäftigen.

Während mein Interesse eher darin bestand, unseren Puppen mit einer Schere (die wir eigentlich gar nicht anrühren durften) ein Loch in den Bauch zu schneiden und ihr Innenleben zu erkunden, hast du dich um die Pflege der Patienten gekümmert. Du hast ihnen ein Pflaster auf die Operationswunde geklebt, sie ins Bett gebracht, gefüttert und sie gesund gepflegt.

Weißt du noch, wie wir eines Tages furchtbar Ärger mit meiner Mutter bekommen haben, weil ich bei meiner Babypuppe mit voller Absicht den Daumen und zwei Finger amputiert hatte? Die Finger ließen sich leider nicht wieder ankleben, und die arme Puppe sah ihr ganzes restliches Leben so aus, als würde sie das Peace-Zeichen machen.

Oder erinnerst du dich an die blonde Puppe mit den Zöpfen, der wir ein Loch in den Rücken geschnitten hatten, um dann deine Armbanduhr hindurchzuschieben? Eigentlich wollten wir nur testen, ob man das Ticken der Uhr in der Brust der Puppe durch das Stethoskop hören konnte (was übrigens nicht funktioniert hat).

Daraus wurde dann aber die längste Operation unserer medizinischen Laufbahn, bis wir endlich die Uhr wieder aus dem Körper der Puppe herausgefummelt hatten. Das Loch im Rücken haben wir dann mit Watte ausgestopft und mit einem Pflaster überklebt, und schon war die Patientin gesund.

Ich wollte, es wäre im echten Leben genauso einfach!

Bauch auf.

Das, was nicht reingehört, raus.

Bauch zu.

Fertig.

Aber so funktioniert das nicht, zumindest nicht bei mir. Das hat man mir (mal mehr und auch mal weniger schonend) auf Französisch, auf Deutsch und einmal sogar auf Englisch mitgeteilt.

Incurable.

Sans espoir.

Hoffnungslos.

In der realen Welt sind die Ärzte leider ratlos und am Ende ihrer Möglichkeiten …

Doch Gott sei Dank ist auf Schwester Tinchen nach wie vor Verlass!

Heute, fast vierzig Jahre später, klebst du immer noch Pflaster und bringst das Essen. Du hast mir ein Krankenzimmer eingerichtet und den Pflegedienst organisiert. Du fährst mich zum Arzt und besorgst mir meine Pillen.

Und ich?

Ich fühle mich genauso gut behandelt wie unsere Puppen früher. Nein, eigentlich sogar noch besser. Denn im Gegensatz zu allen Ärzten im Krankenhaus behandelst du mich nicht wie eine Sterbende, sondern wie eine Lebende. Und dafür bin ich dir unendlich dankbar.

Das Dumme an der Gesundheit ist, dass man sie erst dann zu schätzen lernt, wenn man sie verloren hat.

Sei bitte schlauer als ich!

Ich weiß, wie anstrengend die letzte Zeit für dich gewesen ist. Mich sterben zu sehen hat auch dich fast umgebracht. Entschuldige, dass ich dir das zugemutet habe.

Gönne dir jetzt erst einmal Zeit für dich selbst. Du hast genug getrauert, jetzt solltest du wieder nach vorn blicken. Denn Kummer hat viele Nebenwirkungen.

Sorge dafür, dass sie dich nicht krank machen. Hole den Schlaf nach, der dir in den letzten Monaten gefehlt hat! Ernähre dich gesund! Sieh zu, dass du wieder zu Kräften kommst! Und wenn du es nicht allein schaffst, geh zum Arzt! Und hör auf deinen Körper. Der sagt dir schon, was er kann und was er nicht schafft.

Voltaire hat einmal geschrieben: »Da es sehr förderlich für die Gesundheit ist, habe ich beschlossen, glücklich zu sein.« Der Satz gilt auch im Umkehrschluss: Man kann nicht wirklich glücklich sein, wenn man krank ist.

Sicher, man kann sich gut aufgehoben und geborgen fühlen, und manchmal vielleicht sogar fröhlich und zufrieden. Du und deine Familie, ihr habt dafür gesorgt, dass es immer wieder Lichtblicke gab.

Aber dieses Gefühl ist nicht von Dauer.

Gesund zu sein ist kein Verdienst, sondern ein Geschenk, das man gar nicht hoch genug einschätzen kann. Bitte gehe vorsichtig damit um! Versprich mir, dass du auf dich aufpassen wirst. Sorge dafür, dass du mindestens noch vierzig Jahre lebst (ich weiß nicht, warum ich gerade auf diese Zahl komme, aber siebenundachtzig Jahre erscheinen mir eine gute Lebensspanne – und ich schreibe MINDESTENS, du darfst also gern noch länger machen!).

Ich warte auf dich, ganz egal, wie spät du kommst.

Aber wehe, du kommst zu früh!

Deine Lexi

Christine ließ den Brief sinken.

Für einen kurzen Moment zauberte Lexis letzte Drohung ein Lächeln auf ihr Gesicht. Dann jedoch, wie üblich ohne Vorwarnung, übermannte sie die Trauer.

Die Erinnerung an eine gesunde Lexi war schon schwer genug, doch in letzter Zeit hatte sie gelernt, damit zu leben. Der Gedanke an ihre kranke Freundin verursachte ihr jetzt aber fast körperliches Unwohlsein. Plötzlich waren alle schrecklichen Bilder wieder da, die sie in den letzten Wochen so erfolgreich verdrängt hatte.

Das Krankenbett mit der Strickleiter.

Nässende Wunden.

Verbände und Pflaster.

Pillen in allen möglichen Farben.

Eine Kurzhaarperücke.

Die Dauerkanüle in Lexis Schulter.

Der Schmerz in ihrem müden Blick.

Die Hoffnungslosigkeit …

Verstört schlug Christine die Hände vor das Gesicht.

»Watt is?« Plötzlich stand Norbert vor ihr und musterte sie besorgt. »Haste 'nen Geist gesehen?«

Sie rückte ein Stück zur Seite, ohne zu antworten, und er setzte sich neben sie auf die Bank.

»Watt is?«, wiederholte er, dieses Mal eindringlicher. Sanft schob er ihre Hände zurück. »Du bist total blass. Is dir kodderich?«

Christine hatte keine Ahnung, was seine letzte Frage zu bedeuten hatte. Sie schüttelte den Kopf.

»Machen die da drinnen Ärger?« Mit einer unbestimmten Geste deutete er auf das Haus.

»Jule und Jan? Nein, im Gegenteil. Die wischen gerade die Küche sauber.«

»Abber watt haste denn dann?«

»Willst du das wirklich wissen? Das ist eine lange Geschichte.«

»Na und? Wir ham doch Zeit.«

Die Fürsorge des alten Mannes rührte sie. »Kennst du das Gefühl, wenn einen plötzlich schlimme Erinnerungen einholen?«

»Oh.« Er nickte betreten. »Welche denn?«

Statt zu antworten, brach Christine in Tränen aus.

»Nee, so wird datt nix.« Norbert seufzte und erhob sich.

Kurzzeitig befürchtete sie, sie habe ihn mit ihrer Heulerei so eingeschüchtert, dass er lieber den Rückzug antreten wollte. Doch sie hatte sich getäuscht.

»Warte mal! Bin gleich widder hier!«

Er verließ die Lichtung und war wenig später im Wald verschwunden. Als er zurückkam, hatte er eine Flasche Kirschwasser und zwei Schnapsgläser dabei.

»Datt hilft«, erklärte er.

Christine hob eine Augenbraue, sagte aber nichts.

»Hier!« Er hielt ihr ein Glas entgegen. »Prost!«, sagte er, bevor er den Inhalt seines eigenen Glases hinunterkippte.

»Prost!«, wiederholte Christine und trank. Der Alkohol brannte ihr in der Kehle, und sie konnte ein Schütteln nicht unterdrücken.

»Tut gut, nich?« Norbert beobachtete sie sorgfältig. »Sachste mir gezz mal konkret, watt los is?«

»Ich … ich weiß nicht …«

Gedankenverloren starrte Christine ins Tal hinab. Über den Wiesen hatten sich Nebelschwaden gebildet, die von der untergehenden Sonne beschienen wurden. Von hier oben sah das fast so aus, als würden sie mit ihrer Bank auf einer großen rosa Wolke schweben.

Möglicherweise war es der Anblick dieses rotgoldenen Abendhimmels, der Christine zum Reden brachte. Oder die Wirkung des Schwarzwälder Kirschwassers. Vielleicht aber wollte sie auch nur mal ihr Herz ausschütten.

Und wer war als Gesprächspartner besser geeignet als Norbert? Ein einziger Blick in sein Gesicht genügte.

Sie entdeckte unzählige Lachfältchen, doch genauso viele Spuren von Kummer und Traurigkeit, die ihr vorher noch nie aufgefallen waren. Plötzlich wusste sie, dass er sie verstehen würde – und deshalb streckte sie ihm den Brief entgegen.

»Das hier hat mich so aufgewühlt.«

»Watt is datt?«

»Ein Brief von Alexandra. Sie hat ihn vor ihrem Tod geschrieben.«

Seine Hand, die schon nach dem Papier greifen wollte, fuhr zurück. »Is datt nich persönlich?«

»Doch. Aber du darfst es trotzdem sehen.«

»Wennde meinst.« Er faltete den Brief auseinander und begann zu lesen, zuerst zögernd, dann aber immer interessierter. Als er fertig war, verschränkte er die Arme vor der Brust und nickte bedächtig.

»So'ne verdammte Scheiße abber auch!«

»Das kannst du laut sagen.«

»Noch'n Schnaps?«

»Warum nicht?«

»Ihr Tod hat dich umgehauen, oder?«, wollte er wissen, nachdem sie das zweite Glas miteinander geleert hatten.

»Ja«, presste Christine mühsam hervor. Das Kirschwasser ätzte ihr fast die Stimme weg.

»Kannich verstehn.«

Sie war viel zu sehr damit beschäftigt, wieder Atem holen zu können, um auf ihre nächsten Worte zu achten. »Ich dachte mir schon, dass du das verstehen kannst. Ist deine Frau auch an Krebs gestorben?«

Gleich daraufbiss sie sich auf die Lippen. Das hätte sie besser nicht fragen sollen! Offiziell kannte sie seine Geschichte ja gar nicht, sondern hatte nur durch Jan Einzelheiten erfahren. Hoffentlich hielt er sie jetzt nicht für geschwätzig!

Aber anscheinend störte es ihn nicht, dass sie über den Tod seiner Frau Bescheid wusste. »Herz«, murmelte er leise und goss sich noch ein Glas Kirschwasser ein.

»Für mich bitte auch noch eins!« Christine hielt ihm das Glas hin und hoffte inständig, dass sich ihr Hals und ihre Zunge von diesem Abenteuer irgendwann wieder erholen würden.

Drei junge Ziegen, die in der Nähe gespielt hatten, kamen zur Bank getrottet und streckten sich im Gras aus. Norbert beugte sich zu einem der Tiere hinunter und kraulte es an den Ohren. Christine glaubte schon, dass die Unterhaltung für heute beendet war, als er sich plötzlich wieder aufrichtete.

»Sie is morgens nur schnell einkaufen gewesen, gleich umme Ecke beim Bäcker. Im Laden is sie dann einfach umgekippt. Mir hamse datt am Telefon erzählt. Ich bin gleich inne Klinik gefahren, abber es war schon zu spät.«

Für seine Verhältnisse war das eine sehr ausführliche und persönliche Erklärung. Christine stellte ihr Glas zur Seite und legte behutsam eine Hand auf seine. »Das war bestimmt ein furchtbarer Schock.«

Er zog seine Hand nicht weg, wie sie erleichtert registrierte. »Ich konnte nich mal ›Tschüs‹ sagen«, flüsterte er.

»Wie schrecklich! Aber einem Menschen beim Sterben zusehen zu müssen, ist auch nicht besser, das kannst du mir glauben.«

»Warste etwa dabei, als Alexandra gestorben is?«

Es war nur logisch, dass er diese Frage stellte, schließlich hatte sie das Thema selbst zur Sprache gebracht. Trotzdem begann Christine zu zittern. Für einen Moment glaubte sie, keine Luft mehr zu bekommen, und dieses Mal lag es nicht am Schnaps.

»Du zitterst ja.« Fürsorglich legte er seine alte Jacke um ihre Schultern.

Die Wärme tat gut, trotzdem brachte sie nur ein Nicken zustande.

»Hat se gelitten?«

Immer noch überschlugen sich Christines Gedanken und Gefühle. War sie wirklich bereit dazu, über die schlimmsten Stunden in ihrem Leben zu reden?

Norbert schien zu spüren, dass sie mit sich kämpfte. »Schon mein Oppa hat immer gesacht, daste dich der Vergangenheit stellen musst, um se zu verstehen«, sagte er und schenkte ihr ein aufmunterndes Lächeln.

Christine nickte noch einmal und warf Norbert einen prüfenden Blick zu. Er hatte sich eine Pfeife angezündet und schaute mit gleichmütigem Gesicht ins Tal hinab. Dass er ein guter Zuhörer war, wusste sie mittlerweile, und er konnte ihren Schmerz nachvollziehen. Was hatte sie also zu verlieren?

»Ich weiß nicht, ob Lexi gelitten hat«, begann sie deshalb mit spröder Stimme. »Ich glaube nicht. Sie war ja schon nicht mehr bei Bewusstsein und hatte viele Schmerzmittel im Blut.«

»Woran isse gestorben? Also, ich meine … so zum Schluss hin?«

»Ich nehme an, dass ihre Organe versagt haben. Oder es war eine Infektion. So genau weiß ich das nicht.«

»Haste nich die Ärzte gefragt?«

»Was hätte das geändert?«

»Nichts.« Er seufzte. »Da haste recht. Und wie ging es dir dabei?«

»Wir es *mir* dabei ging?« Christine lächelte gerührt. Das hatte sie bislang noch niemand gefragt. Nachdenklich blinzelte sie in die untergehende Sonne.

»Es war schrecklich für mich«, sagte sie dann. »So, als ob mir jemand ein Messer ins Herz bohrt. Ich werde das mein Leben lang nicht vergessen. Sie lag im Bett und sah so verletzlich aus, so klein und dünn … ihre Augen waren eingefallen und ihre Haut ganz grau … und ich konnte nicht das Geringste für sie tun … das hat mich wahnsinnig gemacht!«

Es war, als wäre ein Damm gebrochen, und plötzlich strömten die Worte nur so aus ihr heraus.

»Die ganze Zeit über piepste dieser blöde Überwachungsmonitor, und ich weiß noch, dass ich ihre Herzschläge gezählt habe. Nur um irgendetwas zu tun … Das Komische war, dass sich die Welt draußen einfach weitergedreht hat, und ich habe alles genau registriert. Auf dem Flur haben Leute geredet. Es hat nach Kohl und Kartoffeln gerochen. Ständig sind Krankenwagen vorgefahren, und alle halbe Stunde kam eine Krankenschwester herein, um zu gucken, ob Lexi noch lebte … Wahrscheinlich brauchten sie das Zimmer und konnten es gar nicht erwarten, sie fortzuschaffen.«

Sie lachte hysterisch, und gleich darauf kamen ihr wieder die Tränen.

Norbert sagte nichts, aber er drückte ihre Hand.

»Plötzlich wurden die Herzschläge schwächer, und dann hat Lexi aufgehört zu atmen, einfach so. Und der Monitor war auch still. Aber weißt du, was merkwürdig war? Die Krankenschwester kam nicht mehr … Ich war fast eine

Stunde lang mit Lexi allein. Ich habe einfach nur neben ihr gesessen und sie angeschaut, die ganze Zeit.«

»Hm.« Er kramte in der Brusttasche seiner Latzhose herum und zog ein sauberes Taschentuch heraus.

»Danke!« Christine wischte sich über das Gesicht. »Ich habe sie angeschaut und dabei gar nichts gedacht, sosehr ich mich auch bemüht habe«, schluchzte sie. »Du kennst bestimmt diese Erzählungen, wo einem beim Abschied eines geliebten Menschen angeblich ganz viele Erinnerungen durch den Kopf gehen oder man es schafft, danach in Ruhe Abschied zu nehmen. Aber so war es bei mir nicht. Da waren nur Schock und Leere. Der Schmerz kam erst später.«

»Abber umso heftiger, stimmt's?«

»Die Zeit danach war einfach fürchterlich. Eigentlich hätte ich ja vorbereitet sein sollen, ihr Tod kam schließlich nicht überraschend. Trotzdem, ich war starr vor Entsetzen und bin herumgelaufen wie ein Zombie.«

Er nickte. Eine Zeitlang schwiegen beide und starrten in den Abendhimmel.

Schließlich räusperte sich Norbert. »Biste fertich mit Erzählen?«

»Ja, ich denke schon.«

»Datt war gezz abber keine schöne Geschichte.«

»Nein, weiß Gott nicht!« Christine atmete ein paarmal tief durch. »Aber anscheinend musste sie dringend mal raus.«

»Habbich doch gesacht!«

»Danke!« Sie fühlte sich auf angenehme Weise getröstet und erleichtert. Und vielleicht auch ein wenig beschwipst. Einem plötzlichen Impuls folgend, beugte sie sich vor und drückte ihm einen Kuss auf die Wange.

Norbert wurde rot, brummelte irgendetwas vor sich hin und wühlte dann erneut in seiner Brusttasche herum.

»Willste 'en Klümpchen?« Er hielt ihr ein Pfefferminzbonbon unter die Nase. »Datt hilft bei verstopfter Nase.«

»Gern.«

»Und noch 'n Schnaps?«

»Schmeckt das zusammen mit dem Bonbon?«

»Warum nich?«

»Dann nehme ich noch einen.«

Das war unvernünftig. Sie würde nicht mehr auf geradem Weg bis zum Haus laufen können. Ihr Bett würde Karussell fahren, und sicherlich würde sie morgen früh mit Kopfweh aufwachen.

Doch im Moment war ihr das egal. Heute Abend wollte sie einfach nur mit Norbert auf der Bank sitzen und das Überleben feiern.

Du hast genug getrauert, hatte Lexi geschrieben, *jetzt solltest du wieder nach vorn blicken.*

Christine schüttelte den Kopf und widersprach ihrer toten Freundin im Stillen. Man konnte nicht »genug« trauern. Sie würde den Schmerz nicht einfach ausschalten können. Aber sie konnte trotzdem nach vorn blicken. Und dabei die Gegenwart genießen.

13

Am nächsten Morgen war allerdings von »genießen« nicht mehr viel zu spüren. Wie befürchtet, erwachte Christine mit rasenden Kopfschmerzen und fürchterlichem Durst. Stöhnend schleppte sie sich unter die Dusche und danach weiter in die Küche. Dort nahm sie eine Tablette und trank rasch nacheinander drei Gläser Mineralwasser. Jetzt klebte wenigstens ihre Zunge nicht mehr am Gaumen fest, und der schlechte Geschmack im Mund war auch verschwunden.

Sie schaltete die Kaffeemaschine ein und vertrieb sich die Wartezeit damit, die neuen Möbel zu inspizieren, die Jan und Jule am Vorabend geputzt hatten. Die beiden hatten gute Arbeit geleistet, stellte sie zufrieden fest. Heute würde sie mit dem Einräumen beginnen können. Natürlich erst, wenn es ihr wieder besserging.

Vorsichtig, um ihren Kopf nicht unnötig zu bewegen, setzte sie sich an den Küchentisch. Dort lag eine angebrochene Packung Erdnusskekse. Ob es wegen der Tablette nicht ratsam war, etwas im Magen zu haben? Christine nahm sich ein Plätzchen und knabberte versuchsweise ein paar Erdnüsse vom Schokoladenguss ab. Die Mischung aus salzig und süß schmeckte erstaunlich gut. Hungrig langte sie erneut in die Kekspackung. Dabei fiel ihr Blick auf Lexis Brief, den sie gestern Abend auf dem Tisch hatte liegen lassen.

»Du und deine Botschaften!«

Sie schüttelte lächelnd den Kopf und stellte erleichtert fest, dass die Tablette zu wirken begann.

»Gestern hast du mich ganz schön kalt erwischt, weißt du das? Und Norbert gleich mit. Der Arme hatte überhaupt keine Chance. Aber er hat das prima hingekriegt.«

Sie nahm sich noch einen Keks.

»Schade, dass du ihn nicht näher kennengelernt hast. Ihr zwei hättet euch verstanden.«

Ihre Zwiesprache wurde vom Blubbern der Kaffeemaschine unterbrochen, und der köstliche Duft nach frischem Kaffee zog durch die Küche. Christine goss sich eine erste große Portion ein und lehnte sich mit dem Kaffeebecher in der Hand gegen den neuen Buffetschrank.

Sie hätte ihren stummen Dialog mit Lexi gern fortgesetzt, doch die Küche schien ihr nicht der geeignete Ort dafür zu sein. Dazu war der Raum inzwischen viel zu sehr nach ihrem eigenen Geschmack eingerichtet.

Doch es gab ja noch ein anderes Zimmer in diesem Haus.

Eines, das für solch eine Unterhaltung viel besser geeignet war: Lexis persönliches Reich im Dachgeschoss. Dort lag und stand alles immer noch so, wie die Freundin es zurückgelassen hatte. Seit ihrem Zusammenbruch gleich nach der Ankunft war Christine nicht mehr oben gewesen.

Bislang hatten zum Glück weder Jule noch Jan nach dem Raum gefragt. Jan ahnte vermutlich gar nicht, dass das Stockwerk ausgebaut war, und Jule hatte den Kopf voll mit anderen Dingen.

War es jetzt nicht langsam an der Zeit, die Tür erneut zu öffnen und auszuprobieren, wie weit sie gehen konnte – im wahrsten Sinne des Wortes?

Was hatte sie schon zu befürchten? Sie hatte sich gestern

Abend ihren schrecklichsten Erinnerungen gestellt. Schlimmer konnte es also nicht mehr werden.

Christine nahm Lexis Brief und die Kekspackung in die eine und ihre Kaffeetasse in die andere Hand und schlich leise die Treppe hinauf bis zum Dachgeschoss. Bevor sie die Tür öffnete, atmete sie noch einmal tief durch.

Der erste Moment war, wie erwartet, der schwerste, denn sofort traf Lexis Welt sie mit voller Wucht: der typische Geruch nach Farbe und Papier, die vielen Bilder und die leere Staffelei. Am liebsten hätte sie sich Augen und Nase zugehalten, doch so bepackt, wie sie war, ging das leider nicht.

Also zwang sie sich, normal weiterzugehen.

Nach ein paar Schritten wurde es besser. Vorsichtig balancierte sie an der Staffelei vorbei zur Matratze. Dort setzte sie sich und breitete die mitgebrachten Sachen neben einem Stapel alter Zeitungen auf dem Boden aus: Kaffeetasse, Kekspackung und Brief.

Danach wanderte ihr Blick langsam und zögernd durch den Raum – so als ob sie sich davon überzeugen müsste, dass alles noch so war wie beim letzten Mal. Und vielleicht auch, um zu überprüfen, ob sie dem Ansturm der vielen Erinnerungen gewachsen war.

Ja, anscheinend war sie es.

Mehr noch, sie konnte sich sogar ein wenig entspannen.

Durch die Dachfenster schien das morgendliche Sonnenlicht ins Zimmer und beleuchtete die aufgewirbelten Staubkörner. Es war nicht kalt im Raum, trotzdem zog Christine sich eine gehäkelte Decke über die Schultern, die neben einem Kissen auf der Matratze gelegen hatte. Im Haus war alles ruhig, nur ab und zu konnte man das Knacken der Holzbalken hören, die sich in der Morgensonne aufwärmten.

»Hallo, Lexi«, begann Christine leise. »Da staunst du, nicht wahr? Ich habe endlich den Mut gefunden, mal wieder hier vorbeizuschauen.« Sie lächelte die Bilder an. »Daran bist du nicht ganz schuldlos, denn ohne deine Briefe wäre ich längst noch nicht so weit.«

Aus dem Wohnzimmer erklangen sieben Kuckuck-Rufe.

»Wir haben die Kuckucksuhr deiner Großeltern repariert«, flüsterte Christine. »Oder vielmehr Jan und Norbert, ich habe nur danebengestanden und zugeschaut.«

Sie schmunzelte, als sie an den unterhaltsamen Nachmittag in der Scheune zurückdachte. Die Reparatur des filigranen Uhrwerks war knifflig und mühevoll gewesen. Doch Norberts Fachkenntnisse und Jans ruhige Hand hatten schließlich zum Erfolg geführt.

»Hast du gewusst, dass es so wird? Dass ich hier liebe Menschen um mich habe, die mir helfen? Dass mir der Umbau so viel Spaß macht, wodurch ich zeitweise sogar meine Trauer vergesse?«

Natürlich hatte Lexi das gewusst! Warum sonst hätte sie Christine hierherschicken sollen? *Bring Farbe in dein Leben!*, hatte die Freundin ihr geraten. Und genau das hatte Christine getan.

»Na gut«, räumte sie ein. »Jules Besuch war nicht geplant, aber ich genieße es trotzdem, dass sie hier ist. Wir hatten schon lange nicht mehr eine so schöne Zeit miteinander. Sie bringt Leben in dieses Haus.«

Vorsichtig streckte sie ihre Beine aus.

»Das Haus ist übrigens schon längst mehr als eine Erbschaft für mich. Es ist mein Heim, das von Tag zu Tag schöner wird. Am liebsten würde ich gar nicht mehr weggehen. Ich wette, das hast du auch vorausgeahnt!«

Ihr Fuß stieß an den Zeitungsstapel, der mit einem raschelnden Geräusch umkippte. Seufzend begann Christine mit dem Aufsammeln der Zeitschriften. Dabei fiel ihr Blick auf ein kleines Zeichenblatt, das zwischen zwei französischen Modemagazinen gesteckt hatte.

Neugierig betrachtete sie ihren Fund.

Lexi hatte meistens abstrakt gemalt, doch auf diesem Bild war mit viel Fantasie ein grellbunter Regenbogen zu erkennen, der sich seinen Weg durch graue Wolken bahnte.

»Auf dem Weg zurück ins Licht«, sinnierte Christine halblaut. »Ein wirklich schöner Vergleich, und ein treffendes Symbol! Ich werde die Zeichnung mit nach unten nehmen und bei mir im Schlafzimmer aufhängen. Ob ich sie rahmen lassen soll? Was meinst du?«

»Keine Ahnung«, kam Jules Stimme von der Tür. »Mit wem redest du?«

»Mit niemandem.« Rasch stopfte Christine das Blatt zurück unter die Zeitungen.

Inzwischen hatte ihre Tochter die vielen Bilder entdeckt, die immer noch überall im Dachgeschoss herumlagen. Staunend trat sie ins Zimmer. »Wann hat Lexi *das* denn alles gemalt?«

»Im letzten Sommer.«

»Wow! Ich glaub's nicht!«

Langsam und andächtig schritt Jule an den Bildern vorbei. Immer wieder blieb sie stehen, um eines der Werke genauer zu betrachten. »Das ist so … fröhlich!« Ihre Augen wanderten weiter. »Und so optimistisch und lebensbejahend. Hat sie … ich meine … war sie schon krank, als sie das alles gemalt hat?«

Christine nickte.

»Merkwürdige Art, seine Ängste zu verarbeiten.«

»Findest du?«

Christine legte sich aufs Kissen und schaute durch das

Dachfenster zum Himmel. »Vielleicht ist es aber auch der einzig erträgliche Weg für sie gewesen, mit der Diagnose fertig zu werden.«

»Du meinst, sie hat ihre Furcht sozusagen weggemalt?«

»Ja. Zumindest in ihrer Fantasie sollte es für sie nur schöne, farbenfrohe Tage geben.«

»Schade, dass das nicht gereicht hat!« Jule setzte sich neben ihre Mutter. »Ich habe gar nicht gewusst, dass sie zum Schluss noch so viel gemalt hat. Warum hast du mir das nicht erzählt?«

»Ehrlich gesagt habe ich das verdrängt. Der Anblick der Bilder hat mich nämlich bei meiner Ankunft ziemlich aus der Fassung gebracht.«

»Kann ich verstehen. Aber jetzt geht es besser?«

»Ich glaube, ich habe endlich eingesehen, dass Erinnerungen auch etwas sehr Schönes sein können. Man muss nur wissen, welche man bewahren will und welche man lieber aussortiert.«

»Was hast du mit diesem Raum vor?«

»Das weiß ich noch nicht. Vorerst bleibt alles so, wie es ist.«

»Also eine Art Gedenkstätte für Lexi.«

»Ich sehe es lieber als Fenster zu meinen Erinnerungen. Ich kann es öffnen, wann immer mir danach ist.«

»Ein Fenster zu deinen Erinnerungen? Klingt reichlich abgefahren.« Jule nahm sich einen Keks. Dabei fiel ihr Blick auf Lexis Schreiben.

»Hast du einen weiteren Brief geöffnet?«, fragte sie und hielt den Umschlag hoch. »Bist du deshalb so seltsam drauf?«

»Ich bin nicht seltsam drauf. Nur nachdenklich.«

»Darf ich?«

»Klar!« Christine nickte.

Das ließ sich Jule nicht zweimal sagen. Schnell schob sie den Keks in den Mund und begann zu lesen.

»O Mann!«, stöhnte sie, als sie fertig war. »Das ist echt Lexi, wie sie leibt und lebt. Immer eine freche Bemerkung auf Lager, auch wenn die Situation alles andere als komisch war.«

Christine lächelte wehmütig.

Verstohlen wischte sich Jule über ihre Augen. »Da kommt vieles wieder hoch, was man lieber verdrängt hätte.«

»Ich weiß. Aber wie sagt Norberts Opa? Man muss sich der Vergangenheit stellen, um sie verarbeiten zu können.«

»Norbert hat einen Opa, der noch lebt?«

»Nein, natürlich nicht. Aber sein weiser Rat, zusammen mit ein paar Gläsern Schwarzwälder Kirschwasser, hat mir gestern Abend geholfen, auch die weniger schönen Erinnerungen zu akzeptieren.«

»Ein paar Gläser?«, erkundigte sich Jule argwöhnisch. »Der Typ hat eindeutig einen schlechten Einfluss auf dich.«

»Der ›Typ‹ ist zu einem lieben Freund geworden. Also pass auf, was du sagst!«

»Besprichst du jetzt deine Probleme etwa mit ihm und nicht mehr mit mir?«

»Natürlich nicht«, versicherte Christine ihr. »Aber gerade bei dir habe ich in letzter Zeit sehr viel seelischen Müll abgeladen. Meinst du nicht, dass du dir eine kleine Auszeit verdient hast?« Zärtlich strich Christine ihrer Tochter über die Wange. »So, jetzt haben wir genug über mich geredet. Was ist mit dir und deiner Trauer?«

»Ach, die kommt und geht … wobei die Abstände größer werden.«

»Das kenne ich.«

»Das Leben geht weiter, so doof das auch klingt.« Jule

lächelte versonnen. »Vielleicht sehe ich aber auch gerade alles so rosarot, weil ich Phillip kennengelernt habe.«

»Das ist völlig in Ordnung. Rosarot ist eine schöne Farbe. Phillip ist aber auch wirklich –«

»Christine?« Auf der Treppe waren Schritte zu hören.

Beide Frauen richteten sich auf.

Gleich darauf trat Jan ins Zimmer. Barfuß, und nur mit T-Shirt und einer kurzen Sporthose bekleidet. Die Haare, noch nass von der Dusche, hingen ihm bis zu den Schultern hinab.

»Wo habt ihr …«, begann er und unterbrach sich gleich darauf selbst. »Wow!«

Wie schon Jule zuvor, blieb auch er wie angewurzelt stehen und betrachtete fasziniert die vielen Bilder. »Ist das alles von Lexi?«

Christine und Jule nickten gleichzeitig.

»Wahnsinn!« Jan strich sich die Haare aus dem Gesicht und steuerte auf ein großes Aquarell zu, das viele bunte, ineinander verschachtelte Dreiecke zeigte. Vorsichtig hob er das Bild hoch und stellte es auf die Staffelei.

»Typisch Lexi! Perfekt in Farbe, Form und Linie«, flüsterte er.

Jule erhob sich und trat neben ihn.

»Viel Farbe und klar abgegrenzte Formen und Linien«, wiederholte Jan und deutete auf das Bild. »Das waren ihre einzig wichtigen Komponenten.«

»Ich fasse es nicht!«

»Was? Dass ich mich ein wenig mit abstrakter Malerei auskenne?«

»Das auch. Aber dass du das Wort ›Komponente‹ korrekt benutzen kannst …«

Zu Christines großer Überraschung war Jan nicht eingeschnappt. Stattdessen grinste er sogar ein wenig. »Da staunst du, was?«

Jeden Moment erwartete Christine eine schnippische Antwort ihrer Tochter und warf Jule einen warnenden Blick zu. Doch das Mädchen achtete gar nicht auf sie. Interessiert beugte sie sich mit Jan über das Bild. »Weißt du, was mich bei solchen Bildern am meisten beschäftigt?«

»Nö.«

»Ich muss immer gleich anfangen, die Dreiecke zu zählen.«

Jans Lächeln verstärkte sich. »Und? Wie viele sind es?«

»Lass mir etwas Zeit!«

Es fehlte nicht viel, und Christine hätte sich verwundert die Augen gerieben. Seit wann kamen die beiden so gut miteinander aus?

»Jule? Kann ich dich mal sprechen?«

»Gleich, Mama! Sechsundzwanzig, siebenundzwanzig … es sind achtundzwanzig Dreiecke!«

»Jan?«, versuchte Christine es jetzt bei ihrem männlichen Gast.

»Hm?«

»Was wolltest du eigentlich, als du hochgekommen bist?«

»Ach so, das!« Er winkte ab. »Nicht so wichtig. Ich wollte wissen, ob ihr irgendwo Streichhölzer habt. Mein Feuerzeug ist leer.«

In diesem Moment war aus einem der unteren Stockwerke das Klingeln eines Handys zu hören. Fragend schaute Christine zu Jule, doch die schüttelte den Kopf.

»Das ist mein Telefon.« Jan stellte das Bild mit den Dreiecken zurück auf den Boden, ohne weiter auf das Klingeln zu achten.

»Möchtest du nicht drangehen?«, erkundigte sich Christine.

»Nö. Das ist nur mein Vater, der hat heute schon zweimal angerufen.«

»Was will er denn?«

»Mich überreden, nach Hause zu kommen. Er akzeptiert nicht, dass ich noch ein bisschen hierbleiben will.«

»Ein bisschen?«

Sosehr Christine Jans neue Entschlussfreudigkeit begrüßte, so ungelegen kam es ihr, dass er seine Pläne ausgerechnet hier bei ihr durchsetzen musste. »Yep, ich will noch nicht nach Hause. Und weil ich keinen Bock mehr auf die Gespräche habe, ignoriere ich die Anrufe.« Das Klingeln brach ab.

Christine runzelte die Stirn. »Der arme Olli!«

»Wieso? Wenn er was will, kann er ja bei dir anrufen.«

Wie auf Kommando ging gleich darauf Christines Handy los, das sie achtlos in die Hosentasche ihrer Jeans gesteckt hatte.

»Möchtest du nicht drangehen, Mama?« Jetzt war es zur Abwechslung Jule, die fragte.

»Nein.« Christine schüttelte den Kopf. »Ich habe nicht vor, mich einzumischen.«

»Coole Einstellung!«, sagte Jan.

Das Handy verstummte.

»Seht ihr? Manche Dinge erledigen sich von selbst.« Er wandte sich um. »Und jetzt gehe ich erst mal meine Morgenzigarette rauchen. Heute wird es heiß, deshalb will Norbert früh mit der Arbeit beginnen.«

An der Tür blieb er stehen und ließ seinen Blick noch einmal über die Bilder wandern. »Kann ich später wiederkommen und mir das in Ruhe anschauen?«

»Jederzeit.«

»Danke!« Gleich darauf war er zur Tür hinaus.

»Jetzt hätte er beinahe gestrahlt, hast du das gesehen? Er ist gerade noch rechtzeitig verschwunden.« Nachdenklich starrte Jule ihm hinterher. »Was ist eigentlich so schlimm daran, seine Gefühle zu zeigen? Ich gebe mir ja wirklich alle Mühe mit Jan, aber so ganz verstehe ich ihn immer noch nicht.«

»Immerhin seid ihr hier so etwas Ähnliches wie Freunde geworden.«

Jule lachte. »Aber wirklich auch nur ›so etwas Ähnliches wie‹. So ein Abend mit gemeinsamem Putzen verbindet ungemein«, scherzte Jule. »Nee, ernsthaft, wir haben uns gestern Abend echt gut unterhalten.«

»Deine Großmutter wird begeistert sein, wenn sie davon erfährt. Sie mag Jan.«

»Oma Helga mag jedes männliche Wesen, ist dir das noch nie aufgefallen?«

»Doch.« Christine runzelte die Stirn. »Und genau das beunruhigt mich etwas. Sie hat aufgehört, sich zu beschweren, und redet am Telefon nur noch das Nötigste mit mir. Normalerweise ist ein Mann im Spiel, wenn sie auf einmal so wenig Zeit für uns hat.«

»Oje! Und dann hat sie auch noch sturmfreie Bude!«

»Dann lass uns hoffen, dass sie nichts Unüberlegtes tut!«

14

Oma Helga hatte genug.

Endgültig!

Seit mehr als einem Monat war ihre Tochter weg, und ihre Enkelin nun auch schon seit vierzehn Tagen. In diesen zwei Wochen hatte sie klaglos alle Pflichten übernommen. Doch nichts von dem, was sie tat, gefiel ihr.

Sie sammelte Post ein, die größtenteils gar nicht für sie bestimmt war. Sie beantwortete Telefonanrufe von Menschen, die sie nicht kannte. Und sie pflegte einen Garten, den niemand nutzte.

Das Schlimmste jedoch war, dass sie ein Haus hütete, in dem das Leben fehlte. Es war, als sei sie in ein tiefes, einsames Loch gefallen. Vor Lexis Tod hatte sie das Gefühl gehabt, gebraucht zu werden und sich um die Menschen kümmern zu dürfen, die ihr am Herzen lagen. Jetzt jedoch waren alle diese Menschen verschwunden.

Die Einzigen, die sie umsorgen konnte, waren Trudi, das Kätzchen, und Olli, der Nachbar, und um beide bemühte sie sich liebevoll. Sie bemutterte Olli und verwöhnte die Katze. Doch seit gestern war auch auf diese beiden Schützlinge kein Verlass mehr. Trudi hatte die letzte Nacht zum ersten Mal in ihrem jungen Leben draußen verbracht und war erst gegen Morgen zurückgekommen. Seitdem schlief sie in einem der Sessel im Wohnzimmer und reagierte sehr ungehalten auf jede Störung.

Und Olli?

Der lief schon seit ein paar Tagen mit sorgenvollem Gesicht herum, doch seit gestern Abend war er besonders nervös und gereizt. Anscheinend hatte Jan ihm mitgeteilt, dass er vorerst im Schwarzwald bleiben würde.

Noch so ein Spinner! Was wollten die bloß alle dort?

Und wann, bitte schön, kamen sie zurück?

Helga schüttelte den Kopf.

So ein Verhalten war sie nicht gewohnt, zumindest nicht von ihrer Tochter. Christine machte scheinbar nur noch das, was sie wollte: Zuerst fuhr sie weg, dann weigerte sie sich zurückzukommen, und jetzt kümmerte sie sich nicht einmal mehr um die verzweifelten Bitten ihres Jugendfreundes. Ausgerechnet Christine, die sonst immer so pflichtbewusst gewesen war – eine ungewohnte Vorstellung! Normalerweise waren Spontaneität und Planlosigkeit nämlich ihre, Helgas, Charakterzüge.

Seit wann hatten sie die Rollen getauscht?

Und sollte sie sich das einfach gefallen lassen?

Ein Klingeln an der Tür riss sie aus ihren Gedanken. Rasch warf sie einen Blick auf die Küchenuhr. Es war erst kurz vor halb acht. Sie öffnete die Tür.

»Olli! Was machst du denn so früh schon hier?«

»Guten Morgen!« Er hatte zwar Jeans und Hemd übergestreift, war aber ungekämmt und nicht rasiert. In diesem Aufzug wollte er doch hoffentlich nicht zur Arbeit gehen?

»Ist etwas passiert?«

Olli raufte sich die Haare. »Ich weiß mir keinen Rat mehr.«

»Komm erst mal rein!« Helga führte ihren Gast zum Küchentisch und nahm ihm gegenüber Platz.

»Ich habe furchtbar schlecht geschlafen«, begann Olli mit weinerlicher Stimme. »Ich musste die ganze Nacht daran denken, wie leichtfertig Jan seinen Schulabschluss und seine Ausbildung aufs Spiel setzt. Und warum? Weil er lieber auf einer gottverdammten Alm im Schwarzwald alte Möbel repariert!«

»So ungefähr …«

»Wenn ich doch nur mit ihm reden könnte! Aber er geht ja nicht einmal mehr ans Telefon.« Olli zog sein Handy aus der Tasche und drückte auf eine Kurzwahltaste. »Hier! Hör mal! Nichts!«

Helga nickte. »Hast du es bei Christine versucht?«

»Die hat mir deutlich zu verstehen gegeben, dass das nicht ihre Sorge ist und dass ich es mit Jan klären soll.«

»Ich weiß, momentan ist sie etwas … äh … schwierig. Aber sie könnte wenigstens den Versuch unternehmen, zwischen euch zu vermitteln.«

»Findest du?« Olli hob den Kopf. Hoffnung blitzte in seinen Augen auf, und er tippte erneut auf seinem Telefon herum. »Das solltest du ihr sagen, du bist schließlich ihre Mutter! Ich probiere ich es mal auf ihrem Handy.« Angestrengt lauschte er in den Hörer, doch auch jetzt hatte er anscheinend keinen Erfolg.

Helga beobachtete ihn verstohlen. So durcheinander hatte sie Olli selten erlebt – aber schließlich ging es auch um die Zukunft seines Sohnes. Er tat ihr leid, und es ärgerte sie, dass Christine ihn dermaßen hängenließ.

»Warum geht denn niemand ans Telefon?«, fragte er zornig und warf das Handy auf den Küchentisch.

»Na, na!« Beruhigend tätschelte Helga Ollis Hand. »Wir finden schon eine Lösung.«

»Am liebsten würde ich hinfahren, Jan packen und ihn ins

Auto zerren«, murmelte Olli. »Wenn ich ihm persönlich gegenüberstehe, kann er mich nicht ignorieren.«

Da war sich Helga keinesfalls sicher. Doch sie behielt ihre Zweifel für sich. Ihr gefielen nämlich die Konsequenzen, die Ollis Wunsch nach sich zog: Um Jan zu holen, musste Olli in den Schwarzwald fahren – und in seinem Auto war sicherlich genug Platz für eine weitere Person.

»Du würdest also zu ihm fahren?«, erkundigte sie sich vorsichtig.

»Äh ... ja, würde ich ... vielleicht.«

»Worauf warten wir?« Helga sprang auf.

»Wir? Willst du mit?«

»Was dachtest du denn? Ich habe lange genug hier allein herumgesessen, während der Rest meiner Familie sich in Muggenbrunn vergnügt. Es ist an der Zeit herauszufinden, was dort so toll ist.«

»Aber ... aber ...« Das schien Olli doch alles etwas zu schnell zu gehen. »Ich muss doch ins Büro ...«

Helga winkte ab. »Ruf an, und melde dich krank.«

»Ich ... äh ... ich weiß gar nicht, wo dieses Muggenbrunn genau liegt.«

»Aber ich! Ich war zweimal dort. Außerdem hast du doch bestimmt ein Navigationsgerät.«

»Und wer passt auf die Häuser auf?«

»Ich frage meine Kegelschwester Johanna. Die wohnt gleich um die Ecke.«

»Und die Katze?« Olli deutete auf Trudi, die gerade angeschlichen kam und enttäuscht an ihrem leeren Fressnapf herumschnüffelte.

»Das kann Johanna auch machen, sie hat selbst zwei Katzen.«

Olli fielen anscheinend keine weiteren Argumente mehr

ein, außer einem ängstlichen »Geht das denn alles so einfach?«.

Helga blickte ihm fest in die Augen. »Alles geht, mein Lieber! Allerdings muss man es nicht nur wollen, sondern auch machen.«

»Das Mittagessen ist fertig«, verkündete Christine.

Sie trug ein Tablett voller belegter Brötchen, Jule hatte sich vier Flaschen Wasser unter die Arme geklemmt. Gemeinsam gingen sie Richtung Scheune.

Wie angekündigt, war es ein heißer Tag geworden. Jan und Norbert hatten mehrere alte Sonnenschirme aufgestellt, unter denen sie drei Kommoden aufarbeiteten, die später wieder ihren Platz in den Schlafzimmern im ersten Stock finden sollten.

»Greift zu!«

Norbert legte sein Werkzeug zur Seite und schaute Christine fragend an. Anscheinend machte er sich immer noch Gedanken wegen ihres Gespräches vom gestrigen Abend und wollte sichergehen, dass es ihr gutging.

Sie antwortete mit einem beruhigenden Lächeln und einem angedeuteten Kopfnicken, gerührt von seiner diskreten Fürsorglichkeit.

Damit war das Thema für beide erledigt, und Norbert wandte sich praktischeren Fragen zu.

»Sind die Handwerker noch da?«, wollte er wissen, während er seine Kappe absetzte und dann seine Hände an der Hose sauberwischte.

»Ja. Sie haben mit dem Abschleifen des Bodens im ersten Stock begonnen. In den nächsten Tagen müsst ihr euch dort irgendwie arrangieren«, sagte Christine an Jan und Jule gewandt. »Tut mir leid, dass ihr ab jetzt auf einer Baustelle wohnt.«

»Ach, das ist halb so schlimm.« Jule winkte ab. »Bei dem schönen Wetter bin ich sowieso die meiste Zeit draußen.«

Auch Jan zuckte nur mit den Schultern und konzentrierte sich wieder auf das Scharnier einer Schranktür.

»Lass gut sein, Junge, und komm erst mal watt essen!« Norbert nahm sich ein Brötchen. »Datt is abber viel!« Kauend betrachtete er die vielen, reich dekorierten Käse- und Wurstsemmeln. »Wie sollen wa datt denn alles schaffen?«

»Wir essen mit euch«, entgegnete Christine und blickte sich suchend um. »Wir brauchen nur noch was zum Sitzen.«

»In der Scheune habe ich neulich ein paar alte Melkschemel stehen sehen.« Jule verschwand Richtung Heuboden und kam wenig später mit zwei Holzhockern zurück. »Hol mal die anderen beiden!«, forderte sie Jan auf, während sie die Schemel an Christine und Norbert weiterreichte.

Sie hatten gerade alle Platz genommen, als Hildegards Postauto um die Ecke bog.

»Meine Güte, ist das heiß heute!«, rief die Postbotin und kam fröhlich lächelnd auf sie zu, in der Hand eine große Plastiktüte. »Oh, störe ich beim Essen?«

»Ja«, brummte Norbert, zum Glück so leise, dass Hildegard es nicht hören konnte. Warnend stieß Christine ihm mit dem Ellbogen in die Seite.

»Ich habe etwas für euch.« Hildegard holte einen alten Nachttopf aus blauem Porzellan aus der Tüte und stellte ihn auf eine freie Kommode. »Den habe ich heute bei einer Nachbarin entdeckt. Sie wollte ihn wegwerfen. Aber dafür ist er doch viel zu schade, oder?«

»Is ja ekelig! Ich will gar nich wissen, wie viele Leute da

schon reingepinkelt ham«, bemerkte Norbert, jetzt für alle gut hörbar.

Amüsiert betrachtete Christine den Topf. »Vermutlich einige, aber das macht nichts. Wir werden ihn gut putzen und dann irgendwo aufstellen. Vielen Dank!«

»Das habe ich gern gemacht«, versicherte Hildegard und sah sich um. »Ist Phillip schon da?«

»Phillip?« Jule schaute von ihrem Brötchen auf. »Nein. Wir sind nicht verabredet.«

»Aber ich bin es. Er hat beim Mittagessen seine Brille zu Hause liegenlassen und mich gefragt, ob ich sie ihm vorbeibringen kann. Er muss hier irgendwo in der Nähe bei Holzarbeiten sein.«

»Da isser!« Norbert deutete auf den jungen Forststudenten, der gerade aus einem Waldweg gebogen kam und jetzt, ohne auf seine Umgebung zu achten, schnurstracks zum Gartentor lief.

»Phillip!« Jule sprang auf. »Wir sind hier!«

»Oh! Äh ... ja!« Er blinzelte und kam dann mit einem schüchternen Lächeln auf sie zu.

»Er hat nur Augen für unsere Jule«, flüsterte Hildegard entzückt.

»Wenner übberhaupt watt sieht«, kommentierte Norbert trocken.

»So schlimm ist seine Kurzsichtigkeit auch wieder nicht!« Phillip grüßte zurückhaltend in die Runde und legte dann einen Arm um Jule.

»Bevor ich es vergesse und ihr zwei Süßen verschwindet«, murmelte Hildegard und kramte erneut in ihrer Plastiktüte herum. »Hier, deine Brille!«

»*Ihr zwei Süßen*«, wiederholte Norbert und schüttelte sich.

»Danke!« Erleichtert setzte sich Phillip die Brille auf.

»Können wa gezz weiteressen? Oder kommt noch einer?«

Christine zuckte mit den Schultern. »Mehr Leute kenne ich hier gar nicht. Deshalb …«

Doch bevor sie den Satz beenden konnte, fuhr ein weiteres Auto vor – ein blauer Audi mit Main-Taunus-Kennzeichen. Auf der Vorderscheibe klebte ein grüner Parkausweis für das Finanzamt Hofheim.

Christine traute ihren Augen kaum.

Das war unverkennbar Ollis Auto!

Neben ihr stöhnte Jan auf, und Jule flüsterte: »Auch das noch!«

Hildegard legte beruhigend die Hand auf Christines Schulter. »Unerwarteter Besuch, der nicht willkommen ist? Keine Angst, ich helfe dir.«

»Danke! Aber das schaffe ich allein.« Verärgert runzelte Christine die Stirn. Das konnte doch nicht wahr sein! Kam Olli jetzt tatsächlich angefahren, um Jan persönlich abzuholen?

Anscheinend schon.

Aber – was noch viel schlimmer war: Er war offensichtlich nicht allein unterwegs.

Das hätte sie sich ja denken können!

Die Idee zu dieser Aktion kam vermutlich gar nicht von ihm, sondern von der Person neben ihm auf dem Beifahrersitz. Denn von dort leuchtete ihr der karottenrote Haarschopf ihrer Mutter entgegen.

»Boah ey!«, schimpfte Norbert. »Kannste nich die Straße sperren lassen?«

Resigniert schüttelte Christine den Kopf. »Ich wünschte wirklich, daran hätte ich früher gedacht!«

15

Schon von weitem hatte Helga die kleine Menschenansammlung vor der Scheune entdeckt.

Sie wäre am liebsten gleich losgelaufen, musste sich aber gedulden, bis Olli das Auto neben Christines Wagen geparkt hatte. Dafür brauchte er, umständlich wie er war, eine gefühlte Ewigkeit. Dann jedoch gab es für Helga kein Halten mehr. Noch bevor der Motor ausgeschaltet war, hatte sie bereits die Tür geöffnet und eilte ihrer Familie entgegen.

»Hallihallo!«

»Warte auf mich!« Mit ein paar schnellen Schritten war Olli neben ihr.

»Veranstaltet ihr einen Garagenverkauf?«, erkundigte sich Helga, als sie die Scheune erreicht hatten.

Neugierig betrachtete sie das Arrangement aus Sonnenschirmen, Melkschemeln, alten Schränken und einem einsamen blauen Nachttopf. Sogar etwas zu essen gab es! Noch interessanter waren allerdings die Menschen, die sich um die Möbel gruppiert hatten.

Als Erstes fiel ihr der junge Mann auf, der seinen Arm um ihre Enkelin gelegt hatte. Wohl ein Förster oder so etwas Ähnliches. Groß, schlank und gut aussehend. Jule bewies Geschmack!

Neben dem jungen Paar stand eine grauhaarige Frau in

Briefträgeruniform, die das Geschehen mit erwartungsvoller Miene verfolgte. Sie klopfte Christine mit einer fürsorglichen, fast mütterlichen Geste beruhigend auf die Schulter.

Was sollte das denn?

Christine selbst wirkte verblüfft, hatte sich aber schnell wieder im Griff. Jetzt stellte sie sich etwas näher zu Jan, lächelte aufmunternd und flüsterte ihm etwas ins Ohr. Seit wann waren die beiden so vertraut miteinander?

Und war das wirklich Jan?

Helga musste zweimal hinsehen. Aus dem blassen Nachbarsjungen war ein braungebrannter Mann geworden, dessen Arme und Beine doch tatsächlich Ansätze von Muskeln erkennen ließen. Sein Gesicht war etwas voller, die Haare länger und zu einem Zopf gebunden. Aber das stand ihm! Aufgebracht schnappte sie nach Luft. Anscheinend hatte sie mehr verpasst als gedacht …

Schließlich blieb ihr Blick an der letzten Person unter den Sonnenschirmen hängen – einem älteren Mann in Arbeitskleidung, der sie aus stahlgrauen Augen aufmerksam beobachtete.

Na, das war ja ein merkwürdiger Empfang!

»Nein, wir veranstalten keinen Garagenverkauf. Wir renovieren.« Das vertraute Gesicht ihrer Tochter schob sich vor die Gestalt des Mannes. Zwei Arme umfingen sie. »Hallo, Mama!«

Helga erwiderte die Umarmung herzlich und trat dann einen Schritt zurück, um ihre Tochter genauer zu betrachten.

»Meine Güte, Kind, du siehst richtig gesund aus!«, stellte sie zufrieden fest. »Endlich hast du wieder Farbe im Gesicht und ein bisschen Speck auf den Rippen!«

»Wehe, du sagst das auch zu mir!« Jule grinste und drückte

ihre Großmutter zur Begrüßung kurz an sich. »Ich hätte mir ja denken können, dass du es zu Hause nicht lange allein aushältst.«

»Das ist meine Mutter Helga«, erklärte Christine den anderen.

»Darf ich?« Olli drängte sich an den Frauen vorbei zu seinem Sohn. »Also wirklich, Jan, was machst du denn für Sachen? Wir müssen uns dringend unterhalten!«

»Is datt dein Vatter?«, wollte der ältere Mann wissen.

Jan nickte.

»Oliver Kleinschmidt«, stellte Olli sich vor und streckte seine Hand aus. »Und wer sind Sie?«

Sein Gegenüber ignorierte die höfliche Geste. »Norbert«, brummte er nur und schob seine Hände in die Hosentaschen.

»Mein Nachbar«, ergänzte Christine.

»Und der da?« Helga deutete auf den jungen Mann neben Jule.

»Das ist Phillip«, erklärte ihre Enkelin. »Mein Freund.«

»Ich bin Phillips Tante Hildegard«, mischte sich die Frau in Uniform in die Unterhaltung ein. »Wir können gern du zueinander sagen, schließlich sind unsere Familien ja verbandelt.« Sie kicherte albern.

»So, damit hätten sich jetzt alle vorgestellt«, sagte Christine und wandte sich wieder an ihre Mutter. »Vielleicht könntet ihr mir jetzt noch die Frage beantworten, warum ihr gekommen seid.«

»Ich wollte sehen, wie es euch geht und was ihr hier oben so treibt. Und außerdem war der arme Olli so aufgebracht, dass es keine gute Idee gewesen wäre, ihn ohne Begleitung fahren zu lassen. Du kennst ihn doch.«

»Schon gut.« Christine schien sich vorerst mit dieser Erklärung zufriedenzugeben. »Wollen wir reingehen?«

Anscheinend hatte sie keine Lust, die Unterhaltung hier draußen fortzuführen, wo die anderen mithören konnten.

»Watte ma!« Norbert hob die Hand. »Nich so schnell!« Er wandte sich an Olli. »Watt genau willste eigentlich hier?«

»Äh …« Olli schien unsicher, was er auf diese Frage entgegnen sollte.

Helga konnte es ihm nicht verdenken.

»Ganz einfach«, sagte Jan. Seit dem Wiedersehen mit seinem Vater wirkte er nervös und angespannt. »Papa will mich zurückholen. Er hat Angst, dass ich von der Schule fliege und dann nicht beim Finanzamt anfangen kann.«

»Verstehe.« Norbert nickte. Anscheinend kannte er Jan so gut, dass er nicht weiter nachfragen musste.

»Aber mein Entschluss steht fest«, fuhr Jan hastig fort. »Ich werde noch so lange hier bleiben, bis wir die Möbel fertig restauriert haben.«

»Auf keinen Fall!«, rief Olli. »Du fehlst schon seit zwei Wochen in der Schule. So geht das nicht weiter!«

»Na und? Dann fehle ich eben noch eine dritte oder vierte Woche. Meinen Abschluss schaffe ich trotzdem, immerhin hab ich die schriftlichen Abiklausuren ja schon bestanden. Und dann suche ich mir eine Lehrstelle als Schreiner.«

Diese Ankündigung war wohl nicht nur für seinen Vater, sondern auch für alle anderen eine Neuigkeit.

Helga brachte nur ein kurzes »Wow!« hervor. Jan hatte sich definitiv verändert, nicht nur äußerlich.

»Du willst *was*?«, fragte Olli entgeistert nach.

»Echt?« Das war Jule.

»Datt hab ich mir gedacht.« Norbert nickte zufrieden. »Gute Entscheidung, Junge!«

Christine seufzte. »Können wir das nicht unter uns besprechen?«

Die Einzigen, die sich nicht zu Jans Entschluss äußerten, waren Hildegard und Phillip. Doch während Phillip unbeteiligt blieb und sich damit zufriedengab, seine Hand sanft durch Jules Haare gleiten zu lassen, konnte Hildegard ihre Begeisterung über die aufregende Entwicklung des Gespräches kaum verbergen. Ihre Blicke huschten eifrig zwischen Jan, Olli und Christine hin und her.

Helga schnaubte verächtlich.

So viel Neugier war ja kaum auszuhalten!

Wie es schien, war die Postbotin gleichzeitig wohl auch die örtliche Klatschtante, die sonst nicht viel Abwechslung geboten bekam. Aber musste sie sich deshalb ausgerechnet hier und jetzt und mit *ihrer* Familie amüsieren? Plötzlich verspürte Helga eine spontane Abneigung gegen diese Frau.

»Du hast recht«, stimmte sie deshalb ihrer Tochter zu. »Wir sollten das wirklich unter uns klären, am besten drinnen. Hier draußen wird es viel zu heiß, und unter den Sonnenschirmen haben wir nicht alle Platz.«

»Ich komm mit!«, rief Norbert. »Der Junge braucht ’nen Fürsprecher.«

Christine quittierte das mit einem erstaunten Gesicht.

Helga vermutete, dass der ältere Mann sich bislang noch nie so weit in ihre Angelegenheiten eingemischt hatte. Doch offensichtlich vertraute ihre Tochter ihm. »Vielleicht ist es ganz hilfreich, wenn du dabei bist«, sagte sie nämlich.

»Soll ich beim Tragen des Tabletts helfen und uns drinnen einen Kaffee kochen?«, bot Hildegard an. »Ich hätte noch Zeit, mein Dienst ist ja jetzt beendet.«

»Lass gut sein, Tante Hilde! Wir gehen besser.« Phillip hauchte Jule zum Abschied einen Kuss auf die Wange und hakte sich dann bei seiner Tante unter.

Allein schon für diese taktvolle Aktion hätte Helga den

Freund ihrer Enkelin umarmen können. Was für ein netter, einfühlsamer Junge! Die Postbotin allerdings sah so aus, als wenn sie ihren Neffen in diesem Moment am liebsten zum Teufel geschickt hätte.

Helga hatte Mühe, ein Grinsen zu unterdrücken.

Sie konnte mit der Entwicklung der Dinge wirklich zufrieden sein: Lexis Haus und die Umgebung waren viel schöner, als sie es in Erinnerung gehabt hatte. Christine sah gesund und erholt aus, Jule hatte einen netten Freund gefunden, und Jan schien endlich zu wissen, was er wollte. Zwar machte diese Entscheidung Olli unglücklich, aber früher oder später würde er sie akzeptieren müssen. Kinder taten nie das, was ihre Eltern sich für sie erhofften.

Die nächste Zeit versprach, interessant zu werden.

Gegen Abend kam endlich ein wenig Wind auf.

Erleichtert ließ sich Christine auf die Bank fallen und massierte ihre schmerzenden Schläfen. Sie schloss die Augen und atmete ein paarmal tief durch.

Ein … und wieder aus.

Dieser Tag war anstrengend gewesen!

Natürlich war es am Nachmittag zum Streit zwischen Olli und Jan gekommen, an dem sich letztendlich auch die anderen Anwesenden lautstark beteiligt hatten.

Olli war von Jans neuem Berufswunsch völlig überrumpelt worden und hatte sich vehement dagegen ausgesprochen. Für ihn schien das Finanzamt der einzig richtige Arbeitsplatz zu sein.

Jan hatte sich gewehrt, zuerst ruhig und sachlich, dann jedoch, als er den wachsenden Widerstand seines Vaters spürte, immer lauter und ungeduldiger. Unterstützt wurde er dabei von Norbert und Jule. Auch Oma Helga hatte kräftig mitgemischt, indem sie mit energischem Tonfall versucht hatte, zwischen den Streithähnen zu vermitteln.

Nur Christine hatte sich herausgehalten. Was hätte sie auch sagen sollen? Eigentlich musste Olli doch froh sein, dass der Junge endlich einen eigenen Plan hatte, selbst wenn dieser sehr plötzlich entstanden und noch nicht zu Ende gedacht war.

Erneut atmete sie tief ein … und wieder aus.

Am späten Nachmittag war Olli unverrichteter Dinge ins Dorf gefahren, um sich dort ein Zimmer in einer Frühstückspension zu mieten. Aber nicht, ohne vorher anzukündigen, dass er seinem Sohn bis zum Sonntag Zeit geben würde, die Pläne für seine Zukunft noch einmal zu überdenken.

Bis Sonntag waren es drei Tage.

Christine glaubte nicht, dass Jan seine Meinung ändern würde. Aber vermutlich brauchte Olli diese kleine Galgenfrist, um sich daran zu gewöhnen, dass der Junge ab jetzt eigene Wege gehen wollte. Nun, solange ihr Jugendfreund sich nicht auch noch hier einquartierte, sollte es ihr recht sein.

Ein … und wieder aus.

Es reichte schon, dass ihre Mutter überall im Weg herumstand.

Helgas Anwesenheit hatte das beschauliche Leben hier oben ganz schön durcheinandergebracht. Als Erstes war sie im Anschluss an die Auseinandersetzung wegen Jan in Christines Zimmer gezogen – eine Notlösung, da durch die Renovierungsarbeiten im ersten Stock kein weiterer Raum zur Verfügung stand. Dann war sie durchs Haus gestreift und hatte viele nutzlose Verbesserungsvorschläge gemacht. Schließlich hatte sie den Rest des Nachmittags bei Jan und Norbert verbracht und diese von der Arbeit abgehalten.

Christine stöhnte.

All diese Gedanken trugen leider nicht dazu bei, dass sie sich zu beruhigen vermochte. Missmutig brach sie ihre Atemübungen ab und konzentrierte sich stattdessen auf ihre Umgebung. Das hatte bislang immer geholfen.

Ein paar Schleierwolken schimmerten im abendlichen Sonnenlicht orange-golden. Die Luft war mild und roch nach Tannennadeln und Ziegenmist. Im nahen Wald zwitscherten Singvögel lautstark um die Wette, und der Abendwind spielte mit ihren Haaren und streichelte sanft über ihre Haut.

Nach ein paar wohltuend stillen Minuten kramte Christine den Briefumschlag hervor, den sie sich in ihrem Zimmer in die Hosentasche gesteckt hatte: Lexis vierte Botschaft mit dem Titel *Geliebt werden.*

Sie fand, dass sie sich diesen Brief heute redlich verdient hatte, sozusagen als Belohnung für die Strapazen des Tages. *Geliebt werden* klang vielversprechend – irgendwie nach Frieden und Harmonie.

Hoffentlich war dem auch so!

Sie riss den Umschlag auf und begann zu lesen.

Liebe Puppenmutter!

Weißt du noch, wie wir uns als Kinder nach Weihnachten immer getroffen haben, um uns gegenseitig unsere Geschenke zu zeigen?

Als wir ungefähr acht Jahre alt waren, hast du die erste Barbiepuppe angeschleppt, so eine mit strohblonden Haaren und einem roten Badeanzug. Ich war unheimlich neidisch und habe mir nur einen Tag später von meinem Taschengeld auch eine Barbie gekauft. Und damit begann unsere Puppenzeit …

Wir hatten jedoch immer sehr unterschiedliche Vorstellungen darüber, was unsere Barbies in ihrem kurzen Plastikleben alles erreichen sollten.

Du hast deiner Barbie möglichst rasch eine Familie beschafft: zuerst Ken, dann Skipper und schließlich noch ein paar andere Puppen, die irgendwie alle mit Barbie verwandt waren. Bei dir wohnte Barbie in ihrem Traumhaus, hatte ein Auto und fuhr mit dem Camper in die Ferien.

Meine Barbie hingegen zeigte eine Schwäche für elegante Kleider und rote Stöckelschuhe. Sie hatte keinen Ken, dafür aber einen billigen Ersatz aus dem Supermarkt mit Plastikhaaren, der immer dann zur Stelle war, wenn sie ihn für eine Tanzveranstaltung oder einen Besuch bei deiner Barbie brauchte.

Ist es nicht eine Ironie des Schicksals, dass unser beider Privatleben ähnlich verlaufen sind wie die Leben unserer Barbies?

Ich hatte nie eine längere Beziehung, du hingegen hast dir das volle Programm gegeben: Hochzeit, Kind und Traumhaus. Sogar ein Camper stand irgendwann vor deiner Tür. Für eine Zeit sah es so aus, als wäre für dich alles perfekt gelaufen.

Meine Männer hingegen kamen und gingen und waren alle ein bisschen wie der billige Plastikersatz. Deiner aber blieb – zumindest so lange, bis er irgendwann mit dem Camper und einer Jüngeren das Weite suchte. Doch selbst nach dieser Trennung hast du deinen rosaroten Traum nicht aufgegeben.

Ken war weg, aber den Rest hast du zusammengehalten: Oma, Mutter, Tochter. Auch drei Frauen können eine intakte Familie bilden.

Lange habe ich gedacht, dass so ein Lebensmodell nichts für mich ist.

Heute weiß ich es besser.

Denn wenn ich eines gelernt habe in den letzten Monaten in deinem Haus, dann ist es das: Es gibt nichts Wichtigeres im Leben, als zu lieben und geliebt zu werden. Ihr drei Frauen seid der lebende Beweis dafür.

Sicher, ihr streitet euch mehr, als dass ihr friedlich miteinander umgeht. Glaube bloß nicht, dass ich das in meinem Zimmer nicht mitbekomme! Zwar versucht ihr immer, euch mir zuliebe zusammenzunehmen, aber ich kann sehr gut an euren Gesichtern ablesen, wer gerade wem tierisch auf die Nerven geht.

Aber es liegt immer noch mehr in eurem Blick als Verärgerung. Da ist etwas, das ihr vermutlich selbst gar nicht spürt – nämlich die Gewissheit, dass ihr trotz allem zusammengehört. Dass es immer jemanden gibt, zu dem man gehen kann, wenn es einmal ganz schlimm kommt.

Ein Ohr, das zuhört.

Eine Hand, die tröstet.

Ein Netz, das auffängt.

Ich habe lange (viel zu lange!) geglaubt, dass ich auch ohne dieses Gefühl der Geborgenheit glücklich sein kann. Ich hatte ja mein Leben in Paris, meine Malerei, genügend Geld und ab und zu einen Mann im Bett. Niemals hätte ich damit gerechnet, dass ich meine Meinung mal ändern würde.

Doch das war zu kurz gedacht. Denn ich habe mich noch nie so allein und hilflos gefühlt wie in dem Moment, als ich erfuhr, dass mir nur noch wenige Monate zu leben bleiben würden.

Mein erster Gedanke war: »Scheiße!«

Mein zweiter: »Was nun?«

Und mein dritter: »Tine.«

Wer sonst, wenn nicht du?

Deine Liebe und die Zuneigung deiner Familie haben mir mehr geholfen, als ich es anfangs erwartet hatte. Ihr habt mich sofort und ohne Vorbehalte aufgenommen und mir das Gefühl gegeben, keine Patientin, sondern ein Familienmitglied zu sein. Ihr habt mich umsorgt und getröstet, aber auch kritisiert und zurechtgewiesen, wenn es mal nötig war.

Wenn ich gehe, werde ich es mit der Gewissheit tun, dass es Menschen gibt, die mich geliebt haben und deshalb um mich trauern werden.

Dieser Gedanke ist tröstlich.

Nein, beim Thema Liebe kann ich dir wirklich nicht viele gute Ratschläge mit auf den Weg geben. Auf diesem Gebiet bist du immer schon schlauer gewesen als ich. Deshalb habe ich auch nur eine einzige Bitte an dich und deine Familie:

Erhaltet euch diese Liebe, so anstrengend und nervig sie manchmal auch sein mag. Glaubt mir: Sie ist das einzige Gefühl, das stark bleibt, wenn eure anderen Kräfte irgendwann einmal schwinden.

Gib deiner Mutter einen Kuss von mir, und umarme deine Tochter. Ich liebe euch!

Deine Lexi

PS: Ach ja … und von mir aus darfst du auch weiterhin deinen rosaroten Traum von einem perfekten Leben träumen. Wer sagt denn, dass an der nächsten Ecke nicht ein neuer Ken wartet?

»Widder so'n komischer lila Brief? Wie viel haste denn noch davon?« Kopfschüttelnd nahm Norbert neben ihr Platz.

Rasch faltete Christine das Papier zusammen. »Das ist der vorletzte.«

»Und?« Er sah ihr forschend in die Augen. »Musste widder flennen?«

»Nein.« Christine horchte in sich hinein. Zwar hatten die Worte ihrer Freundin sie berührt, doch nach Weinen war ihr nicht zumute.

Eher nach Grübeln.

»Dann is ja gut.« Norbert schien sich mit der knappen Antwort zufriedenzugeben. Vermutlich hatte er nach dem Trubel des heutigen Tages ebenso wenig Lust auf ein weiteres Gespräch wie Christine selbst.

Sie lächelte. Das Schweigen war mit Norbert fast genauso schön wie das Reden. Zufrieden streckte sie die Beine aus und ließ ihr Gesicht von der Abendsonne bescheinen.

Doch fast automatisch wanderten ihre Gedanken zum Brief zurück.

Es gibt nichts Wichtigeres im Leben, als zu lieben und geliebt zu werden ... Erhaltet euch diese Liebe, so anstrengend und nervig sie manchmal auch sein mag.

Hatte Lexi ihre Erlebnisse in den letzten Monaten nicht ein wenig zu sehr idealisiert?

Es fiel Christine schwer, diesen Worten gerade jetzt beizupflichten. Denn heute empfand sie ihre Familie, speziell ihre Mutter, als besonders anstrengend und nervig ... Und wie die kommende Nacht mit Helga in einem Bett werden würde, mochte sie sich gar nicht ausmalen!

Wie lange würde das gutgehen? Helgas vollgestopfter Koffer ließ erahnen, dass sie nicht vorhatte, schnell wieder zu verschwinden.

»Was soll ich zu Hause?«, hatte sie gefragt. »Die Stille genießen? Bestimmt nicht! Ich bleibe jetzt erst einmal für ein paar Wochen bei euch. Schließlich bin ich hier eine viel größere Hilfe für dich.«

Na, vielen Dank auch!

Christine brauchte keine Hilfe, schon gar nicht von ihrer Mutter, und erst recht nicht hier in Muggenbrunn. Der alte Hof sollte ihr persönlicher Rückzugsort werden. Und jetzt schlichen sich nacheinander wieder alle Menschen ein, die schon ihren Alltag in Hofheim bestimmt hatten.

Warum eigentlich? Kamen die nicht allein zurecht?

Oder glaubten sie etwa, dass sie hier nach dem Rechten

schauen mussten? Wieso mischte sich ihre Mutter ständig in ihr Leben ein? Und warum eigentlich ließ sie, Christine, sich das gefallen?

Die Antwort darauf war so überraschend einfach, dass sie sich diese gleich selbst geben konnte.

Aus lieber Gewohnheit.

Ihre Mutter würde immer ihre Mutter bleiben.

Zwar schräg und chaotisch – aber auch mitfühlend und fürsorglich, wenn es darauf ankam.

Helga war stets zur Stelle gewesen, wenn Christine sie gebraucht hatte. Nach Jules Geburt zum Beispiel. Oder während der Scheidung von Adrian. Ohne ihre Mutter hätte Christine auch die letzten Monate mit Lexi nicht heil überstanden, trotz der häufigen Streitigkeiten.

Christine klappte den Brief noch einmal auf und überflog die entsprechenden Zeilen.

Aber es liegt immer noch mehr in eurem Blick als Verärgerung. Da ist etwas, das ihr vermutlich selbst gar nicht spürt – nämlich die Gewissheit, dass ihr trotz allem zusammengehört. Dass es immer jemanden gibt, zu dem man gehen kann, wenn es einmal ganz schlimm kommt.

Ein Ohr, das zuhört.

Eine Hand, die tröstet.

Ein Netz, das auffängt.

Konnte es sein, dass Lexi diesen selbstverständlichen Zusammenhalt viel klarer gesehen hatte als sie selbst?

Plötzlich schämte sich Christine für ihre undankbaren Gefühle. Sie nahm sich vor, ihre Mutter mal wieder fest in die Arme zu schließen und ihr einen Kuss zu geben – ganz so, wie Lexi es in ihrem Brief gefordert hatte.

»Ach, hier bist du!«

Wie aus dem Nichts stand plötzlich Helga neben der

Bank. Und schon waren Christines versöhnliche Gedanken wieder verflogen.

»Jule wollte mir nicht sagen, wohin du nach dem Abendessen so plötzlich verschwunden bist. Da habe ich mich selbst auf die Suche gemacht.«

»Oma!« Jetzt kam auch noch Jule angelaufen. »Wieso rennst du einfach weg? Wir sind doch noch gar nicht fertig mit Spülen und Aufräumen.«

»Ach, den Rest kann Jan machen. Darf ich?« Ohne eine Antwort abzuwarten, drängte sich Helga zwischen Christine und Norbert auf die Bank. »Der Ausblick von hier ist wirklich wunderschön. Kein Wunder, dass ihr hier seid! Macht ihr das öfter?«

Jule gestikulierte wild hinter dem Rücken ihrer Großmutter. Anscheinend wollte sie Christine klarmachen, dass sie nichts für diese Störung konnte und dass es ihr furchtbar leidtat.

Norbert rückte ein Stück von Helga ab. »Jeden Abend«, brummte er.

»Mama sitzt bei Sonnenuntergang immer hier, und ich glaube, sie möchte dabei ihre Ruhe haben«, fügte Jule erklärend hinzu.

Helga deutete auf Norbert. »Und was ist mit ihm?«

»Watt soll mit mir sein?«, fragte Norbert mit gerunzelter Stirn.

»Er stört ihre Ruhe nicht. Im Gegensatz zu dir, nehme ich an.« Jules Bemerkung klang nach einer unmissverständlichen Aufforderung.

Helga jedoch machte keine Anstalten, sich zu erheben. Stattdessen drehte sie sich zu Christine, die noch immer den Briefbogen in der Hand hielt. »Ist das eine von Lexis Botschaften aus der Pralinenschachtel?«

Christine nickte.

»Darf ich mal sehen?«

»Nein.«

Rasch ließ Christine das Papier in ihrer Hosentasche verschwinden. Jetzt war definitiv kein geeigneter Zeitpunkt für eine längere Aussprache, schon gar nicht über das Thema Familie. Dazu brauchte sie Ruhe und vor allem Geduld, und beides würde sie heute nicht mehr aufbringen können.

Anscheinend jedoch verstand Helga ihre Weigerung völlig falsch, denn sie sprang auf und funkelte ihre Tochter böse an. »Warum darf ich die Briefe nicht lesen?«

»Weil –«, setzte Christine zu einer Begründung an, wurde jedoch sofort von ihrer Mutter unterbrochen.

»Seit wann haben wir Geheimnisse voreinander?«

»Das ist doch gar kein Geheimnis, ich will nur nicht –«

»Ich wette, Jule kennt sie alle.«

»Ja, aber …«

»Einen kenn ich auch«, warf Norbert ein. »Abber der is nix für zwischendurch und schwache Nerven.«

Stöhnend vergrub Christine ihren Kopf in den Händen. Die letzte Bemerkung war wenig hilfreich, so gut sie vielleicht auch gemeint gewesen war.

»Norbert auch? Wer durfte denn noch lesen?«, regte sich Helga auf. »Vielleicht diese neugierige Postbotin? Oder dein zukünftiger Schwiegersohn?«

»Sei nicht albern, Oma!«

»Ich bin albern? Ausgerechnet ich? Ha! Jetzt sage ich dir mal, was albern ist: wenn man die eigene Mutter ausschließt und wichtige Dinge lieber mit der Dorf-Tratschtante teilt. Das ist sogar mehr als albern, das ist unerträglich!« Mit diesen Worten rauschte Helga davon.

Jule warf ihrer Mutter einen bedauernden Blick zu. »Sorry,

das habe ich nicht gewollt. Ich gehe ihr mal lieber hinterher, sonst kriegt der arme Jan ihre Wut ab, und das hat er heute wirklich nicht verdient.«

»Wech sind se«, seufzte Norbert erleichtert, als die beiden im Haus verschwunden waren.

»Es tut mir leid, dass du das gerade mit anhören musstest«, entschuldigte sich Christine. »Und überhaupt – dass es hier auf einmal so unruhig geworden ist.«

»Ach, schon gut!« Er winkte ab. »Es war sowieso zu still hier.«

»Findest du? Ich hätte noch ein bisschen Ruhe vertragen können.«

»Irgendwann wird's zu viel, glaub mir! Watt meinste, warum ich die Ziegen angeschafft hab?«

»Aus Mitleid?«

»Nee. Ich brauchte watt Lebendiges.«

»Na, jetzt hast du ja mehr als genug Leben um dich herum.«

»Ich sach ja, datt is okay.«

»Für dich vielleicht …«

»Gezz entspann dich mal, mein Frollein!« Norbert klopfte ihr aufmunternd auf die Schulter. »Es war doch klar, datt dich dein Alltag früher odder später widder einholt. Du stehst noch mitten im Leben, was haste denn anderes erwartet?«

»Ein wenig mehr Verständnis von Seiten meiner Familie«, murrte Christine. »Aber das war wohl zu viel verlangt.«

»Mach dir ma kein Kopf, und sei froh, datt du sie hast! Blut is dicker als Wasser.«

Christine schüttelte zweifelnd den Kopf.

Jetzt fing Norbert auch noch damit an! Warum glaubten eigentlich alle, dass es so toll war, Verwandtschaft zu haben?

Oma, Mutter, Tochter. Auch drei Frauen können eine intakte Familie bilden.

Intakt?

Das sah sicherlich anders aus!

16

»Geburtstagspost!«

Hildegard wedelte mit einem dünnen Stapel Briefe in der Luft herum, als sie am Mittag des folgenden Tages in den Garten kam. Schwungvoll legte sie die Post auf den Tisch. »Das ist alles an Jule adressiert. Wo ist sie?«

»In ihrem Zimmer«, entgegnete Christine knapp und etwas außer Atem. Sie war gerade dabei, Klappstühle aus dem Schuppen zu schleppen und um den Tisch zu gruppieren.

»Heute ist es schrecklich schwül, nicht wahr?« Besorgt blickte Hildegard zum Himmel. »Das ist ungewöhnlich für diese Jahreszeit. Hoffentlich gibt es kein Gewitter!«

»Bis heute Abend soll es halten, sagt der Wetterbericht.«

»Hoffentlich!«, wiederholte Hildegard und betrachtete interessiert das Arrangement aus Tisch und Stühlen. »Wie viele Gäste kommen eigentlich? Ich dachte, wir sind unter uns.«

»Das sind wir eigentlich auch, nur dass gestern ja noch zwei Personen hinzugekommen sind. Jetzt sind wir zu acht: Jule, Phillip, meine Mutter, Jan, Olli, Norbert, du und ich.«

»Wie gut, dass ich zwei extra große Torten gemacht habe!« Hildegard schien sehr zufrieden mit sich selbst und ihren Backkünsten zu sein.

Christine musste sich ein Grinsen verkneifen. Sie hatte schon länger den Verdacht, dass die Postbotin sich für diese Feier persönlich verantwortlich fühlte.

Aber warum auch nicht?

Sie selbst wäre mit dem Backen überfordert gewesen, Hildegard hingegen schien es großen Spaß zu machen. Vermutlich hatte sie nicht oft die Gelegenheit, Gäste zu bewirten.

»Sind die Kuchen schon fertig?«

»Ja, aber ich muss sie noch dekorieren«, antwortete Hildegard und lächelte vergnügt. »Ich habe extra Schokoladenbuchstaben und kleine Kerzen besorgt.«

»Wie schön! Danke, dass du dir solche Mühe machst.«

»Kein Problem.« Die ältere Frau winkte ab. »So, und jetzt muss ich leider schon wieder los. Bis später!«

»Ja, bis dann.« Christine machte sich auf den Weg ins Haus, um einen Lappen und Putzwasser zu besorgen.

Kurz vor der Tür traf sie auf Jule.

»Oh, geht das Picknick jetzt los?«

»Ja.« Das Mädchen trug Shorts, eine rote Bluse und Turnschuhe. Außerdem hatte sie einen großen, gutgefüllten Rucksack geschultert. »Phillip und ich treffen uns in einer halben Stunde.«

»Auf dem Tisch liegt Post für dich. Ich muss sagen, ich bin beeindruckt. Ich wusste gar nicht, dass man in der heutigen Zeit noch richtige Geburtstagskarten schreibt.«

»Alles kommt irgendwann wieder, sogar die Briefpost.« Jule nahm die Umschläge in die Hand und ging die Absender durch. »Tante Mieze hat geschrieben. Hast du in letzter Zeit mal mit ihr gesprochen?«

»Ja klar. Ich rufe sie jede Woche einmal an.«

»Oh, und Papa hat auch eine Karte geschickt.«

»Das ist ja wohl das mindeste, was man erwarten kann.«

»Na ja, nach meiner plötzlichen Absage für die Party war ich mir nicht sicher, ob er mir das jemals verzeihen wird.«

»Bereust du es, dass die große Feier mit deinen Freunden ausfällt?«

»Ein wenig schon.« Jule lächelte verträumt. »Andererseits habe ich hier Phillip getroffen, und das ist das beste Geschenk überhaupt.« Sie legte die Post zurück auf den Tisch.

»Weißt du zufällig, wo Oma steckt?«, fragte Christine.

»Die hat sich hingelegt, weil sie müde ist. Angeblich hat sie in der letzten Nacht kaum geschlafen.«

»Das habe ich auch nicht. Sie schnarcht nämlich.«

»Dasselbe behauptet sie von dir.« Jule grinste. »Redet ihr wieder miteinander?«

»Du kennst doch Oma. Die kann nicht lange schweigen.«

»Nein, das kann sie nicht!«, bestätigte Jule. »Aber eigentlich mag ich das an ihr. Sie explodiert zwar gern mal, doch genauso schnell verraucht ihr Zorn auch wieder.«

Christine nickte. »Trotzdem werde ich heute Abend zum Schlafen ins Dachgeschoss gehen. Eine weitere unruhige Nacht tue ich mir nicht an.«

»Arme Mama!« Jule legte den Arm um ihre Mutter und drückte sie an sich. »Kann ich dir noch irgendetwas abnehmen, damit nicht alles an dir hängenbleibt?«

»Nein. Du verschwindest jetzt und machst dir eine schöne Zeit mit Phillip. Viel Spaß! Aber denkt bitte daran, dass ihr um vier Uhr wieder zurück seid.«

»Klar doch!« Jule warf ihr eine Kusshand zu und machte sich auf den Weg in den Wald.

Sie erreichte die Bergwiese als Erste und setzte sich zum Ausruhen ins Gras. Die Luft war wirklich wieder ziemlich schwül. Außerdem war der Rucksack, in dem sie die Zutaten für das Picknick verstaut hatte, beim Wandern verdammt schwer geworden.

Ein Blick auf die Armbanduhr zeigte ihr, dass sie sehr schnell unterwegs gewesen war. Phillip kam sicher erst in ein paar Minuten. Deshalb breitete sie eine Decke aus und legte sich auf den Boden. Jetzt hatte sie eine wunderschöne Aussicht auf die sich auftürmenden Wolken und die vielen dunkelgrünen Baumkronen. Ein Greifvogel zog majestätisch seine Kreise und stieß dabei immer wieder heisere Schreie aus. War das ein Adler? Phillip hätte ihr sicherlich sagen können, um welche Art Raubvogel es sich da handelte.

Ach ja, Phillip …

Immer noch konnte Jule ihr Glück kaum fassen. Da war sie nur aus einer dummen Laune heraus in den Schwarzwald gefahren und hatte ausgerechnet hier ihren Traummann getroffen. Von jeher hatte sie eine Schwäche für ernsthafte und aufrichtige Typen gehabt, aber Phillip übertraf sie alle. Wie einfühlsam er war! Und so naturverbunden! Sehnsüchtig malte sie sich das bevorstehende Picknick aus.

Zwar hatten sie in den letzten Tagen jede Gelegenheit zur Zweisamkeit genutzt, trotzdem würde das Picknick heute die erste Gelegenheit sein, endlich einmal mehr als eine Stunde ungestört miteinander verbringen zu können. Phillip war durch seinen Alltag stark eingebunden und musste sich die Zeit mit ihr förmlich freischaufeln. Und Jule selbst war mit den Umbauarbeiten ja auch sehr beschäftigt. Heute allerdings hatten sie den ganzen Mittag für sich, allein auf einer wunderschönen Almwiese. Wirklich *allein*! Da konnte alles Mögliche passieren …

Sie schloss die Augen, überließ sich ihren Tagträumen –

und schreckte freudig zusammen, als sie ein leichtes Räuspern vernahm.

»Hi«, murmelte sie. »Da bist du ja endlich!«

»Ich glaube kaum, dass du auf mich gewartet hast«, sagte eine Stimme, die viel dunkler klang als die von Phillip.

Jule richtete sich auf und blinzelte. »Jan?«

»Ja. Tut mir leid, dass ich es bin.« Er setzte sich neben sie.

»Was willst du?« Jule sah sich um. Phillip konnte jeden Moment hier sein.

Jan war ihrem Blick gefolgt. »Er kommt nicht.«

»Wie bitte?«

»Phillip wurde bei den Holzarbeiten aufgehalten und kann erst später mit dir feiern.« Jan steckte sich einen Grashalm zwischen die Zähne und fixierte eine große moosbewachsene Buche am Waldrand. »Er hat bei uns angerufen, weil du hier oben wohl keinen Empfang hast. Also hat er mich losgeschickt, dir Bescheid zu geben.«

Wie fürsorglich von Phillip! Augenblicklich vergaß Jule ihren Ärger über das ausgefallene Picknick. Sie erhob sich, zog ihre Kleidung zurecht und machte sich an ihrem Rucksack zu schaffen.

Jan löste seinen Blick von der alten Buche und spuckte den Grashalm aus. »Wo willst du hin?«

»Nach Hause natürlich. Das Picknick fällt ja wohl aus.«

»Warte!« Jan holte eine Flasche Champagner aus seinem Rucksack hervor. »Ich habe etwas für dich.«

»Was soll ich damit?«

»Wie wäre es mit trinken? Schließlich ist heute dein Geburtstag.«

Abwehrend verschränkte Jule die Arme vor ihrer Brust. »Ich wette, du hast die Flasche aus unserem Kühlschrank geklaut.«

Er zuckte mit den Schultern. »Na und?«

»Dann ist es gar kein richtiges Geschenk.«

»Das habe ich auch nicht behauptet. Ich habe lediglich gesagt, dass ich etwas für dich habe.«

»Die Flasche sollte für Phillip und mich sein.«

»Ich bin sicher, ihr habt noch mehr von dem Zeug im Keller stehen.«

»Kann sein.«

Jan schien das als Zustimmung aufzufassen. Jedenfalls stopfte er die Flasche in seinen Rucksack zurück und hängte sich diesen über die Schulter. »Komm!«

»Wohin?«

»Bist du schon mal auf einen Baum gestiegen?«

»Nein«, musste Jule zugeben. »Warum auch?«

»Wegen der Perspektive. Von oben sieht alles ein wenig anders aus.«

»Ich glaub's ja nicht! Schon wieder ein Fremdwort, das du korrekt benutzen kannst.«

Die Andeutung eines Lächelns huschte über Jans Gesicht. Er zog Jule mit sich zu der hochgewachsenen Buche, die er vorhin so ausgiebig betrachtet hatte.

»Ladies first«, sagte er und faltete seine Finger zu einer Räuberleiter.

Jule zögerte. »Das ist tatsächlich dein voller Ernst«, stellte sie verwundert fest.

»Natürlich.«

»Ganz schön hoch.« Sie blickte Richtung Baumspitze.

»Hast du Angst?«

»Nö, ich doch nicht!« Entschlossen stellte Jule einen Fuß in seine Hände.

Er hob sie den Baumstamm hinauf und half ihr bis zum ersten Ast. Dann kletterte er mühelos hinterher. Langsam stiegen die beiden bis zur Mitte des Baumes. Dort ließen sie sich nebeneinander auf einer breiten Astgabel nieder.

»Wie schön!«, murmelte Jule, noch ein wenig atemlos vom Klettern. Sie deutete durch die Blätter zum Horizont, wo die Berge des Hochschwarzwaldes wie Perlen einer grünen Kette nebeneinander aufgereiht waren. »Soll ich dir mal die Namen der Berge sagen? Phillip hat sie mir neulich erklärt. Also, der höchste Berg da drüben, der mit dem Turm, das ist der Feldberg. Daneben siehst du den Grüblesattel und den Seebuck, und gleich danach kommt der –«

»Champagner?«, unterbrach Jan ihre Aufzählung. Offensichtlich hatte er wenig Interesse an der heimischen Bergwelt.

Jule brach ihren Vortrag ab.

»Gern«, sagte sie stattdessen und rutschte vorsichtig ein Stück näher zu ihm. Überrascht stellte sie fest, dass er nicht nur die Flasche, sondern auch zwei Gläser aus seinem Rucksack zog, die er an sie weitergab.

»Halt mal!«

Gegen ihren Willen war Jule beeindruckt. Es waren zwar nur zwei schlichte Senfgläser, aber immerhin besser als jedes Plastikgeschirr.

Mit geschickten Bewegungen öffnete Jan den Champagner. Der Korken flog mit einem lauten Plopp durch die Luft Richtung Boden. Ein paar Krähen, die in der Nähe gesessen hatten, flogen laut kreischend auf, und ein Eichhörnchen verzog sich verschreckt auf den nächsten Baum.

Jan verteilte das perlende Getränk auf beide Gläser und stellte die Flasche dann vorsichtig in seinen Rucksack zurück.

»Prost! Auf deinen Geburtstag!«

Der Champagner prickelte in Jules Kehle. Langsam und genüsslich leerte sie ihr Glas und beobachtete dabei Jan, der mit seinem typisch verschlossenen Gesichtsausdruck neben ihr hockte.

»Wieso kannst du eigentlich so gut klettern?«, fragte sie, um das Schweigen zu brechen.

»Ich mache das öfter. Zu Hause im Garten.«

»Ist mir noch nie aufgefallen.«

»Du hast mich bislang ja auch immer ignoriert.« Das klang nicht nach einem Vorwurf, sondern eher wie eine Feststellung.

Trotzdem fühlte Jule sich plötzlich beschämt. »Auf welchen Baum kletterst du denn?«, fragte sie, um ihr Interesse zu bekunden.

»Am liebsten auf die große Kastanie.«

»Die, die zwischen den Parkplätzen steht?«

»Genau. Der Baum ist perfekt. Er hat ein paar starke Äste, die sich wunderbar zum Sitzen eignen. Außerdem ist seine Baumkrone so dicht, dass man mich im Sommer dort gar nicht sehen kann.«

»Verstehe ich nicht. Vor wem willst du dich denn verstecken?«

»Interessiert dich das wirklich?«

»Klar.«

Angestrengt blickte Jan in die Ferne. Er schien nach den richtigen Worten zu suchen. »Vor niemandem ... und irgendwie doch vor allem«, begann er dann. »Manchmal ... manchmal ist es schön, eine Weile unsichtbar zu sein und dem normalen Leben entfliehen zu können. Ich mag es, ein wenig Abstand zwischen mich und den Boden zu bringen. Das gibt mir das Gefühl von Freiheit und Unabhängigkeit.«

Jule warf ihm einen schnellen Blick zu. Noch nie hatte er so offen über seine Gefühle geredet, und überraschenderweise konnte sie seine Ausführungen sogar nachvollziehen.

Trotzdem …

»Du bist schon ein bisschen verrückt, weißt du das?«

»Yep.« Er schenkte Champagner nach. »Darauf trinken wir!«

Auch das zweite Glas genossen sie schweigend.

Plötzlich tippte Jan Jule auf die Schulter. »Schau mal da unten!«, flüsterte er.

Ein Rudel Hirsche trabte mit gemächlichen Schritten am Waldrand entlang. Immer wieder hielten die Tiere an, um Rinde von den Bäumen zu fressen.

»Das ist ein Rudel mit Hirschkühen«, wisperte Jule leise. »Phillip sagt, dass sich immer mehrere Weibchen zu einem solchen Familienverband zusammenschließen. Siehst du, wie sie ihre Ohren bewegen? Das können sie mit jedem einzeln machen, hat mir Phillip erklärt. Überhaupt haben sie sehr gute Sinne. Die Nase eines Rothirsches zum Beispiel ist –«

»Jule?«, unterbrach Jan ihren Redeschwall.

»Ja?«

»Kannst du nicht einfach mal die Klappe halten? Sonst vertreibst du sie noch.«

»Entschuldige, dass ich dir ein wenig Hintergrundwissen liefern wollte!«

»Wenn ich Hintergrundwissen brauche, schaue ich bei Google nach«, entgegnete er leise. »Aber so was wie da unten kriegt man nicht jeden Tag zu sehen. Warum genießt du nicht einfach nur mal den Anblick?«

Beleidigt kippte Jule den restlichen Champagner hinunter, ließ jedoch dabei die Hirsche nicht aus den Augen. Die Muttertiere zogen langsam weiter, während ihre Kälber begannen, miteinander zu spielen. Sie jagten sich über den Moosboden und vollführten drollige Luftsprünge. Schließlich verschwanden die Hirsche im Wald, und die Lichtung lag wieder verlassen da.

»Das war wunderschön«, seufzte sie und stellte erstaunt fest, dass ihre Zunge plötzlich schwer wurde.

»Habe ich es nicht gesagt?« Jan schenkte Champagner nach.

»Die Flasche ist ja schon leer«, wunderte sich Jule. »Nach drei Gläsern?«

»In die Senfgläser passt eine ordentliche Portion.«

»Ups! Ich hätte lieber langsamer machen sollen.« Eine wohlige Wärme machte sich in ihr breit.

»Warum? Du hast Geburtstag.« Jan prostete ihr zu. »Auf dich!«

»Danke!« Jule fühlte sich großartig. Ein wenig beschwipst vielleicht, aber auch sehr entspannt. »Es ist schön hier oben.«

»Habe ich es dir nicht gesagt?«

»Ja, schon. Aber ich habe es nicht geglaubt.«

»Warum auch?« Er lachte.

Überrascht sah sie von ihrem Glas auf. Sie hatte ihn noch nie laut lachen hören und insgeheim sogar angenommen, dass er das gar nicht konnte. Der Ton klang belegt und rauchig, vermutlich war er aus der Übung gekommen. Vielleicht hatte er aber auch bislang nicht viel zu lachen gehabt?

Verstohlen musterte sie ihn von der Seite. Zumindest hatte sie ihn in den letzten Tagen besser kennengelernt. Sie wusste, dass er auch umgänglich sein konnte – wenn er wollte. Jetzt zum Beispiel: Er saß neben ihr im Baum und bemühte sich nach Kräften, ihr einen schönen Geburtstag zu bereiten.

Das rührte sie.

»Darf ich dich mal etwas fragen?«

»Kommt drauf an. Was denn?«

»Warum bist du immer so negativ eingestellt und machst nichts aus deinem Leben?« Ups, die Frage kam heraus, ohne dass sie vorher darüber nachgedacht hatte. Verflixter Alkohol! Hoffentlich war er jetzt nicht gekränkt.

Doch schon wieder überraschte er sie. Denn statt beleidigt zu sein und das Gespräch zu beenden, runzelte er nachdenklich die Stirn und kaute auf seiner Unterlippe herum.

»Vielleicht, weil sich das Leben auch nichts aus mir macht«, sagte er dann.

»Das ist totaler Quatsch!«

»Findest du? Was hat mir das Leben denn bislang geboten? Ich lebe mit meinem Vater in einer spießigen Vorstadtsiedlung, werde mit Mühe und Not die Schule schaffen und musste als Zehnjähriger zusehen, wie meine Mutter meinen Mathelehrer ins Bett zerrte –«

»Ehrlich?«, unterbrach Jule seinen wütenden Redefluss. »Du hast zugeschaut?«

»Nein.« Sein zorniger Gesichtsausdruck verschwand. Für einen kurzen Moment ahnte Jule, dass er sich bemühte, ein Grinsen zu unterdrücken. Offensichtlich wirkte der Alkohol auch bei ihm.

»Das war bildlich gesprochen.«

»Da bin ich ja beruhigt.« Sie seufzte. »Aber glaub nicht, dass nur du es schwer hast! Schau dir doch mal meinen Alltag näher an. Ich lebe mit zwei Frauen zusammen, deren Stimmungsschwankungen ein mittelschweres Erdbeben auslösen könnten. Außerdem haben beide in letzter Zeit damit begonnen, mit sich selbst zu sprechen, und ich habe furchtbare Angst, dass sich das vererbt.«

Ihr Scherz hatte den gewünschten Erfolg. Jan lachte zum zweiten Mal an diesem Tag sein heiseres Lachen.

»Aber im Gegensatz zu mir hast du einen Plan«, stellte er

fest. »Du wirst studieren, einen tollen Job bekommen und dir nebenbei noch den richtigen Mann fürs Leben angeln. Oder vielleicht hast du das ja auch schon getan. Dein Förster scheint zumindest nicht abgeneigt zu sein …«

Jule stöhnte auf.

Phillip!

An den hatte sie in der letzten Stunde gar nicht mehr gedacht. Doch sosehr sie sich jetzt auch bemühte, es gelang ihr nicht, sein Bild länger in ihren Gedanken festzuhalten. Stattdessen richtete sich ihre Aufmerksamkeit ganz von selbst wieder auf Jan.

»Du hast doch neuerdings auch einen Plan. Du willst eine Schreinerlehre machen.«

Er zögerte. »Das ist die erste Entscheidung seit langem, die ich selbst getroffen habe«, gab er schließlich widerstrebend zu. »Und es fühlt sich echt gut an.«

»Die Arbeit mit den alten Möbeln macht dir großen Spaß, nicht wahr? Das sieht man, du machst das super.«

Verlegen fuhr sich Jan durch seine Haare. Eine Geste, die schon wieder irgendetwas in Jule rührte.

»Sag das mal meinem Vater!«

»Soll ich?«

»Er wird dir nicht zuhören. Er glaubt, er weiß besser, was gut für mich ist.«

»Na ja, er ist immerhin dein Vater und sorgt sich um dich.«

»Ich bin ihm lästig. Genaugenommen bin ich allen lästig. Meine Mutter hat mich zu meinem Vater abgeschoben, und der will mich jetzt im Finanzamt unterbringen, damit ich versorgt bin. Hauptsache, er ist mich los.«

»Du siehst das ganz falsch. Er liebt dich«, beharrte Jule.

Jan stieß ein verächtliches Schnauben aus. »Dann hat er eine merkwürdige Art, seine Liebe zu zeigen.«

»Weißt du, was ich allmählich glaube? Ich glaube, du gefällst dir in der Rolle des rebellischen Typen und findest dich selbst unglaublich cool. Du willst einfach nicht wahrhaben, dass du liebenswert bist und die Leute sich Gedanken um dich machen.«

Er warf ihr einen schnellen Blick zu. »Du findest mich liebenswert?«

»Nun ja … äh …« Ganz plötzlich empfand sie eine gewisse Scheu ihm gegenüber. Und noch ein anderes Gefühl, das sie nicht sofort benennen konnte. »Manchmal. Also nicht … nicht immer.«

Das komische Gefühl verstärkte sich. Mitleid! Es musste Mitleid sein, sagte sie sich.

»Wann zum Beispiel?« Er blickte ihr forschend in die Augen.

»Wann was?«

»Wann findest du mich liebenswürdig?«

Jule schluckte.

Mitleid fühlte sich eindeutig anders an. Was war nur auf einmal mit ihr los?

»O Gott, ich glaube, ich bin betrunken!«, stieß sie hervor. Anders ließ sich ihre Verwirrung nicht erklären.

Auf jeden Fall war es höchste Zeit für einen Themenwechsel.

Jan schien das ähnlich zu sehen. Er nickte bedächtig. »Dann sollten wir etwas essen«, murmelte er. »Wir haben ja kaum etwas im Magen.«

Hektisch sah sie sich um. »Mein Rucksack steht noch auf der Wiese«, plapperte sie drauflos. »Ich habe ziemlich viel dabei. Baguette, Salami, Eier, Oliven und so weiter.«

»Klingt lecker.« Jan verstaute die leere Flasche und die Gläser in seinem Rucksack. »Dann lass uns runterklettern.«

»Aber wie?« Zweifelnd beäugte Jule den Weg nach unten. Auch ohne drei Gläser Champagner hätte ihr die Aussicht Angst gemacht.

»Ich zeige dir, wie es geht.« Jan schulterte seinen Rucksack und tastete sich langsam am Baumstamm entlang nach unten, doch auch seine Bewegungen wirkten längst nicht mehr so sicher und vertrauenerweckend wie zuvor. Plötzlich knackte ein Zweig, er schrie auf und lag gleich darauf bäuchlings auf dem Waldboden.

»Jan?«, rief Jule ängstlich. »Ist dir was passiert?«

»Nein.« Mühsam rappelte er sich auf und legte seinen Rucksack zur Seite. »Zum Glück ist das Moos hier total weich. Du solltest auch springen.«

»Von hier oben? Bist du wahnsinnig?«

»Ja. Ich dachte, das hätten wir vorhin geklärt.«

»Sehr witzig.«

Verzweifelt suchte Jule nach Astgabeln, an denen sie sich hinunterhangeln konnte. Aber sie fand keine.

»Was ist jetzt?«, wollte Jan wissen. »Traust du dich, oder muss ich hochkommen und dich holen?«

»Nee, lieber nicht.«

»Dann spring endlich!«

Jule holte tief Luft.

Sie schloss die Augen, sprang und landete gleich darauf sicher in seinen Armen. Wie er vorausgesagt hatte, dämpfte das Moos die Wucht des Sprungs, doch offensichtlich hatte Jan die Kraft der Bewegung unterschätzt. Er strauchelte, fiel rückwärts und zog sie mit sich.

»Ups«, machte Jule.

»Ja, ups«, entgegnete er grinsend.

Jule lag so dicht neben ihm, dass sie genau sehen konnte, wie sehr dieses Lächeln sein Gesicht veränderte. Fasziniert beobachtete sie, wie seine Züge weicher wurden, seine Augen plötzlich zu strahlen begannen, und seine Lippen … seine Lippen glänzten verführerisch.

Ohne weiter darüber nachzudenken, senkte sie ihren Mund auf seinen. Er schmeckte nach Champagner und Zigaretten – eine Mischung, die ihr überraschenderweise gut gefiel. Seine Bartstoppeln kratzten an ihrer Wange. Sie rutschte noch ein Stück näher an ihn heran und registrierte dabei flüchtig, dass sie jetzt auf ihm lag. Sein Körper war längst nicht so hager und knochig, wie sie es erwartet hatte, sondern fest und muskulös.

Und außerdem sehr einladend.

Ungestüm presste sie ihre Lippen noch dichter auf seine.

Und Jan?

Er unternahm nicht den leisesten Versuch, das Ganze zu beenden. Stattdessen schlang er seine Arme um sie und zog sie fester an sich.

»Na, das nenne ich ja mal eine überraschende Wendung der Dinge«, murmelte er durch die Lippen.

Jule verschloss seinen Mund mit einem weiteren Kuss. Ihre Hände glitten unter sein T-Shirt und fuhren an seinen Rippen entlang. Sie fühlte warme, weiche Haut – und ein Zittern, das durch seinen Körper lief.

Ihr Herz klopfte wie wild, als er mit ungeduldigen Bewegungen begann, die Knöpfe ihrer Bluse zu öffnen. Seine Finger waren rissig und schwielig, vermutlich von der vielen Arbeit der letzten Tage.

Doch das war ihr egal.

Sie hatte nur noch den Wunsch, ihm so nahe wie möglich zu sein. Alles, was sie jetzt spüren wollte, waren Lippen, Hände, Haut, Atem und Wärme.

Denken war in diesem Moment überflüssig.

Aufhören unmöglich.

17

»Da bist du ja endlich«, stellte Christine drei Stunden später erleichtert fest, als Jule in die Küche gestürmt kam.

Ihre Tochter wirkte gehetzt, die Haare waren zerzaust, und ihre Kleidung wies dunkle Moosflecken auf.

»Wo warst du so lange?«

»Ich bin auf der Wiese eingeschlafen.« Jule drängte sich an ihr vorbei Richtung Badezimmer.

»Phillip hat schon zweimal angerufen. Ich soll dir ausrichten, dass er es rechtzeitig zum Kaffeetrinken schafft.«

Unvermittelt blieb Jule stehen.

»Was ist los?« Fürsorglich legte Christine einen Arm um das Mädchen.

»Nichts.« Jule wand sich aus der Umarmung. »Gar nichts. Alles bestens!« Mit diesen Worten verschwand sie im Bad.

Nachdenklich starrte Christine ihr hinterher.

Nichts war gut, geschweige denn bestens, das spürte sie. Doch leider blieb ihr keine Zeit, länger über das seltsame Verhalten ihrer Tochter nachzudenken, denn in diesem Moment trafen die Gäste ein.

Als Erstes fuhr natürlich Hildegard mit ihren selbstgebackenen Kuchen vor.

»Wie schön!«, lobte sie, als sie den liebevoll dekorierten Gartentisch sah: ein helles Tischtuch, eine rote Mitteldecke, schlichtes weißes Porzellan, farblich dazu passende Servietten und mehrere Kerzen in Herzform.

»Und da kommen auch schon die Blumen!«

Sie deutete auf Phillip, der mit einem riesigen Strauß wilder Margeriten über die Wiese gelaufen kam. Gleich darauf tauchte Helga im Garten auf. Sie war barfuß und trug ein wallendes, langes Sommerkleid mit farbenfrohem Batikmuster.

Dann erschienen Norbert und Olli. Zur Feier des Tages hatte Norbert sich rasiert und ein frisches weißes Hemd angezogen. Olli brachte eine knallbunte Pralinenschachtel und einen rosaroten Luftballon mit, auf dem in Glitzerschrift *Happy Birthday!* stand.

»So, dann fehlt jetzt wohl nur noch das Geburtstagskind«, sagte Hildegard, als Christine Phillips Blumen in einer Vase mitten auf dem Kaffeetisch abgestellt hatte.

»Und Jan«, ergänzte Olli.

Christine nickte. »Richtig. Wo ist er überhaupt?«

»Hier«, kam es aus dem hinteren Teil des Gartens.

Jan nahm einen letzten Zug von seiner Zigarette, trat diese sorgfältig am Boden aus, warf den Stummel in einen leeren Blumentopf und kam dann mit betont lässigen Schritten zum Tisch.

Doch irgendetwas stimmte nicht.

Christine nahm ihm diese gespielte Lockerheit nicht ab, dazu kannte sie ihn inzwischen zu gut. Unter seiner lässigen Fassade wirkte er angespannt und nervös, gleichzeitig strahlte er aber auch eine völlig ungewohnte Zufriedenheit aus.

Wie passte das zusammen?

»Und da ist ja auch die Hauptperson des heutigen Tages!«, rief Hildegard und stimmte ein Geburtstagslied an.

Jule, die gerade aus der Haustür getreten war, blieb auf der obersten Treppenstufe stehen. Sie hatte sich gewaschen und umgezogen. Statt Jeans und Bluse trug sie jetzt ein ärmelloses hellbraunes Kleid. Ihre Haare hatte sie zu einem Zopf gebunden. Mit großen Augen musterte sie ihre Gäste und versuchte ein fröhliches Lächeln.

Es misslang ihr.

Aber nur Christine schien das zu bemerken.

Fürsorglich rückte sie ihren Stuhl ein Stück zur Seite, damit Jule sich zu Phillip setzen konnte. Egal, was los war – neben ihm würde sich die Laune ihrer Tochter vermutlich am schnellsten wieder bessern.

Der junge Mann erhob sich und umarmte seine Freundin zärtlich.

»Herzlichen Glückwunsch, mein Bärchen!«, flüsterte er für alle gut hörbar in ihr Ohr.

Jule schmiegte sich in seine Arme und schloss für einen Moment die Augen. Allerdings war ihr keine Ruhe vergönnt, denn jetzt wollten auch die anderen Gäste gratulieren. Widerwillig löste sie sich von Phillip.

»Und nun gibt es Kuchen!«, verkündete Hildegard, nachdem sich alle gesetzt hatten. Mit konzentrierter Miene schnitt sie die Schwarzwälder Kirschtorte an.

»Zuerst das Geburtstagskind.« Jule bekam ein extra großes Stück auf ihren Teller gelegt.

»Und jetzt die Mama! Die war ja schließlich auch beteiligt an diesem Tag, nicht wahr?« Hildegard blinzelte Christine zu.

Dann wandte sie sich an Norbert. »Du nimmst doch auch ein Stück Torte, oder? Die ist mit viel Liebe gebacken.«

Helga kommentierte diese letzte Bemerkung mit einem verächtlichen Blick und hielt abwehrend die Hand über ihren Kuchenteller, als die Reihe an sie kam. »Lieber nicht. Das ist zu viel Sahne.«

»Hast du Angst wegen der Kalorien?«, erkundigte sich Hildegard. »Das kann ich verstehen. Wenn die vielen kleinen Speckröllchen erst mal da sind, kriegt man sie schwer wieder weg.«

Vermutlich hatte sie ihre Bemerkung freundlich gemeint, doch Helga machte sofort ein beleidigtes Gesicht.

»Ich mag meine Figur so, wie sie ist«, zischte sie. »Aber ich bin lieber vorsichtig wegen des Wetters. Man weiß ja nie, ob die Sahne nicht schon schlecht geworden ist. Ich nehme lieber Käsekuchen, da kann man nicht viel falsch machen.«

»Das ist ein altes Familienrezept, das ich schon seit Jahrzehnten backe«, erklärte Hildegard, nun ebenfalls verärgert. »Und ich habe noch nie etwas falsch gemacht.«

»Das habe ich doch auch gar nicht behauptet«, entgegnete Helga mit unschuldigem Augenaufschlag.

Christine hielt die Zeit für gekommen, sich einzumischen. »Ich bin sicher, die Kuchen schmecken beide gut. Haben jetzt alle etwas zu essen?«, fragte sie und blickte prüfend in die Runde. »Gut, dann lasst es euch schmecken!«

Die Schwarzwälder Kirschtorte war Hildegard tatsächlich perfekt gelungen.

Der zarte Schokoladenbiskuit war mit genau der richtigen Menge Alkohol getränkt, die Kirschfüllung schmeckte fruchtig und die Sahne schaumig. Genussvoll ließ Christine sich Stück für Stück auf ihrer Zunge zergehen und lauschte dabei träge der Unterhaltung am Tisch.

Die meiste Zeit redeten Hildegard, Olli und Norbert. Helga allerdings hielt sich zurück.

Das war merkwürdig.

Sonst war ihre Mutter immer gern der gesellige Mittelpunkt bei Tisch, heute aber begnügte sie sich damit, ab und zu eine spitze Bemerkung gegen die Postbotin loszulassen.

Was sollte das?

»Möchtest du noch einen Kaffee, Christine?«, fragte Hildegard.

»Nein danke! Mehr als zwei Tassen verträgt sie am Nachmittag nicht«, antwortete Helga an ihrer Stelle. »Sonst kann sie nachts nicht schlafen.«

»Das lass mal meine Sorge sein.« Christine schob ihre Tasse zu Hildegard. »Ich nehme gern noch einen Kaffee.«

Sie warf ihrer Mutter einen warnenden Blick zu. Diese verschränkte die Arme vor der Brust und presste verstimmt die Lippen zusammen.

Christines Augen wanderten weiter zu Jan. Noch so ein unerfreulicher Anblick! Der Junge beteiligte sich überhaupt nicht am Gespräch, sondern starrte nur mit abwesendem Gesichtsausdruck vor sich hin.

Schade. Er war in den letzten Wochen regelrecht aufgeblüht. Es musste wohl an der Anwesenheit seines Vaters liegen, dass er sich jetzt wieder völlig verschlossen hatte.

Auch Phillip und Jule redeten kaum. Phillip reagierte gelegentlich auf eine scherzhafte Bemerkung seiner Tante, ansonsten schien es ihm aber völlig zu genügen, Arm in Arm mit Jule dazusitzen. Bei ihm hatte Christine auch nichts anderes als Zurückhaltung erwartet.

Die Einsilbigkeit ihrer Tochter überraschte sie allerdings, schließlich war das hier *ihre* Geburtstagsfeier. Heute Morgen war Jule doch noch so vergnügt und tatendurstig gewesen! Sie war frisch verliebt und konnte diesen Tag mit ihrem neuen Freund begehen. Eigentlich musste sie das doch glücklich stimmen. Doch statt wie sonst intelligente und humorvolle Kommentare von sich zu geben, saß das Mädchen nur da und schaufelte Unmengen von Kuchen in sich hinein. Ein gekünsteltes Lächeln hatte sich auf ihrem Gesicht festgesetzt.

Christine seufzte.

Ihre Tochter war unglücklich, daran gab es keinen Zweifel.

Was war bloß los?

Verstohlen nahm sich Helga noch ein Stück Käsekuchen und hoffte, dass es niemand merkte.

Eines musste man Hildegard lassen: Backen konnte sie. Der knusprige Mürbeteigboden hatte die ideale Konsistenz, und die goldgelbe Quarkmasse war locker aufgeschlagen und schmeckte himmlisch gut nach Vanille und einem Hauch Zitrone.

Dennoch bemühte sich Helga nach Kräften, sich ihre Begeisterung nicht ansehen zu lassen. Sonst bildete sich Hildegard noch wer weiß was ein! Diese Person drängte sich sowieso schon viel zu sehr in den Vordergrund.

Zucker, Milch oder noch ein Stück Torte? Hildegard kümmerte sich um alles und hatte schnell die Rolle der Gastgeberin übernommen. Unablässig verteilte sie Kaffee und Kuchen, scherzte mit ihrem Neffen und verwickelte Olli charmant in ein Gespräch über den öffentlichen Dienst.

Helga versuchte nach Kräften, sich an der Unterhaltung zu beteiligen. Leider jedoch hatte sie überhaupt keine Ahnung, wie es bei Behörden und Ämtern zuging, deshalb beschränkten sich ihre Beiträge auf wenige belanglose Sätze. Schnell wurde es ihr langweilig, und sie warf ihrer Tochter einen auffordernden Blick zu.

Wieso schritt Christine nicht ein? Merkte sie nicht, dass Hildegard alles an sich riss?

Nein, anscheinend nicht.

Ihre Tochter saß schweigend vor ihrem Kuchenteller und schaute gedankenverloren in die Runde. Genaugenommen beobachtete sie gerade eigentlich nur eine Person, nämlich Jule, und ihr Gesichtsausdruck verriet Unverständnis und Sorge.

Helga runzelte die Stirn.

Was sollte *das* denn jetzt schon wieder? Worüber machte sich Christine Gedanken?

Bei Jule war doch alles in Ordnung! Sogar mehr als das, wenn sie sich den jungen Mann an der Seite ihrer Enkelin ansah, der seinen Arm so liebevoll um ihre Schultern gelegt hatte. Das Mädchen konnte sich glücklich schätzen, und genau das tat sie sicherlich auch. Gerade jetzt zum Beispiel schaute sie auf, vermutlich, um Phillip einen verliebten Blick zuzuwerfen.

Doch nein!

Sie starrte an Phillip vorbei Richtung Jan – ruhelos, nervös, ja fast ängstlich.

Phillip sagte etwas zu ihr. Jule zuckte zusammen und richtete ihre Aufmerksamkeit wieder auf ihren Freund. Liebevoll strich Phillip ihr die Haare zurück und flüsterte ihr etwas ins Ohr. Jule senkte den Blick, ihr Lächeln wirkte schuldbewusst und unecht.

Oder bildete sich Helga das nur ein?

Hatte sie vielleicht heute zu viel Sonne abbekommen? Ja, das musste es sein.

Das – und der fehlende Schlaf in der letzten Nacht.

Sie beschloss, nicht länger über das merkwürdige Verhalten ihrer Enkelin nachzudenken. Vermutlich sah sie tatsächlich Gespenster. Und während sie hier saß und grübelte, spielte sich Hildegard immer weiter in den Vordergrund.

Es war an der Zeit, das langweilige Gespräch in eine andere Richtung zu lenken und ein paar Dinge geradezurücken!

Jule tat mechanisch das, was von ihr erwartet wurde.

Mit der Gabel stach sie einzelne Happen von der Torte ab, führte das Besteck zum Mund, kaute sorgfältig darauf herum und schluckte das Gebäck dann hinunter. Sie lächelte teilnahmslos und hoffte, dass es keiner bemerkte. Sie gab vor, dem Gespräch zu lauschen, obwohl es sie in Wirklichkeit gar nicht interessierte. Sie duldete Phillips Zärtlichkeiten und wäre vor lauter schlechtem Gewissen ihm gegenüber am liebsten im Boden versunken.

Die Berührung seiner Hand auf ihren Schultern hatte etwas Beruhigendes und Vertrautes. Trotzdem glaubte sie, an den Stellen, wo sie seine Haut spüren konnte, zu verbrennen. Es war ein schlimmer, stechender Schmerz. Kein leidenschaftliches Feuer, wie sie es noch vor kurzem erlebt hatte … Für diesen Gedanken schämte sie sich gleich darauf furchtbar und wusste nicht, wohin mit ihrem Blick.

Doch, eigentlich wusste sie es.

Verstohlen schaute sie zu Jan hinüber.

Er hatte noch kein einziges Wort gesagt, seit sie ihn auf der Wiese hatte stehen lassen. Würde er weiter schweigen? Sie konnte es nur hoffen. Sicherlich wusste auch er, dass die Sache, die vorhin passiert war, ein schrecklicher Fehler war.

Sie hatte Phillip erwartet und Jan bekommen, so einfach ließ sich das zusammenfassen. Und sie durfte noch nicht einmal den beiden Jungs die Schuld dafür geben. Phillip konnte schließlich nichts daran ändern, dass er länger arbeiten musste. Und Jan hatte sie in keinster Weise verführen wollen, die Initiative war ganz allein von ihr ausgegangen.

Sie hatte diesen Fehler begangen.

Vielleicht ein wenig beschwipst, aber dennoch aus freien Stücken. Und jetzt wurde sie von schrecklichen Schuldgefühlen geplagt …

»Dir scheint es heute aber gut zu schmecken!« Phillip grinste. »Das war schon dein drittes Stück Torte.«

»Hm?« Sie zwang sich erneut zu einem Lächeln, von dem sie hoffte, dass es echt wirkte.

»Du hast gerade das dritte Stück Torte gegessen«, wiederholte er amüsiert.

Jule versuchte, ihre Beklommenheit mit einem Scherz zu überspielen. »Tja, ich bin eben unersättlich.«

»Das will ich hoffen!«, flüsterte er ihr ins Ohr.

Jule blickte zu Boden.

Ihr war auf einmal schrecklich übel.

»Was haltet ihr davon, wenn wir im Herbst einen Familienausflug nach Paris machen?«, schaltete sich Helga mit plötzlichem Elan in die Unterhaltung bei Tisch ein und schaute Christine und Jule fragend an. »Nur wir drei.«

»Oh, Paris! Da möchte ich auch gern mal hin«, sagte Hildegard.

»Dann solltest du dir Reiseprospekte besorgen, meine Liebe«, gab Helga mit zuckersüßer Miene zurück. »Es gibt viele Anbieter für Single-Reisen.«

Christine warf ihrer Mutter einen misstrauischen Blick zu. »Wir drei in Paris? Das hat nicht ganz zufällig etwas mit Lexis Wohnung zu tun?«

»Doch, deshalb komme ich ja drauf. Ich stelle es mir toll vor, die Stadt gemeinsam mit euch beiden zu erkunden.«

»Aber du sprichst doch kein Wort Französisch.«

»Du auch nicht.«

»Ich kann Französisch!«, rief Hildegard.

»Wie schön für dich. Aber wir können dich leider nicht mitnehmen, die Wohnung ist zu klein. Man muss sich dort ziemlich arrangieren, das geht nur, wenn man sehr vertraut miteinander ist.«

»Mama!«, warnte Christine mit leiser Stimme.

Gott sei Dank schaltete sich jetzt auch Olli ein. »Willst du Lexis Apartment behalten?«, erkundigte er sich bei Christine.

»Ja, ich denke schon, wenn auch nicht für mich. Aber vielleicht will Jule mal länger dort leben.«

»Hm?« Die Angesprochene fuhr hoch.

»Deine Mutter macht gerade Zukunftspläne für dich«, erklärte Hildegard. Ihr Blick fiel auf Phillip. »Oder sollte ich sagen *für euch*? Paris ist immerhin die Stadt der Liebe …«

Jules Gesicht färbte sich dunkelrot. Aber noch bevor sie etwas sagen konnte, erhob sich Jan.

»Ich geh mal eine rauchen.«

Als er um die Ecke verschwunden war, beugte sich Olli zu Christine hinüber. »Er hat bisher noch so gut wie nichts gesagt, ist dir das aufgefallen?«

»Er redet nie viel.«

»Trotzdem! Ich wette, er grübelt über seinen Entschluss nach. Vielleicht ist er sich doch nicht so sicher, wie er behauptet. Bitte, Tinchen, du musst mit ihm reden, nur einmal! Bei mir stellt er sich völlig stur.«

»Wieso datt denn?«, fragte Norbert. »Der Junge will Schreiner werden, datt hat er doch selbst gesacht.«

»Das sehe ich auch so.« Bedauernd schüttelte Christine den Kopf. »Ich halte mich da raus. Er hat sich entschieden, und ich habe nicht vor, ihn umzustimmen.«

Olli seufzte. »Ich will doch nur, dass er noch einmal gut darüber nachdenkt und diese ganze Schreinergeschichte nicht nur aus einer Laune heraus anfängt. Wenn ich die Stelle im Finanzamt absage, bekommt er dort keine zweite Chance, so viel ist sicher.«

»Soll ich mal mit ihm reden?« Phillip machte Anstalten, sich zu erheben. »Ich bin neutral.«

»Nein!« Jule sprang so heftig auf, dass ihr Stuhl nach hinten kippte. Auf ihren Wangen brannten hektische Flecken. »Ich mache das. Ich kenne ihn besser als du!« Und schon stürmte sie davon.

Sie fand Jan vor der Scheune. Er hatte sich auf einen Melkschemel gesetzt, die Beine ausgestreckt und seinen Rücken an das Scheunentor gelehnt.

»Was willst du denn hier?«, knurrte er, als er Jule kommen sah.

»Reden.« Sie stellte sich vor ihn, achtete aber darauf, dass ein gewisser Abstand zwischen ihnen blieb.

»Worüber?«

»Über …« Sie stockte und vergewisserte sich, dass ihr niemand gefolgt war. »Über vorhin«, sagte sie schließlich. »Es tut mir alles so schrecklich leid.«

»Was tut dir leid?«

»Dass ich … wir … miteinander … du weißt schon …«

»Wieso? War es so schlimm für dich?«

»Ja.«

Jule biss sich auf die Lippen. Die Antwort war zu schnell

gekommen und klang wie eingeübt. Nur zwei Buchstaben – und gleichzeitig eine der größten Lügen, die sie je ausgesprochen hatte.

»Tja, wenn du das so siehst, dann tut es mir auch leid.« Jan zog eine Packung Zigaretten aus seiner Hosentasche.

»Ich muss mich entschuldigen, nicht du! Ich hätte das gar nicht anfangen dürfen. Und dann ... also, äh ... danach, nach dem Aufwachen, hätte ich nicht einfach weglaufen sollen, sondern mit dir reden müssen.«

»Wieso? Deine Botschaft war doch eindeutig.« Jan zündete sich eine Zigarette an und nahm einen tiefen Zug. »Ich mag zwar nicht so intelligent sein wie du, aber wenn jemand ›Verdammte Scheiße! Was habe ich getan?‹ brüllt und davonrennt, dann ist selbst mir klar, was los ist.«

Jule nickte, aber sie sagte nichts. Was sollte sie auch darauf erwidern?

Sie hätte ihm jetzt gestehen können, dass sie, nachdem sie ihren Rausch ausgeschlafen hatte, schon eine ganze Weile wach gewesen war, bevor sie diesen Schrei von sich gegeben hatte. Dass es sich wunderschön angefühlt hatte, in seinen Armen zu liegen, noch immer umhüllt von seiner Wärme, mit dem Kopf auf seiner Brust und seinem Herzschlag in ihrem Ohr. Dass sie ihn beim Schlafen beobachtet hatte und ihr bewusst geworden war, wie jung und verletzlich er aussah. Und dass ihr schlechtes Gewissen erst viel später eingesetzt hatte.

Doch sie schwieg.

Denn welchen Sinn hatte es, alles noch komplizierter zu machen, als es ohnehin schon war?

»Das war eine einmalige Sache«, teilte sie ihm stattdessen mit. »Das wird sich niemals wiederholen, hörst du?«

Er nickte.

»Phillip darf nichts davon erfahren.«

»Kannst du das mit deinem Gewissen vereinbaren?«

»Ich denke schon«, murmelte Jule, obwohl sie keineswegs davon überzeugt war. »Man muss sich nur mal die Tatsachen vor Augen halten«, redete sie sich selbst Mut zu. »Eigentlich habe ich ihn nämlich gar nicht betrogen. Rein technisch betrachtet sind wir noch gar kein richtiges Paar …« Sie brach ab, weil ihr bewusst wurde, was sie Jan da gerade gestanden hatte.

Über sein Gesicht ging ein trauriges Lächeln. »Du brauchst keine Angst zu haben, ich werde ihm nichts sagen.«

»Danke!«

»… und am Sonntag bin ich sowieso weg.«

»Wo willst du denn hin?«

»Nach Hause. Zur Schule. Ins Finanzamt. In ein geordnetes, langweiliges Leben. Such dir aus, was davon dir am besten gefällt.«

»Das mit dem Finanzamt ist doch hoffentlich nicht dein Ernst, oder?« Sie vergaß ihren selbstgewählten Sicherheitsabstand und machte einen Schritt auf ihn zu.

»Doch, das ist mein voller Ernst.« Er erhob sich und drückte seine Zigarette aus. »Am Sonntag werde ich mit meinem Vater nach Hause fahren.«

»Aber was ist mit der Arbeit hier? Mit Norbert? Und mit deiner Schreinerlehre?«

»Mit dem Rest der Möbel wird Norbert auch allein fertig. Und was die Lehre betrifft … Das hat doch alles gar keinen Zweck mehr.«

»Wieso nicht?«

»Weil es nicht funktionieren wird. Das ist immer so bei mir. Ich kriege einfach nichts Sinnvolles zustande.«

»Doch!« Wütend stampfte Jule mit dem Fuß auf. »Du

musst das durchziehen. Norbert kann dir so viel beibringen. Du musst noch hierbleiben.«

»Und das sagst ausgerechnet du!« Auch Jan war jetzt laut geworden. »Dabei bin ich dir doch im Grunde nur im Weg, oder etwa nicht? Jedes Mal, wenn du mich siehst, wird sich dein schlechtes Gewissen melden.«

Spontan griff Jule nach Jans Hand. »Du brauchst nicht abzuhauen, nicht wegen mir. Ich kriege das schon irgendwie geregelt.«

»Was du nicht sagst!« Zornig schüttelte Jan ihre Hand ab. »Dann bist du entweder viel gefühlloser, als ich dachte, oder du bist eine verdammt gute Schauspielerin. Und beides möchte ich mir nicht länger mit ansehen müssen.« Mit diesen Worten ließ er sie stehen und ging zurück in den Garten.

Fassungslos sank Jule auf den Schemel.

Das hatte sie ja super hingekriegt! Jetzt hatte sie nicht nur Phillip hintergangen, sondern auch Jan enttäuscht und – was noch schlimmer war – ihn zu einer Entscheidung getrieben, die er später sicherlich bitter bereuen würde.

Und da hieß es immer, die Liebe sei einfach.

Von wegen!

Doch es half nichts, da musste sie jetzt wohl durch. Und je eher sie sich den Schwierigkeiten stellte, umso schneller konnte sie Ordnung ins Chaos bringen.

Ordnung war schließlich ihre Stärke.

Aber zuerst musste sie diesen Tag überstehen. Und – was noch viel schwieriger werden würde – den Abend mit Phillip. Eigentlich hatte er sie zum Essen einladen wollen, doch nach trauter Zweisamkeit war Jule gerade nicht zumute. Nicht nach dem Erlebnis vom Mittag … Ach, verdammt! Sie brauchte unbedingt Ruhe und Zeit zum Nachdenken.

»Jule?« Das war die Stimme ihrer Mutter. »Wo bleibst du?«

Jule stöhnte.

Das Nachdenken musste warten.

»Ich komme!« Sie erhob sich und schlenderte langsam zum Kaffeetisch zurück.

Dort wurde sie bereits ungeduldig erwartet.

Offensichtlich hatte Jan gerade verkündet, dass er seine Meinung bezüglich der Berufswahl geändert hatte, denn Olli drückte Jules Hand und versicherte ihr aufgeregt, wie dankbar er ihr sei. Phillip lächelte anerkennend. Christine wirkte verwirrt, aber auch irgendwie erleichtert. Hildegard fragte, ob sie noch ein Stück Torte haben wollte. Oma Helga lehnte das in ihrem Namen ab, da sie fand, dass Jule schon zu viel Kuchen gegessen hatte. Nur Norbert nahm kaum Notiz von ihr, er schüttelte den Kopf und starrte nachdenklich vor sich hin.

Und Jan selbst?

Der saß am Tisch und hatte wieder seine gelangweilte, unnahbare Miene aufgesetzt. Er verhielt sich so, als hätte es die letzten zwei Wochen gar nicht gegeben. Einsilbig beantwortete er die Fragen seines Vaters, vermied es jedoch, Norbert anzusehen.

Wut stieg in Jule auf.

Da war er also wieder, der coole, unnahbare Kotzbrocken, der allen Schwierigkeiten aus dem Weg ging. Wie konnte jemand nur so stur und unbelehrbar sein?

Aber bitte, wenn er wollte – *seine* Zukunft war nicht *ihr* Problem. Sie musste jetzt erst einmal ihr eigenes Leben wieder auf die Reihe kriegen.

18

»Auf unser Julchen!«

Christine prostete dem großen Porträtfoto von Lexi zu, das sie auf die leere Staffelei gestellt hatte.

Sie saß mit einem Glas Rotwein auf der Matratze am Boden, die Beine in eine Wolldecke gewickelt und mit dem Rücken gegen mehrere Kissen gelehnt. Eine kleine Leselampe tauchte das Dachgeschoss in warmes Licht, und ein paar Kerzen sorgten zusätzlich für behagliche Stimmung.

Am Abend hatte es zu regnen begonnen, und auch jetzt noch, um kurz vor zehn, peitschten unablässig Regentropfen gegen die Fensterscheiben. Ab und zu blitzte es, gleich danach war Donnergrollen zu hören.

Erneut hob Christine ihr Glas.

»Unser kleines Mädchen ist jetzt schon zwanzig Jahre alt geworden. Unglaublich, oder? Das war der erste Geburtstag, an dem du nicht bei uns sein konntest.«

Als Patentante hatte Lexi immer darauf geachtet, jeden Geburtstag mit Jule verbringen zu können. Sie war sogar schon am Tag von Jules Geburt dabei gewesen, wenn auch nicht ganz freiwillig.

Damals war sie eigentlich nur auf der Durchreise gewesen und hatte kurz bei Christine vorbeischauen wollen. Doch dann, mitten im schönsten Gespräch und zwei Wochen zu früh, war Christines Fruchtblase geplatzt, und Lexi hatte sie ins Krankenhaus gefahren. Es war Ehrensache, dass sie blieb und sogar mit in den Kreißsaal kam, denn Adrian war für mehrere Tage geschäftlich unterwegs und hatte deshalb erst spät am Abend im Krankenhaus sein können. Da war Jule bereits acht Stunden auf der Welt und hatte die meiste Zeit ihres jungen Lebens friedlich schlafend auf dem Arm ihrer zukünftigen Patentante verbracht.

»Jule und du, ihr hattet von Anfang an ein ganz besonders enges Verhältnis«, sinnierte Christine und warf dem Foto von Lexi einen wehmütigen Blick zu. »Du warst eher wie eine große Schwester für sie.«

Sie genehmigte sich einen weiteren Schluck Wein.

»Ich wünschte, du wärst heute dabei gewesen«, fuhr sie fort. »Du hättest mir helfen können. Die Stimmung am Kaffeetisch war nämlich irgendwie seltsam. Jule hat fast nichts gesagt, und meine Mutter auch nur dann, wenn sie Hildegard beleidigen konnte. Ich habe keine Ahnung, was das sollte. Ist sie am Ende vielleicht eifersüchtig?«

Sie stutzte. Dieser Gedanke war gar nicht mal so abwegig. Helga neigte zu besitzergreifendem Verhalten.

»Na ja, egal, was es ist – irgendwann werde ich es sowieso zu hören bekommen. Vermutlich als Vorwurf, das macht sie immer so. Ich muss also nur abwarten.«

Ein heller Blitz leuchtete auf, gefolgt von lautem Donnergrollen. Christine fröstelte und zog sich die Decke noch ein wenig fester um die Beine.

»Wenigstens auf Jan und Olli war Verlass, die haben zuverlässig das dargeboten, was sie immer zeigen: ein verkorkstes Vater-Sohn-Verhältnis. Wobei mich der Junge wirklich enttäuscht hat. Ich dachte, er meint es ernst mit seiner Schreinerlehre.«

Nachdenklich schwenkte sie ihr Glas hin und her.

»Norbert war schrecklich geknickt, und ich hatte leider bislang keine Gelegenheit, mit ihm darüber in Ruhe zu sprechen. Das Wetter hat uns nämlich heute unseren Sonnenuntergang verhagelt.«

Erneut prostete sie ihrer Freundin zu.

»Du siehst also, das war nicht gerade eine lustige Geburtstagsfeier, insofern hast du nichts verpasst. Außer vielleicht Jules Freund Phillip. Der hätte dir garantiert auch gefallen, meinst du nicht?«

Fragend sah sie das Foto an. Aber Lexi blieb stumm. Sie lächelte weiterhin ihr bezauberndes, herzerwärmendes Lächeln, das auf ewig auf diesem Bild festgehalten sein würde.

Natürlich konnte sie nicht antworten.

Sie würde das nie wieder tun können.

Schließlich war sie tot.

Christine schluckte. Das Gefühl des Vermissens und der Sehnsucht überrollte sie wie eine große Welle.

Wenn Lexi noch leben würde, hätten sie beide heute Abend vermutlich ebenfalls hier oben gesessen und über den vergangenen Tag geredet. Lexi hätte zu jedem Gast etwas zu sagen gehabt, sie war stets eine gute Beobachterin gewesen. Wahrscheinlich wäre sie schon längst dahintergekommen, was mit Jule los war. Oder warum Helga schmollte und Jan seine Pläne schon wieder geändert hatte.

Tränen traten in Christines Augen.

»Ach, verdammt! Warum bist du nicht mehr da und kannst mich unterstützen?«

Mit einer fahrigen Geste wischte sie sich über das Gesicht.

»Schon gut! Es bringt nichts, dich zu beschuldigen. Im Grunde habe ich akzeptiert, dass du nicht zurückkommen wirst. Trotzdem ... Du fehlst mir so sehr, jeden Tag aufs Neue. Die Wunde in meinem Herzen schließt sich zwar langsam, aber die Narbe bleibt, und ich ...«

Im Erdgeschoss fiel die Haustür klappernd ins Schloss.

Kam Jule etwa schon nach Hause? Sie hatte doch vorgehabt, den Abend mit Phillip zu verbringen, und es war noch nicht einmal zehn Uhr.

Rasch stellte Christine ihr leeres Weinglas zur Seite, pustete die Kerzen aus und löschte das Licht. Auf keinen Fall wollte sie, dass Jule ihre Tränen sah. Mit ein bisschen Glück hatte ihre Tochter das erleuchtete Dachfenster gar nicht bemerkt und würde gleich ins Bett gehen. Oder – und der Gedanke hatte etwas Amüsantes an sich – Jule war gar nicht allein nach Hause gekommen, sondern mit Phillip im Schlepptau, und die beiden bemühten sich jetzt ebenfalls darum, möglichst kein Geräusch zu machen.

»Mami? Bist du noch wach?«

Nein, das klang nicht nach einer heimlichen Affäre im ersten Stock.

Eher wie ein Hilferuf.

»So halb.« Sie gab sich Mühe, verschlafen zu klingen.

»Kann ich heute bei dir bleiben?«

Überrascht setzte Christine sich auf und starrte durch die Dunkelheit zur Tür. Ein weiterer Blitz erhellte das Dachgeschoss, und sie konnte sehen, dass Jule bereits auf dem Weg zur Matratze war.

»Klar.« Sie rückte ein Stück zur Seite und versuchte, ihr Erstaunen zu verbergen.

»Ich will heute nicht allein schlafen, schon gar nicht bei diesem Wetter«, erklärte Jule, während sie sich auszog und zu ihrer Mutter unter die Decke schlüpfte.

»Na gut. Aber nur, weil heute dein Geburtstag ist.« Christine gab eines ihrer Kissen an Jule weiter. »Und? War es schön heute Abend?«

»Ja.«

»Was habt ihr gemacht?«

»Wir waren in Todtnau im Kino.«

Das war eigenartig.

Jule hatte ausgerechnet an ihrem Geburtstag nichts Besseres zu tun, als mit Phillip und vielen Fremden schweigend im Dunkeln zu hocken und sich vollrieseln zu lassen?

»Ich dachte, ihr wolltet essen gehen.«

»Es gab eine Planänderung.«

»Warum?«

»Mir war nicht nach Essen.«

Noch so eine knappe, komische Antwort. »Ist es dir nicht gut?«

»Doch.«

»Habt ihr euch gestritten?«

»Nö.«

Christine wartete, doch anscheinend war das alles, was Jule dazu zu sagen hatte.

Nun gut, dann würde auch sie schweigen. Die Erfahrung hatte sie gelehrt, dass man ihre Tochter nicht durch bohrende Nachfragen dazu bringen konnte, sich zu öffnen. Man musste einfach abwarten, bis sie von selbst dazu bereit war.

Eine Zeitlang lauschte sie den Atemzügen ihrer Tochter und genoss das schöne Gefühl, ihr kleines Mädchen sicher neben sich zu wissen. Dann drehte sich Jule zu ihr um.

»Ich kann nicht einschlafen. Hast du etwas zu lesen hier oben?«

»Nur Lexis letzten Brief.«

»Der über das Gesundsein? Nein danke, so etwas Deprimierendes brauche ich heute Abend bestimmt nicht.«

»Nein, ich habe einen weiteren Brief geöffnet.«

»Den, den du gestern auf der Bank dabeihattest? Worum geht es da?«

»Um das Geliebtwerden.«

Jule seufzte. »Na super!«

»Sie schreibt, dass es nichts Wichtigeres als die Familie gibt.«

»Familie?«, hakte Jule nach. »Dann möchte ich ihn doch sehen. Darf ich?«

»Sicher.« Christine knipste das Licht an und zog Lexis Brief hervor.

Jule öffnete den Umschlag und begann zu lesen. Nach einer Weile verzog sich ihr Mund zu einem amüsierten Lächeln. »Lexi und ihre Plastik-Kens ...«

»So schlimm waren die gar nicht. Jedenfalls nicht die, die mir vorgestellt wurden.«

»Hm.« Jule las weiter und gab den Brief danach an ihre Mutter zurück. Christine wartete auf einen Kommentar zu Lexis Bemerkungen über ihr Familienglück, doch Jule blieb still.

»Kann ich das Licht wieder ausmachen?«

Jule nickte. »Gute Nacht!«

Eine Weile war nichts zu hören außer dem Prasseln der Regentropfen. Christine rollte sich in eine bequeme Position und schloss die Augen.

»Mami?«

»Ja?«

»Woran merkt man, dass man jemanden liebt?« Die Frage klang wie ein tiefer Seufzer.

Überrascht drehte Christine sich zurück auf den Rücken. Hatte Jule etwa Liebeskummer? Oder hatte es sie so sehr erwischt, dass sie mit ihren Gefühlen nicht klarkam?

»Ich habe in dieser Hinsicht nicht viel Erfahrung, das weißt du doch.«

»Du hattest Papa. Den hast du doch vermutlich irgendwann mal geliebt.«

»Ja. Auf eine ruhige, vernünftige Weise.«

»Das muss doch nicht falsch sein, oder?«

»Nun, damals fand ich es richtig. Für mich hat er all das verkörpert, was ich mir gewünscht hatte.«

»Und das war?«

»Sicherheit. Zuverlässigkeit. Geborgenheit.«

»Klingt okay für mich.« Jule schluckte hörbar. »Warum hat das nicht gereicht?«

»Weil alle diese Gefühle nicht dasselbe sind wie echte Liebe zwischen zwei Menschen.«

Wieder seufzte Jule, doch sie sagte nichts.

Christine drückte ihre Tochter an sich.

»An deiner Stelle würde ich mir nicht so viele Gedanken um alles machen, sonst kannst du den Augenblick gar nicht genießen«, sagte sie und versuchte, beruhigend und zuversichtlich zu klingen. Es war verdammt schwer, einen Rat zu geben, wenn man gar nicht wusste, welches Problem der Ratsuchende hatte!

Ob sie doch noch einmal nachfragen sollte?

»Jule?«

Aber ihre Tochter antwortete nicht. Offenbar war sie bereits eingeschlafen.

Am nächsten Tag, einem Samstag, hatte sich das Gewitter verzogen, und die Sonne lachte wieder von einem klaren blauen Himmel. Leider übertrug sich dieses heitere Klima nicht auf ihre Mitmenschen, wie Oma Helga missmutig feststellte. Im Gegenteil – die Stimmung am Boden war trübe und gereizt.

Jan und Norbert hatten sich am frühen Morgen in der Scheune getroffen und arbeiteten seitdem verbissen schweigend vor sich hin. Jeder Versuch von Helga, die beiden in ein Gespräch zu verwickeln, scheiterte.

Gegen zehn Uhr war dann auch noch Olli am Scheunentor aufgetaucht und schlug nun seine damit Zeit tot, auf einem Melkschemel zu sitzen, in alten Modezeitschriften zu blättern und dabei seinen Sohn nicht aus den Augen zu lassen.

Hatte er Angst, dass Jan ihm heimlich davonlief?

Das war doch lächerlich!

Aber ihre eigene Familie war auch nicht besser …

Jule hatte das gemeinsame Frühstück ausfallen lassen und drückte sich den ganzen Morgen über irgendwo im Haus herum. Sie wirkte blass und elend, vermutlich wurde sie krank. Oder steckte am Ende doch mehr dahinter als ein verdorbener Magen? Wenn das Mädchen sich nur endlich einmal jemandem anvertrauen würde!

Und Christine? Was sagte sie zu den jüngsten Entwicklungen? Gar nichts!

Keine mitfühlende Frage an Jule, kein aufmunterndes Wort für Norbert und Jan, keine scherzhafte Bemerkung zu Ollis Lektüre, und mit ihr, Helga, redete sie auch nur so viel wie nötig. Die Einzige, die ein Lächeln geschenkt bekam, war Hildegard Häberle.

Ausgerechnet Hildegard!

Aus unerfindlichen Gründen hatte ihre Tochter diese Person ins Herz geschlossen. Dabei drängte sich die Briefträgerin immer mehr in ihr Familienleben. Heute zum Beispiel hatte sie nicht nur die Post gebracht, sondern für jeden Hausbewohner auch noch selbstgestrickte Socken dabei. Sogar Norbert bekam ein Paar überreicht.

So ein Blödsinn!

Wer brauchte denn mitten im schönsten Frühsommer warme Socken? Das tat Hildegard doch nur, um zu beweisen, wie gern sie sich um das Wohlergehen aller kümmerte.

Merkte Christine das etwa nicht? Oder gefiel es ihrer Tochter sogar?

Dann war es wohl an der Zeit, dass Helga ein paar Dinge geraderückte! Gott sei Dank war sie eine Frau der spontanen Entschlüsse. Wenn sie einen Plan gefasst hatte, setzte sie ihn möglichst sofort in die Tat um.

Mit resoluten Schritten eilte sie ans Gartentor, wo Christine mit Norbert und Hildegard stand und ein entspanntes Schwätzchen hielt.

»Ich muss mit dir reden«, blaffte sie und wollte ihre Tochter mit sich ziehen.

Norbert runzelte die Stirn.

»Wir sind fast fertig«, entgegnete Hildegard freundlich.

»Womit? Verrätst du den anderen gerade die neuesten Strickanleitungen? So lange kann ich nicht warten.«

»Mama!« Christine schüttelte die Hand ihrer Mutter ab. »Du wirst dich ja wohl einen Moment gedulden können. Ich komme gleich.«

»Nein! Du kommst jetzt!«

Helga versuchte, ihre gesamte mütterliche Autorität in diese vier Worte zu legen – und war selbst überrascht, als es funktionierte. Christine warf ihr zwar einen verärgerten Blick zu, doch sie folgte ihrer Mutter ins Haus.

»Was sollte *das* denn?«, wollte sie wissen, als die beiden Frauen die Küche erreicht hatten.

»Das werde ich dir sagen. Aber zuerst setzt du dich an den

Tisch.« Helga war immer noch erstaunt darüber, wie gut ihr strenger Tonfall wirkte.

Christine schüttelte den Kopf, ließ sich dann aber doch auf einen Küchenstuhl fallen und verschränkte mit bockigem Gesichtsausdruck die Arme vor der Brust.

»Schieß los!«

»Was wird das hier, wenn es fertig ist?«

Diese Frage schien ihre Tochter nicht erwartet zu haben. »Wie bitte?«

»Na, das alles hier.« Helga beschrieb mit ihren Händen einen großen Kreis. »Das Haus, Norbert, Hildegard, die Ziegen, die Torten, die Socken … Wird das dein neues Leben? Deine neue Familie?«

»Also wirklich, Mama! Eine Familie ist doch kein Verein, den man beliebig neu gründen kann.«

»Da bin ich ja beruhigt.«

Christine zog die Augenbrauen hoch und lächelte süffisant. »Du bist tatsächlich eifersüchtig. Habe ich es mir doch gedacht.«

»Nein, ich bin vor allem realistisch. Eine von uns muss es ja sein.«

»Wie ist das denn schon wieder gemeint?«

»Nun, du tust so, als ob du hier in Muggenbrunn dein persönliches Paradies gefunden hast, mit allem Drum und Dran. Aber was ist mit dem, was du in Hofheim zurücklässt?«

»Was soll damit sein?«

»Willst du das einfach aufgeben?«

»Ich weiß es nicht. Das überlege ich mir später irgendwann.«

»Nein, das überlegst du dir gefälligst jetzt!«, forderte Helga. »Es geht hier nämlich nicht nur um dich.«

»Doch, das tut es«, widersprach Christine eigensinnig.

»Was ist mit Jule?«

»Jule weiß, dass sie immer zu mir kommen kann, wenn sie Hilfe braucht. Außerdem hat sie längst begonnen, auf eigenen Füßen zu stehen.«

»Momentan wackeln diese eigenen Füße aber ziemlich.«

»Meinst du, das sehe ich nicht?«

»Und warum unternimmst du dann nichts?«

»Ich muss den richtigen Zeitpunkt abwarten.«

»Und bei Olli und Jan? Willst du da auch noch ein bisschen warten? Dann ist es zu spät, die beiden werden bald weg sein. Ist es dir wirklich egal, ob sie sich weiterhin gegenseitig das Leben schwermachen?«

»Nein.«

»Siehst du?«

»Na toll!« Aufgebracht trommelte Christine mit ihren Fingern auf der Tischplatte herum. »Zum ersten Mal in meinem Leben mache ich mal das, wozu *ich* Lust habe. Und schon kommst du daher und verdirbst mir alles.«

»Weil ich dich besser kenne als jeder andere Mensch auf dieser Welt. So ein Einsiedlerleben würde dir auf Dauer gar nicht gefallen.«

»Diese Entscheidung musst du schon mir überlassen.«

»Nein, das kann ich leider nicht.«

»Na klar«, brummte Christine. »Du musst dich einmischen, wie üblich.«

Helga warf ihr einen langen Blick zu. »Weißt du überhaupt, warum ich das immer wieder tue?«

»Weil es dir Spaß macht.«

»Nein. Ich …« Helga hielt inne.

Diese Unterhaltung ging gerade in eine Richtung, die sie nicht geplant hatte. Doch vielleicht schadete es nicht, ein paar Dinge offen auszusprechen.

»Mich quält mein schlechtes Gewissen«, fuhr sie deshalb fort. »Ich will wiedergutmachen, was ich als junge Mutter versäumt habe. Damals habe ich mich viel zu wenig um dich gekümmert und dich viel zu oft allein gelassen.«

Christine blickte auf. In ihrer Miene spiegelte sich Verblüffung, dann jedoch wurden ihre Gesichtszüge weicher.

»Du hast nichts versäumt, Mama.«

»Doch, das habe ich. Viele Jahre lang. Deshalb muss ich mich jetzt immer wieder davon überzeugen, dass es dir gutgeht. Und ich kann nicht plötzlich damit aufhören, nur weil du glaubst, mich nicht zu brauchen.«

»Aber das tue ich doch gar nicht! Du kannst doch nicht ernsthaft denken, dass du in meinem Leben keine Rolle mehr spielen wirst!«

»Gerade kommt es mir aber so vor.«

»Du wirst immer Teil meines Lebens sein.« Christine erhob sich und ergriff die Hand ihrer Mutter. »Aber bitte versuche doch mal, mich nicht nur zu *verhätscheln*, sondern auch zu *verstehen*.«

»Ich gebe mir ja alle Mühe, aber …«

»Du musst mir schon vertrauen. Ich weiß selbst, was gut für mich ist.«

»Und das wäre?«

»Vor allem Ruhe und Zeit. Hier oben bin ich endlich einmal dazu gekommen, mich mit meinen eigenen Wünschen und Träumen zu beschäftigen, und ich bin längst noch nicht fertig. Ich muss einige Dinge in meinem Leben ändern, sonst bin ich wieder dort, wo ich vor ein paar Monaten schon war. Willst du das?«

»Ich weiß nicht …«

Aber Helga musste nicht lange überlegen. Sie erinnerte sich an Christines erschöpftes, abgekämpftes Gesicht.

An den Schmerz in ihren Augen.

An die Gleichgültigkeit in ihrer Stimme.

Und an die Traurigkeit, die förmlich greifbar gewesen war.

Nein, diesen Anblick wünschte sie sich nicht zurück.

Sie war mehr als dankbar dafür, dass sich ihre Tochter so gut erholt hatte. Christine schien inzwischen tatsächlich sehr genau zu wissen, was ihr guttat und was nicht – auch wenn das nicht immer ihren eigenen, Helgas, Vorstellungen entsprach. Aber wozu war sie Mutter, wenn sie nicht ihre eigenen Wünsche hintenanstellen konnte?

»Na schön«, sagte sie deshalb versöhnlich. »Wenn du unbedingt willst, dann bleib noch hier.«

»Du weißt hoffentlich, dass ich dich trotzdem brauche.«

»Natürlich. Einer muss ja in Hofheim die Stellung halten. Das werde ich sein, nehme ich an.«

»Wir finden eine endgültige Lösung, mit der wir beide leben können, das verspreche ich dir. Lass mir nur noch etwas Zeit.«

Liebevoll drückte Christine ihre Mutter an sich. Es wurde eine sehr lange Umarmung. Schließlich jedoch hob Helga den Kopf und stupste ihrer Tochter in die Seite.

»Es gibt trotzdem noch ein paar Kleinigkeiten, die wir klären müssen.«

»Und die wären?«

»Im Sommer braucht man keine dicken Socken.«

»Okay …«

»Hildegard wird auf keinen Fall mit nach Paris kommen.«

»Äh … wie?«

»Und meine Kuchen schmecken besser als ihre!«

Um Christines Lippen zuckte es. »Darauf erwartest du hoffentlich keine ernsthaften Antworten, oder?«

»Nein, das wollte ich nur mal gesagt haben. Und dann noch etwas … Ich möchte endlich diese geheimnisvollen Briefe von Lexi lesen dürfen.«

»Du bist ganz schön hartnäckig«, stellte Christine resigniert fest. »Aber gut. Komm mit, ich gebe sie dir.«

Draußen im Flur schlüpfte Jule hastig in die Lücke zwischen Wand und Kleiderschrank.

Mit angehaltenem Atem wartete sie, bis Christine und Helga an ihr vorbeigegangen waren. Sie hatte keine Lust, sich gerade jetzt mit ihrer Verwandtschaft auseinanderzusetzen. Nicht nach dem, was sie gerade belauscht hatte. Und erst recht nicht *vor* dem, was sie zu tun beabsichtigte.

Es erstaunte Jule nicht weiter, dass Christine erst einmal im Schwarzwald bleiben wollte. Auch dass die beiden Frauen ahnten, dass mit ihr etwas nicht stimmte, überraschte sie nicht. Wer so eng zusammenlebte, bekam zwangsläufig einiges mit.

Was sie jedoch verwundert hatte, waren die plötzliche Sanftheit und Geduld in der Stimme ihrer Großmutter gewesen. So kannte sie Helga gar nicht.

Dieser Ort war wirklich gut für Überraschungen.

In jeder Hinsicht.

Damit war sie gedanklich bei ihrer Planung für den heutigen Mittag angelangt, und ihr Magen krampfte sich vor Nervosität zusammen. Nach langer Grübelei hatte sie nämlich den Entschluss gefasst, ihre Beziehung zu Phillip möglichst schnell einen entscheidenden Schritt voranzubringen. Wenn Sex das Einzige war, was ihnen zu einer perfekten Partnerschaft noch fehlte, dann ließ sich das ändern.

Immerhin lag es nicht an Phillip, dass gestern Abend nichts passiert war. Er hatte sich das sicherlich anders vorgestellt.

Doch so lieb und verständnisvoll, wie er war, hatte er ihre Ausreden sofort akzeptiert und war, ohne auch nur mit der Wimper zu zucken, sofort auf ihren Wunsch eingegangen, ins Kino zu fahren.

Der Mann war fast zu gut für diese Welt! Und Jule hatte nicht vor, sich dieses Prachtexemplar entgehen zu lassen.

Ihr Erlebnis mit Jan war ein Fehler gewesen. Aber machte nicht jeder Mensch mal Fehler? Deshalb war es jedoch nicht gleich notwendig, alle ihre Zukunftspläne mit Phillip über den Haufen zu werfen. Zwischen ihnen war mehr als das, was ihre Mutter gestern Abend beschrieben hatte.

Sicherheit. Zuverlässigkeit. Geborgenheit.

Obwohl diese Gefühle nach Jules Ansicht nicht einmal die schlechteste Basis für eine Beziehung waren. Eigentlich gehörten ja auch Vertrauen und Ehrlichkeit dazu. Aber das waren Themen, über die sie gerade lieber nicht nachdenken wollte …

Ja, sprach sie sich selbst Mut zu. Phillip und sie hatten mehr. Viel mehr.

Sie musste es sich jetzt nur noch selbst beweisen!

Eine halbe Stunde später erreichte sie den kleinen Waldparkplatz, den Phillip ihr beschrieben hatte. Er wartete bereits auf sie, die Hände in den Hosentaschen seiner Jeans vergraben und die Ärmel des blaukarierten Hemdes lässig aufgekrempelt.

»Da bist du ja!« Liebevoll zog er sie in seine Arme und vergrub seinen Kopf in ihren Haaren. »Geht es dir heute besser?«

»Ja, viel besser.« Gierig atmete Jule seinen Geruch ein. Immer noch Waschmittel und Rasierwasser.

Immer noch beruhigend.

Immer noch Phillip.

»Wollen wir?« Er legte den Arm um sie und schlug einen Waldweg ein.

»In diese Richtung sind wir noch nie gelaufen«, sagte Jule und schaute sich neugierig um. Nach dem Regen der letzten Nacht wirkte der Wald wie reingewaschen. Im Moos glitzerten noch vereinzelte Wassertropfen, und die Luft war klar und würzig.

»Ist das ein Wasserfall, den man da hören kann?«

Phillip nickte. »Ja. Der Weg dorthin dauert ungefähr eine halbe Stunde. Unterhalb des Wasserfalls steht eine kleine Schutzhütte. Ich habe ein Picknick für uns vorbereitet, sozusagen als Wiedergutmachung für gestern.«

»Wie schön! Das ist lieb von dir.«

»Ich weiß.« Er grinste. »Das bin ich dir schuldig. Gestern ist leider so einiges schiefgelaufen.«

»Schwamm drüber«, murmelte Jule und drehte ihr Gesicht weg, damit er nicht sehen konnte, dass es vor Scham feuerrot angelaufen war.

Um sich abzulenken, richtete sie ihren Blick auf den Boden und versuchte, den dort krabbelnden Ameisen auszuweichen. Phillip verfolgte ihre Schritte zuerst lächelnd, dann ging er auf das Spiel ein. Eine Zeitlang tänzelten sie schweigend nebeneinanderher.

»Was habt ihr eigentlich mit meiner Tante gemacht?«, fragte er schließlich an einer Weggabelung.

»Warum?«

»Sie kam heute völlig aufgelöst zu meiner Mutter und meinte, dass deine Oma sie nicht leiden kann.«

»Ach, das muss sie nicht weiter beunruhigen. Meine Oma mag viele Leute nicht.«

»Ich glaube, sie hat Angst, dass deine Oma deiner Mutter den Umgang mit ihr verbietet.«

»Meine Mutter ist Mitte vierzig. Die lässt sich ihre Freundschaften bestimmt nicht mehr von ihrer Mutter verbieten.« Jule lachte amüsiert. »Aber diese Sache ist mal wieder typisch Oma!«

Während sie langsam bergauf zum Wasserfall stiegen, erzählte Jule Phillip Geschichten aus ihrem chaotischen Familienalltag. Wieder einmal konnte sie feststellen, was für ein guter Zuhörer er war. Ab und zu verzogen sich seine Lippen zu einem amüsierten Lächeln, und zwischendurch drückte er Jule ein paar übermütige Küsse auf die Stirn. Jule genoss seine Aufmerksamkeiten. Es kam ihr vor, als ob sie nach einem schweren Gewitter nun im siebten Himmel schweben würde.

Genau so sollte es doch sein!

»Da sind wir.«

Phillip öffnete die Tür zu einer kleinen Blockhütte, die ein wenig versteckt abseits des Weges zum Wasserfall stand. »Eigentlich ist das hier eine Schutzhütte, aber heute habe ich sie für uns reserviert.«

»Geht das denn so einfach?« Jule trat ein. Der Raum hatte lediglich ein kleines Fenster, und das Geräusch des Wasserfalls war nur gedämpft zu hören. Es dauerte eine Weile, bis sich ihre Augen an das Halbdunkel gewöhnt hatten. Dann entdeckte sie auf dem Boden mehrere Wolldecken, eine Kühltasche und einen Rucksack.

»Na ja, wenn man an der richtigen Stelle arbeitet, geht das schon.« Phillip schob sie noch ein Stück vor und schloss die Tür. »Setz dich doch!«

Während Jule sich einen bequemen Platz auf einer der Decken suchte, zündete Phillip ein Windlicht an und holte eine

Flasche Sekt aus der Kühltasche. »Draußen ist es zu nass zum Sitzen, also müssen wir jetzt drinnen hocken. Aber dein Picknick sollst du auf jeden Fall bekommen.«

Jule lächelte erfreut. Alles lief nach Plan.

Doch dann ertönte plötzlich das Plopp des Sektkorkens.

Und die Erinnerungen waren wieder da.

Nein, bloß das nicht!

Das hier sollte doch etwas ganz anderes werden. Etwas Eigenes, Unvergessliches.

Weg mit diesen blöden Erinnerungen!

»Komm her.« Sie zog Phillip zu sich auf die Decke und küsste ihn stürmisch.

Seine Augen weiteten sich verblüfft, und mit einer ungeschickten Bewegung stellte er die Flasche zurück auf den Boden. Dann erwiderte er ihren Kuss bereitwillig und strich ihr sanft durch die Haare.

»Ups, du hast es aber eilig!«

»Mir war gerade danach«, seufzte sie.

»Kein Problem.« Er lächelte und betrachtete sie liebevoll, während er mit dem Zeigefinger die Konturen ihres Gesichts nachzeichnete. Jule schloss die Augen und wartete auf den nächsten Kuss.

Doch der kam nicht.

Stattdessen nahm er ihre Hand und spielte mit ihren Fingern. Langsam öffnete Jule ihre Augen wieder.

»Was ist?«, wollte sie wissen.

»Was soll sein?« Erstaunt sah er auf.

»Warum … warum machen wir nicht weiter?«

»Äh … jetzt? Ich meine … äh … willst du nicht erst etwas essen?«

Sie schüttelte den Kopf, und um diese Antwort zu bekräftigen, nahm sie seine Hand und schob sie unter ihr T-Shirt.

Er unterdrückte einen überraschten Laut, ließ die Hand aber auf ihrem Bauch liegen.

»Bist du dir sicher?«, flüsterte er und bewegte sie langsam aufwärts.

Jule nickte und schloss die Augen wieder. Seine Finger waren weich und anschmiegsam und berührten sie mit großer Behutsamkeit. Das war angenehm, fast so wie ... wie bei einer professionellen Ganzkörpermassage.

Aber wo blieb das aufregende Gefühl von Wärme und Leidenschaft? Das musste sich eigentlich jeden Moment einstellen.

Doch es kam nicht.

Selbst dann nicht, als er sich vorsichtig auf sie rollte und ihr Gesicht mit sanften Küssen bedeckte. Er war liebevoll und zärtlich. Aber es war nicht, wie es sein sollte. Denn die ganze Zeit über konnte sie denken.

Und leider tat sie das auch.

Ein Gesicht schlich sich in ihre Gedanken. Ein düsteres, abweisendes Gesicht mit tiefblauen Augen, kratzigen Bartstoppeln und sinnlichen Lippen. Ein Mund, der nach rauchigem Champagner schmeckte. Eine dunkle Stimme, die sofort Gänsehaut bei ihr auslöste.

Jan.

Mit ihm war es anders gewesen.

Er hatte nicht ein einziges Mal gefragt, ob sie sich sicher war. Stattdessen hatte er sich einfach genommen, was er wollte. Und ihr dabei genau das gegeben, wonach sie sich gesehnt hatte. Offensichtlich hatte er dabei etwas in ihr entfacht, das weit über das Gefühl von Geborgenheit und Zärtlichkeit hinausging.

Nämlich Neugier.

Hingabe.

Leidenschaft.

Sie verfluchte ihn dafür – doch im selben Moment wurde ihr auch schmerzlich klar, dass sie nicht mehr darauf verzichten konnte.

»Phillip?«, flüsterte sie und öffnete ihre Augen wieder. »Ich fürchte, wir müssen reden.«

19

»Das hat sie alles im letzten Sommer gemalt?«

Andächtig betrachtete Olli Lexis Gemälde.

»Unglaublich!«

»Nicht wahr?«

Stolz ließ Christine ihren Blick durchs Dachgeschoss schweifen, obwohl sie den Anblick der Bilder längst gewohnt war. Doch noch immer rührte es sie, wenn Lexis Bilder so viel Bewunderung und Begeisterung hervorriefen.

»Ich wollte unbedingt, dass du das noch siehst, bevor du nach Hause fährst.«

»Ich hoffe, du verstehst, dass wir unsere Pläne geändert haben.«

Nachdem Norbert und Jan am frühen Nachmittag einige ihrer restaurierten Möbel im Erdgeschoss aufgestellt hatten, war Olli plötzlich mit dem Vorschlag herausgerückt, schon an diesem Abend Richtung Hofheim aufzubrechen.

Jan hatte sofort zugestimmt.

Norbert hingegen war die Enttäuschung über die Entwicklung der Dinge immer noch deutlich anzusehen gewesen. Er wirkte nachdenklich und bedrückt.

Um ihn ein wenig von seinem Kummer abzulenken, hatte Christine ihn deshalb vor ein paar Minuten mit einer fadenscheinigen Begründung zu ihrer Mutter geschickt. Helga würde ihn sicherlich wieder aufmuntern können. Nach dem klärenden Gespräch von heute Mittag war sie bester Laune und sprühte vor Tatendrang.

»Na ja, so ganz kann ich deine Eile nicht nachvollziehen. Was macht es für einen Unterschied, ob ihr heute Nacht oder morgen Mittag zu Hause seid?«

»Jan muss einiges an Schulstoff nachholen. Je eher er damit beginnt, umso besser. Außerdem hoffe ich, dass er endgültig wieder zur Vernunft kommt, sobald er sich wieder in seiner vertrauten Umgebung befindet.«

Christine war ihm einen prüfenden Blick zu. Das glaubte Olli doch selbst nicht! Aber noch bevor sie ihre Bedenken anbringen konnte, hatte er bereits das Thema gewechselt.

»Bist du oft hier oben auf dem Dachboden?«

»Inzwischen schon.«

»So viel von Lexi, das ist schön … und gleichzeitig schwer zu ertragen«, stellte Olli mit wehmütigem Gesichtsausdruck fest. »Man glaubt, sie müsse jeden Moment zur Tür hereinkommen.«

»Ich weiß, was du meinst. Sie ist nirgendwo präsenter als hier, zwischen ihren Bildern.«

»Was willst du mit den vielen Werken machen?«, fragte er, während er langsam von Gemälde zu Gemälde wanderte.

»Die meisten werde ich wohl verkaufen. Vielleicht organisiere ich vorher noch eine Ausstellung.«

»Schöne Idee. Hast du so etwas schon mal gemacht? Weißt du, wie das geht?«

»Nein. Aber bis vor ein paar Wochen konnte ich auch nicht renovieren. Dank Lexi habe ich es gelernt.«

»Typisch Lexi! Sie hat die Leute immer schon gut beschäftigen können.« Olli unterbrach seinen Rundgang vor der Staffelei, auf der noch immer Lexis Porträt stand. Sanft strich er mit seinem Zeigefinger über das Foto. »Sie fehlt mir schrecklich«, sagte er leise.

»Mir auch.« Christine trat zu Olli an die Staffelei.

»Manchmal, wenn das Telefon klingelt, glaube ich auch heute noch, dass sie es ist, die sich melden wird«, murmelte er in Gedanken versunken. »Mit ihrer dunklen, belegten Stimme. Sie hat mich jedes Mal mit *›Bonjour, mon chéri!‹* begrüßt. Danach haben wir stundenlang geredet.«

»Du hast sie sehr geliebt, nicht wahr?«

Er nickte, ohne den Blick vom Foto zu nehmen. »Mein ganzes Leben lang.«

»Warum hast du ihr das nie gesagt?«

»Weil ich dann unsere Freundschaft zerstört hätte. Sie empfand nicht das Gleiche für mich, das war mir von Anfang an klar.« Olli lachte traurig. »Ich war immer eine Nummer zu klein für sie.«

»Da warst du nicht der Einzige. Für Lexi konnte die Welt gar nicht groß genug sein.«

»Das hat ihr leider auch nichts genutzt.« Olli schluckte und wandte sich ab. Christine ahnte, dass er mit den Tränen kämpfte.

»Magst du dir ein Bild aussuchen?«, schlug sie vor, um ihn auf andere Gedanken zu bringen.

»Ich weiß nicht … diese Werke sind ein Vermögen wert.«

»Deine Freundschaft war es auch. Also bitte, such dir eins aus. Ich bin mir sicher, dass Lexi nichts dagegen gehabt hätte.«

Zögernd setzte er sich in Bewegung. »Hast du nicht was Kleineres? Irgendetwas, das nicht gleich die gesamte Aufmerksamkeit im Raum beansprucht?«

Christine nickte.

Ja, da gab es etwas – das Bild mit den Wolken und dem Regenbogen, das sie neulich unter dem Zeitungsstapel gefunden hatte. Eigentlich hatte sie es für sich selbst behalten wollen. Aber war die Zeichnung, die so viel Hoffnung verströmte, nicht bei Olli besser aufgehoben?

»Ich glaube, ich habe etwas Passendes für dich.« Sie kramte das Papier hervor. »Hier!«

Fasziniert betrachtete Olli die grellen Farben und Formen. »Das ist wunderschön. So … lebhaft und kraftvoll.«

Aufmunternd legte Christine eine Hand auf seine Schulter. »Du solltest dir die Botschaft des Bildes zu Herzen nehmen. Das Leben geht weiter, Olli. Bunt und knallig. Lass nicht zu, dass Grau und Schwarz dominieren.«

Er lachte freudlos. »Mein Leben war noch nie bunt und knallig.«

»Es ist nie zu spät, die Farbstifte auszupacken.«

»Papa? Bist du hier?« Jan steckte seinen Kopf zur Tür hinein. »Ich wäre dann so weit.«

»Du kommst genau im richtigen Moment! Ich verschenke gerade Bilder.« Christine deutete auf das Kunstwerk mit den Dreiecken, das Jan neulich in der Hand gehabt hatte. »Magst du es mitnehmen?«

Jan runzelte die Stirn.

»Es hat dir doch gefallen, oder?«

Schweigen.

»Wie viele Dreiecke waren es noch einmal?«, versuchte Christine es mit einem Scherz.

»Achtundzwanzig«, entgegnete Jan tonlos.

»Du darfst sie alle haben.«

»Aber Christine, das kannst du doch nicht einfach so machen«, mischte sich Olli besorgt ein. »Weißt du, wie viel das Bild wert ist?«

»Schon gut, Papa, ich will es gar nicht.«

»Nicht?«, fragte Christine verblüfft. »Warum denn nicht?«

Doch Jan gab keine Antwort.

Stattdessen wandte er sich an seinen Vater. »Ich bin fertig. Und bevor du gleich wieder nachfragst: Ich habe sogar das Bett abgezogen, das Zimmer aufgeräumt und Phillips Klamotten auf die Kommode gelegt.«

»Fein! Dann können wir ja jetzt noch einen Kaffee mit Helga und Christine trinken. Und danach geht es los.«

Jan zuckte mit den Achseln. »Was spricht dagegen, sofort aufzubrechen? Kaffee gibt es an jeder Tanke.«

»Du hast es aber auf einmal wirklich eilig, von hier wegzukommen.« Verwundert musterte Christine den Jungen.

»Mein Auto ist nicht unbedingt das schnellste und zuverlässigste, auch wenn es neulich erst repariert wurde. Ich möchte nicht zu lange im Dunkeln fahren.«

»Sehr vernünftig«, lobte Olli.

»Weißt du was, Papa? Trink du hier noch in Ruhe deinen Kaffee, und ich fahre schon mal los. Wir treffen uns dann zu Hause, okay?«

Olli wirkte ähnlich überrascht wie Christine, doch im Gegensatz zu ihr schien er mit der Entwicklung der Dinge einverstanden zu sein. »Von mir aus. Aber fahr bitte vorsichtig!«

»Na klar. Also dann ...« Jan schüttelte Christine die Hand. »Vielen Dank für alles.«

»Ich habe zu danken. Du warst eine große Hilfe. Schade, dass du nicht –«

»Schon gut«, unterbrach er sie. »Glaub mir, es ist für alle besser so.«

»Soll ich nicht wenigstens mit runterkommen?«

»Nö. Ich finde allein raus.« Damit war er auch schon zur Tür hinaus.

»Weg ist er.« Christine schüttelte den Kopf. »Kapierst du das?«

»Nein. Aber ich habe es schon lange aufgegeben, die Gedankenwelt meines Sohnes verstehen zu wollen. Solange es läuft, wie ich es plane ...«

Genau das war in Christines Augen ein Problem. »Meinst du nicht, es ist an der Zeit, dass er sein Leben selbst in die Hand nimmt?«

Olli lachte bitter. »Wozu? Um einen Fehler nach dem anderen zu begehen?«

»Und wenn schon! Das ist das Vorrecht der Jugend.«

»Ich habe nicht mein halbes Leben lang gekämpft, um ihm eine gute Startposition zu ermöglichen, nur damit er dann sein Leben verpfuscht.«

»Eine Schreinerlehre ist keine schlechte Wahl.«

»Ich kenne meinen Sohn. Gestern war es eine Schreinerlehre, heute ist es schon wieder das Finanzamt. Wer weiß, was morgen kommt.«

»Wie wäre es, wenn du ihn das selbst entscheiden ließest?«

»Jan ist nicht wie Jule. Er kriegt das gar nicht hin.«

»Oder du traust es ihm nicht zu.«

Auf einmal sah Olli sehr müde aus.

»Ach, Tinchen, lass uns nicht streiten! Ich weiß, dass ich bei Jans Erziehung vieles falsch gemacht habe. Aber ich kann es nicht mehr ändern. Genauso wenig, wie ich jetzt nicht plötzlich damit aufhören kann, sein Leben zu planen.«

Christine seufzte.

So etwas Ähnliches hatte sie heute schon einmal gehört. Auch Helga hatte zugegeben, das Verantwortungsgefühl gegenüber ihrer Tochter nicht einfach abstellen zu können.

Sie lächelte resigniert.

Noch ein Sprichwort, das sich bewahrheitete.

Einmal Eltern, immer Eltern …

»Wer weiß?«, riss Ollis Stimme sie aus ihren Gedanken.

»Wenn er erst einmal die Schule abgeschlossen und die Lehre im Finanzamt begonnen hat, wird vielleicht doch noch alles gut.«

Das bezweifelte Christine, doch sie zog es vor zu schweigen.

Was hätte sie auch erwidern sollen?

20

Seit mehr als einer Stunde saß Helga nun schon windgeschützt im Eingangsbereich der Scheune und starrte auf Lexis Briefe.

Sie hatte das alte Holztor weit geöffnet, damit die Sonne hereinscheinen konnte. Jetzt, da Jan und Norbert ihre Arbeit in der Scheune beendet hatten, war es hier viel ruhiger als im Haus.

Dort waren Christine, Norbert, Jan und Olli seit dem frühen Nachmittag geschäftig von einem Zimmer ins nächste gelaufen und hatten die Einrichtung begutachtet. Die restaurierten Bauernmöbel machten sich gut auf den frisch abgeschliffenen Holzdielen. Christine konnte zu Recht stolz auf sich sein. Lexis nüchterne, künstlerische Wirkungsstätte war zu einem gemütlichen Heim geworden.

Irgendwann war es Helga vom Zuschauen langweilig geworden. Deshalb hatte sie sich mit den Briefen in die Scheune geschlichen, einen alten Liegestuhl aufgestellt und zu lesen begonnen.

Doch das war keine leichte Kost. Lexis Beschreibungen ihrer Gedanken und Gefühle waren Helga sehr nahegegangen, und einige Male hatte sie sogar ein paar Tränen verdrückt. Sie konnte jetzt nachvollziehen, warum ihre Tochter sich zurückgezogen hatte.

»Das heißt aber nicht, dass ich das auf Dauer dulden werde«, murmelte sie und griff nach dem ersten Umschlag, um die Briefe noch einmal zu lesen.

Aber noch bevor sie damit beginnen konnte, stand auf einmal Norbert vor ihr.

»Kann ich kurz stören?«

»Natürlich. Bist du allein? Wo sind die anderen?«

»Der Junge räumt sein Zimmer auf. Und sein Vatter is mit Christine irgendwo im Dachgeschoss unterwegs.«

»Ach, das Atelier«, stöhnte Helga.

Sie war am Mittag kurz dort gewesen, als Christine ihr die Briefe übergeben hatte. Der Anblick der vielen Bilder hatte sie förmlich erschlagen. Nein, dieser Raum war nichts für sie und ihre schwachen Nerven.

Norbert räusperte sich. »Na, jedenfalls, die Christine hat gesacht, ich soll dir sagen, datt der Junge und sein Vatter heute Abend noch wech fahren.«

»Heute Abend?«, wiederholte Helga überrascht und legte die Briefe zur Seite. »Aber sie wollten doch noch bis morgen bleiben.«

»Der Vatter scheint es eilich zu haben.«

»Und Jan?«

Norbert zuckte mit den Schultern. »Der nickt nur und sacht nix.«

»Genau wie früher! Und ich dachte, er hätte endlich mal eine eigene Meinung entwickelt. Verstehst du das?«

»Na ja.« Norbert kratzte sich am Hinterkopf. »Ich hab da so 'ne Theorie.«

»Und die lautet?«

In diesem Moment waren schnelle Schritte zu hören, und gleich darauf kam Jule um die Ecke gebogen. Als sie Helga und Norbert in der Scheune stehen sah, zögerte sie. Ihr Blick huschte Richtung Garten und wieder zurück zur Scheune, so als ob sie abwägen müsste, wohin sie gehen sollte.

»Julchen!«, rief Helga. »Kann ich dir vielleicht helfen?«

»Gute Frage«, murmelte Jule mit zerstreutem Gesichtsausdruck. Sie schien sich mit einer Antwort schwerzutun.

»Nun komm schon! Ich sehe doch, dass dich etwas quält. Magst du nicht mit mir reden?«

»Warum eigentlich nicht?« Mit einem theatralischen Seufzer ließ sich Jule in die Arme ihrer Großmutter sinken.

»Na, na!« Helga hatte Mühe, ihre Überraschung zu verbergen. Beruhigend klopfte sie ihrer Enkelin auf den Rücken und versuchte gleichzeitig, sich in eine halbwegs bequeme Position zu bringen. Ob der alte Liegestuhl sie beide aushalten würde?

»Sorry, aber ich brauchte dringend eine Schulter zum Anlehnen«, nuschelte Jule in Helgas Bluse.

»Und da nimmst du ausgerechnet mich?« Helga lachte.

»Na ja.« Jule hob den Kopf und schaute über Helgas Schulter hinweg zu Norbert. »Die Alternativen sind nicht gerade prickelnd.«

»Was ist los?« Helga schob ihre Enkelin ein Stück von sich weg, um ihr besser ins Gesicht sehen zu können.

»Das ist eine längere Geschichte.« Jule verlagerte ihr Gewicht, und die Stuhllehne gab ein beunruhigendes Knacken von sich.

»Wollen wir uns lieber in die Küche setzen?«, schlug Helga vor. »Da sind die Möbel stabiler.«

»Nein, ist schon okay.« Ihre Enkelin richtete sich auf und wischte sich über das Gesicht. »Hier sind wir wenigstens ungestört.«

»Ich geh dann mal besser«, brummte Norbert und schlenderte langsam Richtung Scheunentor.

Ungelenk erhob sich Helga aus dem klapprigen Liegestuhl. »Magst du mir jetzt endlich sagen, was dich beschäftigt?«

»Also … ich … ich habe gerade … gerade mit Phillip Schluss gemacht.«

»Wie bitte?« Helga glaubte, sich verhört zu haben. »Warum das denn?«

Norbert fuhr herum. Auf seinem Gesicht erschien ein wissendes Lächeln.

Verschämt blickte Jule zu Boden. »Weil ich dumm und unvernünftig bin.«

»Habt ihr euch gestritten? Deswegen muss man sich doch nicht gleich trennen. So etwas lässt sich bereden.«

»Die Sache ist leider etwas komplizierter. Ich … äh … also, da ist noch jemand anderes im Spiel …«

»Wo kommt der denn so plötzlich her?«

»Ich weiß et«, warf Norbert ein. »Haste es endlich auch kapiert, Frollein?«

»Du kannst das gar nicht wissen«, brummte Jule.

»Ich seh, watt ich seh.«

Das Mädchen kniff die Augen zusammen.

»Und ich hab's schon gesehen, da haste es selbst noch nich gewusst«, fuhr Norbert fort. Seine Stimme klang nicht einmal unfreundlich, sondern erstaunlich sanft und einfühlsam.

»Moment!«, rief Helga. »Kann mir mal jemand erklären, worüber ihr redet?«

»Datt soll mal schön datt Frollein machen. Ich geh lieber widder raus. Son Weiberkram is nix für mich. Nur eins noch!« Norbert baute sich vor Jule auf und stemmte seine Hände in die Seiten. »Wenn de 'n bisschen Verstand inne Birne hast, dann holste dir den Jungen, abber 'n bisschen plötzlich! Er isset wert, datt kannste mir glauben!«

»Ich denke, das weiß ich jetzt.«

»Dann is ja gut.« Er drehte sich um.

»Norbert?«

»Hä?«

»Danke!«, sagte Jule leise.

»Schon gut!« Er grinste ein wenig linkisch und verschwand Richtung Garten.

»Und jetzt alles noch mal von vorn«, forderte Helga. »Aber bitte langsamer und auf Hochdeutsch.«

»Phillip und ich haben Schluss gemacht, weil äh … also … ich …« Mit hochrotem Kopf suchte Jule erneut nach den richtigen Worten.

Verwundert betrachtete Helga ihre Enkelin. So verlegen und aufgekratzt hatte sie Jule selten erlebt. Das Mädchen hatte große Mühe, seine Gefühle unter Kontrolle zu bringen. Da musste sie wohl ein wenig Hilfestellung leisten.

»Du hast dich also in jemand anderen verliebt«, stellte sie möglichst sachlich fest. »So weit waren wir vorhin schon. Jetzt wüsste ich nur zu gern, in wen. Hier ist doch kein anderer Mann in deinem Alter … außer … außer …«

Und plötzlich verstand Helga.

»Du hast dich in Jan verliebt«, platzte sie heraus – und sah gleich darauf die Bestätigung in Jules Augen.

Das Mädchen strahlte. »Ja, das habe ich.«

»Ich hab immer geglaubt, du kannst ihn nicht leiden.«

»Das habe ich auch geglaubt. Doch offensichtlich ist mein Herz inzwischen anderer Meinung.«

»Und Jan? Was sagt der dazu?«

»Der ahnt noch gar nichts von der neuesten Entwicklung der Dinge.«

»Verstehe.« Helga überlegte. »Aber ihr seid euch doch hoffentlich schon so nahegekommen, dass du dir sicher sein kannst, was seine Gefühle für dich betrifft?«

Jule schloss für einen Moment die Augen. »Du hast ja keine Ahnung …«

»Und warum stehst du dann noch hier herum?«

»Ich … ich muss mal kurz zur Ruhe kommen. Ich kann doch nicht gleich von einem zum anderen rennen.«

»Na ja, allzu viel Zeit solltest du dir nicht nehmen«, sagte Helga und dachte an den bevorstehenden Abschied von Olli und Jan. Sie hütete sich jedoch davor, Jule zu bedrängen. So aufgewühlt, wie ihre Enkelin jetzt vor ihr stand, brauchte sie wohl tatsächlich noch einen Moment, um sich zu sammeln.

Jule seufzte. »Ausgerechnet Jan! Verstehst du das? Der ist doch überhaupt nicht mein Typ.«

»Phillip war das ja anscheinend auch nicht.«

»Nein«, gab Jule widerstrebend zu. »Obwohl er so viel besser zu mir gepasst hätte.«

»Man kann nicht nach Plan lieben.«

»Leider!«

Liebevoll legte Helga einen Arm um ihre Enkelin.

»Weißt du, woran mich das erinnert? An deine Puzzle-Versuche, als du noch ein kleines Kind warst. Wenn du dir eingebildet hattest, dass ein Stück genau an einer bestimmten Stelle passen musste, hast du es notfalls mit Gewalt passend gemacht.« Helga drückte Jule an sich. »Aber Liebe funktioniert nun mal nicht so. Hier muss man Geduld haben und abwarten, bis das passende Stück von selbst an die richtige Stelle rutscht.«

Trostsuchend schmiegte sich Jule in die Umarmung ihrer Großmutter. »So wie jetzt habe ich noch nie gefühlt. Ich bin so … sicher und gleichzeitig so unschlüssig. Woher weiß ich denn, dass ich nicht im Begriff bin, eine riesige Dummheit zu begehen?«

»Das weiß man nie. Warum auch?«

»Du kennst doch Jan. Der ist nicht gerade für seine Beständigkeit bekannt.«

»Na und? Wenn du jetzt mit Jan zusammen sein willst, ist das doch noch lange keine Entscheidung fürs Leben. Das bedeutet doch nur, dass ihr genau in diesem Moment zusammen glücklich sein könnt. Warum gönnst du dir das nicht?«

»Weil ich bei allem, was ich tue, immer auch an die Konsequenzen denken muss.«

»Aber doch nicht in der Liebe! Die macht bekanntermaßen blind, und das ist auch gut so. Schau dir nur mal deine Mutter und mich an. Wir haben uns für völlig unterschiedliche Männer entschieden und waren, jede auf ihre Art, zuerst sehr glücklich und dann sehr unglücklich.«

»Na toll!« Jule rückte ein wenig von ihrer Großmutter ab. »Dann kann ich mir also aussuchen, welchen eurer Fehler ich wiederhole?«

»Das waren keine Fehler, sondern Lebenserfahrungen«, gab Helga schmunzelnd zurück. »Und glaube mir, du wirst noch genug eigene machen!«

»Dann sollte ich wohl jetzt damit anfangen.« Jule gab ihrer Großmutter einen Kuss auf die Wange. »Du bist echt eine tolle Ratgeberin, das hätte ich nie gedacht. Fast sogar so gut wie Mama.«

»In diesem Fall sogar besser. Oder glaubst du ernsthaft, dass Christine dir sofort ihren Segen geben wird?«

»Nö. Sie kriegt einen Anfall, wenn sie es erfährt.«

»Siehst du, was passiert, wenn man ihn zu lange allein lässt? Er lässt sich gleich wieder auf die falschen Leute ein.«

Aufgebracht deutete Olli Richtung Gartentor, wo Jan und Norbert in ein lebhaftes Gespräch vertieft waren.

»Also wirklich, Olli! Das ist Norbert und nicht der örtliche Drogendealer«, wies Christine ihn zurecht. »Bleib doch bitte sachlich!«

»Womöglich schafft der Typ es doch noch, ihn zu überzeugen hierzubleiben.« Alarmiert beschleunigte Olli seine Schritte und drängte sich zwischen die beiden Männer.

Entnervt schüttelte Christine den Kopf. Ollis Besorgnis war ja kaum auszuhalten! Sie folgte ihm und versuchte, die Lage mit einem beruhigenden Lächeln zu entspannen.

»Du bist ja noch da«, wandte sie sich freundlich an Jan.

»Yep. Aber nicht mehr lange.« Er kramte seinen Autoschlüssel aus der Hosentasche und ging ohne ein weiteres Wort der Erklärung zu seinem Wagen.

Christine runzelte die Stirn.

»Kannst du dich nicht wenigstens ordentlich verabschieden?«, rief Olli ihm hinterher.

»Hab ich doch schon gemacht.«

»Gezz warte mal, Junge!« Norbert schielte Richtung Scheunentor. »Wir müssen noch watt klären!«

»Hast du dich auch bei Helga abgemeldet?«, fragte Olli, ohne auf Norberts Einwand zu achten.

»Nö. Die ist hier nirgends.« Jan öffnete seine Beifahrertür und begann, im Innern des Wagens herumzukramen.

»Da kommt se.« Norberts Stimme klang erleichtert.

Verwundert musterte Christine den älteren Mann. Es war offensichtlich, dass er dringend auf Helga gewartet hatte.

Aber warum?

»Oh, und Jule ist auch dabei«, bemerkte Olli erfreut.

Norbert grinste zufrieden.

Mit raschen Schritten kamen Helga und Jule näher.

»Wieso bist du hier?«, wollte Christine von ihrer Tochter wissen. »Ich dachte, du verbringst den Nachmittag mit Phillip.«

»Ich … äh …«

»Schön, dass ich dich sehe!« Olli nahm Jules Hand. »Dann können wir uns wenigstens auch noch von dir verabschieden.«

Alarmiert zog Jule die Hand zurück. »Verabschieden? Schon? Oma hat mir gerade erzählt, dass ihr am frühen Abend losfahren wollt. Bis dahin ist doch noch Zeit.«

»Wir haben unsere Pläne ein wenig geändert. Jan will jetzt gleich aufbrechen.«

Jules Blick flog zu Jan und seinem Auto.

»Ich weiß ja nicht genau, was du gestern mit ihm angestellt hast«, fuhr Olli in kumpelhaftem Tonfall fort. »Aber offensichtlich hast du das so gut gemacht, dass er endlich zur Vernunft gekommen ist. Dafür werde ich dir ewig dankbar sein.«

Jule wurde abwechselnd rot und dann wieder blass.

»Bevor ich es vergesse«, redete Olli weiter, unbeeindruckt von Jules beklommener Reaktion. »Er hat mir vorhin etwas für dich gegeben.«

Umständlich kramte er vier Fünfzigeuroscheine aus seinem Geldbeutel.

»Hier! Das ist sein Lohn für die Hinfahrt. Er will das Geld nicht.«

Geistesabwesend stopfte Jule die Scheine in ihre Hosentasche. Wieder ging ihr Blick nach vorn, zu den Autos, wo Jan soeben die Klappe seines Kofferraums zuschlug.

»Jan!«, flüsterte sie.

»Lauter!«, murmelte Norbert.

Als sie nicht reagierte, versetzte er ihr einen sanften Stoß in die Rippen. »Gezz sollteste vielleicht auch ma langsam losgehen! Sonst isser wech.«

»Jan!«, wiederholte Jule, als sie vor ihm stand.

»Was willst du?« Sein Blick war kalt und verschlossen, während er mit dem Autoschlüssel in seiner Hand herumspielte.

»Ich muss mit dir reden.«

»Ich aber nicht mit dir.«

»Bitte!« Ihre Stimme zitterte vor Aufregung. »Es ist wichtig. Können wir uns kurz ins Auto setzen?«

Sie deutete mit dem Kopf hinter sich. Dort standen immer noch Christine, Olli, Norbert und Helga und schauten neugierig zu ihnen herüber.

»Wenn es unbedingt sein muss …«

Auf dem Beifahrersitz lag eine angebrochene Tafel Zartbitterschokolade, die Jule erst zur Seite räumen musste, bevor sie sich setzen konnte.

»Du und Schokolade?« Fragend zog sie eine Augenbraue in die Höhe.

»Ist besser als Rauchen.«

»Hast du aufgehört?«

»Weiß noch nicht.« Er nahm ihr die Schokolade ab und stopfte die Packung in ein Seitenfach. »So, Befragung beendet. War es das, oder kommt noch was?«

»Natürlich kommt noch was.«

»Dann leg los! Ich hab nicht ewig Zeit.«

»Könnten wir vielleicht noch die Türen schließen?«

Er machte ein unbeteiligtes Gesicht, tat aber, was sie verlangte. Doch Jule nahm ihm seine Gleichgültigkeit nicht ab. Seine linke Hand umklammerte den Türgriff viel fester als nötig.

Auch ihre Nerven waren zum Zerreißen gespannt. »Ich muss dir etwas gestehen.« Sie stockte.

Dieses Bekenntnis würde ihr anscheinend genauso schwerfallen, wie sie es befürchtet hatte. Doch jetzt gab es kein Zurück mehr.

»Ich … ich will, dass du bei mir bleibst.«

So. Jetzt hatte sie es gesagt.

Und weil er sie unverwandt ansah, jedoch keine einzige Gefühlsregung zeigte, redete sie einfach weiter. »Mir ist es völlig egal, ob du Schreiner oder Finanzbeamter wirst, oder … oder Zirkusdirektor … oder ob du überhaupt etwas lernst. Von mir aus kannst du machen, was du willst. Hauptsache, du bleibst bei mir!«

Er schluckte. »Wow!«

»Ich habe gerade mit Phillip Schluss gemacht, und das ist mir echt nicht leichtgefallen. Aber ich kann nicht mit einer Lüge leben. Ich brauche die Wahrheit.«

»Und die lautet?«, fragte Jan leise. Die reglose Maske war verschwunden, und mit einem Mal wirkte er nervös und unsicher.

»Ich will lieber mit dir zusammen sein.«

Er schüttelte ungläubig den Kopf. »Weißt du, was du dir da antust?«

»Absolut!«, versicherte sie ihm. »Aber es ist nicht so, dass ich eine Wahl hätte. Leider! Ich meine … du bist arrogant, selbstgefällig, träge und bemitleidest dich am liebsten selbst. Ich weiß das, und deshalb würde ich dich manchmal am liebsten zum Mond schießen. Ich sollte sicher lieber schnell wegrennen …«

Sie unterbrach sich, erschöpft von ihren intensiven Gefühlen. »Aber ich kann es nicht«, fuhr sie ruhiger fort. »Nicht, solange ich gleichzeitig ganz nahe bei dir sein will. Du hast dich in mein Herz geschlichen, und ich kriege dich da nicht wieder raus, sosehr ich es auch versucht habe. Das … das ist nicht bloß der Sex. Das ist mehr, befürchte ich.«

Verlegen sah sie ihm in die Augen und erkannte dort ein Abbild ihrer eigenen Gefühle – denn auch in seinem Blick tobte ein kleiner Wirbelsturm.

»Jetzt sag doch auch mal was!«, forderte sie ihn auf.

Jan öffnete seinen Mund und klappte ihn wieder zu. Dann fuhr er sich mit beiden Händen durchs Haar.

»Zirkusdirektor?«, fragte er nach einer gefühlten Ewigkeit. Um seine Mundwinkel zuckte es.

»War nur so 'ne Idee.«

»Du bist echt unglaublich.«

Sein Grinsen wurde breiter. Blitzartig beugte er sich in ihre Richtung und griff unter den Sitz. Jules Rückenlehne sauste nach hinten, und mit einer weiteren schnellen Bewegung war Jan plötzlich über ihr, gestützt auf seine Unterarme links und rechts neben ihren Schultern.

»Coole Nummer«, murmelte Jule überrascht und ein wenig atemlos. »Machst du das immer so, wenn du ein Mädchen im Auto hast?«

»Ob du es glaubst oder nicht, das ist heute das erste Mal, und ich bin selbst erstaunt, wie gut ich das hingekriegt habe.« Sein Mund war dicht über ihrem, eine vielversprechende Mischung aus Lippen, Zähnen und Schokoladenduft.

»Und jetzt?«

»Jetzt hältst du mal die Klappe und lässt mich reden!«

»Ich höre.«

Seine Augen funkelten. »Du bist auch nicht gerade meine Traumfrau.«

»Na, so was lässt man sich doch gern sagen!«

»Du bist schrecklich ehrgeizig, angepasst und spießig, und außerdem die größte Zicke, die ich kenne. All das reizt mich manchmal bis aufs Blut. Aber manchmal ...« Sein Blick senkte sich in ihren, überraschend sanft und zärtlich. »Manchmal möchte ich dich einfach nur im Arm halten und küssen.«

»Jetzt zum Beispiel?« Sie zog ihn zu sich hinunter.

»Jetzt zum Beispiel«, bestätigte er und presste seine Lippen auf ihre. Behutsam zuerst, dann aber immer leidenschaftlicher.

Glücklich schloss Jule die Augen. Sie spürte, wie plötzlich alle Puzzleteile in ihrem Herzen an die richtige Stelle rutschten, ganz ohne Plan und Strategie. Oma Helga hatte recht gehabt. Man konnte sich ein fehlendes Teil nicht zurechtschnitzen. Man musste warten, bis man es fand.

Sie hatte es gefunden.

Und Oma Helga stand vermutlich draußen und freute sich ... Diese Vorstellung vertrieb vorübergehend sämtliche leidenschaftlichen Gefühle.

»Jan?« Mühsam schob sie ihn ein Stück von sich.

Er blickte kurz auf und vergrub sein Gesicht dann an ihrem Hals. »Was?«, brummte er undeutlich. Sein Atem pustete warme Luft auf ihre Haut.

»Wir dürfen hier nicht weitermachen, so gern ich das auch täte. Aber wir sitzen sozusagen mitten auf dem Präsentierteller, keine fünfzig Meter von unserer Verwandtschaft entfernt.«

»Ich habe eine getönte Rückscheibe. Die können gar nichts sehen.«

»In diesem Fall werden sie sich erst recht fragen, was wir so lange hier drinnen machen.«

Es schien Jan einiges an Überwindung zu kosten, sich von Jule zu lösen, doch schließlich richtete er sich auf.

»Dann sollten wir zusehen, dass wir von hier verschwinden. Hast du Geld dabei?«

»Ja, in der Hosentasche. Deine zweihundert Euro.«

»Das könnte für einen schönen Abend reichen. Stell den Sitz hoch, und schnall dich an. Wir fahren ins Dorf, gehen was essen und mieten uns irgendwo ein Zimmer.«

»Das ist total verrückt«, murmelte Jule, doch sie tat, was er sagte.

»Findest du? Was anderes darfst du von mir nicht erwarten, das weißt du doch.«

Sie lachte glücklich. »Was soll's? Wenn ich schon meinen Verstand verliere, dann wenigstens richtig. Momentan vermisse ich ihn sowieso nicht ...«

»Wo wollen die beiden denn hin?«

Stirnrunzelnd beobachtete Christine Jans Auto, das in diesem Moment auf die Straße fuhr und gleich darauf hinter der Biegung verschwand.

»Das verstehe ich jetzt nicht.«

»Das musst du auch nicht.« Ihre Mutter trat neben sie und legte den Arm um ihre Schulter. Irgendwie wirkte diese Geste beruhigend und mitfühlend zugleich.

Moment mal! Warum eigentlich? Sie hatte doch gar keinen Zuspruch nötig!

»Du weißt etwas, nicht wahr?« Christine warf ihrer Mutter einen misstrauischen Blick zu.

»Ja.« Helga nickte. »Aber man kann das schlecht erklären.«
»Ich bin einigermaßen intelligent. Versuch es also zumindest.«

»Jan und Jule –«

»Stopp!«, unterbrach Christine sie sofort wieder. Ihr dämmerte plötzlich, was los war. »Ich glaube, ich will es doch nicht hören.«

»Du wirst dich aber daran gewöhnen müssen.« Helga lächelte nachsichtig. »Also, Jan und Jule –«

»Echt?« Dieses Mal war es Olli, der Helga ins Wort fiel. Allerdings schien er längst nicht so geschockt zu sein wie Christine, sondern eher sogar erfreut.

Christine seufzte. Natürlich war er begeistert, warum auch nicht? Jule war ein tolles Mädchen, er konnte sich zu Jans Wahl beglückwünschen.

Sie hingegen ... Sie musste nun damit leben, dass ihre Tochter sich anscheinend Hals über Kopf in einen schwierigen Typen verliebt hatte, der in den Tag hineinlebte und seine Zukunftspläne ständig änderte. Sofern er überhaupt welche hatte.

Na, herzlichen Glückwunsch!

Dabei hätte Jule es so viel besser haben können ...

»Was ist mit Phillip?«

Christine hob den Kopf und sah sich suchend um, als ob sie erwartete, dass der Forststudent jeden Moment hinter einem Busch hervorkommen und ihr lachend erklären würde, dass das alles nur ein Scherz sei.

»Mit Phillip ist es aus. Jule hat sich für Jan entschieden, und zwar richtig.«

»Das ... das ...« Christine schnappte nach Luft. Sie wollte sich lieber nicht ausmalen, was ihre Mutter unter »so richtig« verstand.

Das war doch nicht zu fassen!

Auf einmal ergaben Jules drängende Fragen vom Vorabend und ihr seltsames Verhalten einen Sinn – ihr Zögern, ihre Unsicherheit und ihre Nervosität. Doch anstatt weiter nachzufragen, hatte Christine lieber geschwiegen und ihre Tochter nicht bedrängt. Hätte sie hartnäckiger sein sollen? Andererseits – was hätte ein Gespräch überhaupt genutzt?

Liebe ließ sich nicht durch logische Argumente erklären oder gar steuern. Und schon gar nicht mit Hilfe von mütterlichen Ratschlägen.

Also gut …

Jule hatte es sich mit ihrer Entscheidung nicht leichtgemacht. Wenn das Mädchen jetzt glücklich war, würde sie, Christine, damit leben können. Was blieb ihr denn auch anderes übrig?

Oma Helga hatte die ganze Zeit neben ihr gestanden und sie aufmerksam beobachtet. »Tja«, fasste sie das Geschehen jetzt in einem klugen Satz zusammen. »Man kann sich eben nicht immer aussuchen, in wen man sich verliebt!«

»Wo bleibste denn?«

Am Abend stand Norbert auf einmal in der Haustür und warf Christine einen auffordernden Blick zu.

»Ich komme«, beeilte sie sich zu sagen und schnappte sich den Schlüssel und ihre Strickjacke.

Sie wusste, dass sie spät dran war, doch manche Probleme hatten sich heute nicht einfach im Schnellverfahren lösen lassen.

Da war zunächst einmal die Frage, wohin Jan und Jule so plötzlich Reißaus genommen hatten. Während Olli nicht mit einer Nachricht der beiden rechnete, hatte Christine auf das Verantwortungsbewusstsein ihrer Tochter gehofft. Und sie war nicht enttäuscht worden. Gegen fünf Uhr hatte Jule eine SMS geschickt. *Sind für eine Nacht im Hotel, kommen aber morgen im Laufe des Tages zurück. LG, J&J*

J&J – daran würde sie sich gewöhnen müssen.

Olli hatte sich nach Erhalt der SMS spontan dazu entschlossen, doch noch zwei Nächte zu bleiben. Vergessen waren Abitur, Finanzamt und seine Vorbehalte gegenüber einer Schreinerlehre. Er schien tatsächlich zu glauben, dass sich durch dieses unerwartete Happy End nun auch alle seine anderen Probleme in Luft auflösen würden.

Christine war sich da keinesfalls so sicher. Aber sie hatte ihre Bedenken zurückgehalten, denn sie gönnte Olli diesen seltenen Anfall von Optimismus.

»Jetzt wird alles gut«, hatte er gemeint. »Jan hat Jule, die passt schon auf ihn auf. Und sie hat bestimmt auch einen guten Einfluss auf ihn.«

J&J – wenigstens einer freute sich von Herzen über diese Konstellation!

Oma Helga hatte daraufhin am Abend überraschend verkündet, dass sie doch nicht länger im Schwarzwald bleiben würde, sondern übermorgen mit Olli nach Hofheim zurückkehren wolle.

»Ich weiß ja, dass es dir hier gutgeht«, hatte sie zu Christine gesagt. »Und ich werde mich an unsere Abmachung halten. Zu Hause warten Wolfgang, Trudi, mein Kegelclub und Tante Mieze auf mich. Nicht zu vergessen das Haus und der Garten.«

Zur Feier des Tages hatte Olli die beiden Frauen zum Essen eingeladen. Christine hatte eingewilligt, jedoch darauf bestanden, dass sie rechtzeitig vor Sonnenuntergang wieder zurück sein mussten.

Das hatten sie gerade so geschafft.

Jetzt saßen Olli und Helga am Küchentisch und teilten

sich eine Flasche von Lexis bestem Rotwein. Den hatten sie sich redlich verdient, wie Helga meinte. Christine hatte nur den Kopf geschüttelt. Man konnte meinen, die beiden würden bereits Jules Verlobung feiern!

Sie selbst brauchte dringend etwas anderes als Alkohol und Feierlaune.

Sie brauchte Natur, Harmonie und Stille.

Und einen Freund.

»Watt is gezz?« Norbert warf einen ungeduldigen Blick über seine Schulter.

»Ja, schon gut!« Mit ein paar schnellen Schritten schloss sie zu ihm auf.

»Ich hab übrigens vorhin die Hildegard angerufen.«

»Du hast ein Telefon?« Überrascht blieb Christine stehen.

»Wieso denn nich? Datt hatt doch jeder.«

»Äh … ja klar.« Sie war immer davon ausgegangen, dass er ohne die moderne Technik auskam. Aber nur weil er sein Handy nicht ständig mit sich herumtrug, hieß das natürlich noch lange nicht, dass er keines hatte.

Allmählich drang jetzt auch ein anderes Wort aus seinem Satz in ihr Bewusstsein.

»Hildegard?«, wiederholte sie fragend.

»Jawoll.«

»Warum?«

»Darum.« Er errötete.

»Na, so was!« Sie knuffte ihn sanft in die Seite. »Heute überraschst du mich wirklich. Zuerst sorgst du dich so nett um Jule, und dann auch noch um Hildegard. Hast du etwa dein Herz für die Liebe entdeckt?«

»Red kein dummes Zeuch!« Er musterte sie finster. »Ich weiß gar nich, warum ich dir datt erzählt hab.«

»Schon gut, ich werde es nicht weitersagen«, versuchte sie, ihn zu besänftigen. »Außerdem finde ich es gut, wenn wir uns jetzt ein wenig um Hildegard kümmern. Die Arme wird schrecklich traurig über das Ende der Beziehung von Phillip und Jule sein.«

»Eben. Datt hatt se nich verdient, sie war so froh übber den unverhofften Familienzuwachs.«

»Sie muss sich keine Sorgen machen. Ich werde sie auch weiterhin einladen. Ob sie zur Familie gehört oder nicht, ist völlig unerheblich.«

»Datt sach ich ihr, datt wird se freuen. Sie is vielleicht 'n bisschen nervich und anstrengend, aber trotzdem 'n nettes Mädchen.«

Für seine Verhältnisse war das schon fast so etwas wie eine Liebeserklärung. Christine lächelte versonnen. Sie hatte nicht damit gerechnet, dass Norbert irgendwann ernsthaft die Initiative ergreifen würde – sie hatte ja nicht einmal geahnt, dass er Hildegard mochte.

Er nahm seine Kappe ab und kratzte sich am Hinterkopf. Offensichtlich hatte er noch etwas auf dem Herzen. »Na, jedenfalls, sie kommt mich morgen besuchen und bringt die Reste vom Kuchen mit«, begann er.

»Schöne Idee.«

»Abber watt ich dich eigentlich fragen wollte: Kannste mir wohl beim Tischdecken helfen? Du hast viel schönere Sachen als ich.«

»Aber klar, das mache ich gern!«

Er nickte zufrieden und setzte seinen Weg fort.

Langsam trödelte Christine hinter ihm her, vorbei an Ollis Auto und den Ziegen. Sie blinzelte, um nicht direkt ins Sonnenlicht schauen zu müssen.

In der Ferne läuteten Kirchenglocken, der Himmel war

mit kleinen Schäfchenwolken gesprenkelt, und wie immer verzauberte sie der Anblick der grünblauen Bergkette am Horizont.

Davor stand, im Gegenlicht, die Bank.

Norberts Bank, die im Laufe der letzten Wochen zu ihrem Lieblingsplatz geworden war.

Noch etwas, das sie nicht erwartet hatte.

Norbert setzte sich auf seinen Stammplatz und zündete eine Pfeife an. Christine blieb hinter der Bank stehen und knöpfte ihre Strickjacke zu. Am linken Ärmel war die Stelle zu erkennen, an der bei ihrer Ankunft eine der Ziegen geknabbert hatte. Ein paar Wollfäden hingen ausgefranst herunter.

Unwillkürlich wanderten ihre Gedanken zurück.

Es war noch nicht lange her, dass Norbert sie auf dieser Bank nur geduldet hatte. Dass er ihre Gegenwart hier oben überhaupt nur toleriert hatte.

Schritt für Schritt hatten sie sich einander angenähert. Hatten miteinander geschwiegen, viel geredet, noch mehr getrunken und einmal sogar geweint.

Was hatte Hildegard so treffend über Norbert gesagt? »Unter seiner rauen Schale sitzt ein weicher Kern.«

Es war Christine gelungen, diese Schale zu knacken. Gleichzeitig hatte er es geschafft, sie aus ihrer Verzweiflung zu reißen. Beide hatten dabei einen Menschen gefunden, dem sie vertrauen konnten.

Einen Freund.

Norbert würde diese Bezeichnung niemals dulden, und Christine war klug genug, das Thema auch nicht anzusprechen.

Ihr reichte, was sie hatte.

Wieder drehte er sich um und pfiff ungeduldig, so wie er

das manchmal bei seinen Ziegen tat. Auf seinem Gesicht lag sein typisches Lächeln.

Schüchtern, vergnügt und ein klein wenig schief.

»Gleich is die Sonne wech. Kommste endlich, Frollein?«

Epilog

Meine liebste beste Freundin!

Es ist heute genau ein Dreivierteljahr her, dass ich von meiner Krankheit und meiner schlechten Prognose erfahren habe. Ich brauche mir diesen Tag gar nicht rot im Kalender zu markieren. Für mich gibt es nur noch dieses eine Datum, das mein Leben in ein Davor und ein Danach teilt.

Der Arzt sagte damals, dass er mir noch ein halbes Jahr gibt. Inzwischen sind neun Monate daraus geworden.

Aber das ist kein Grund zum Feiern. Meine Kraft schwindet jetzt von Tag zu Tag.

Ich muss mich beeilen, damit ich noch selbst in der Lage sein kann, diesen Brief in die Pralinenkiste zu legen. Am besten mache ich das mal nachts, wenn ihr alle schlaft …

Doch jetzt bin ich vom Thema abgekommen. Ich will dir lieber beschreiben, was mein glücklichster Moment in diesem vergangenen Dreivierteljahr war:

Es war ein Mittwochmorgen im letzten Juni, kurz nach unserem Telefongespräch, in dem ich dir von meiner Erkrankung erzählt hatte.

Da bekam ich plötzlich Post von dir. Das Einzige, was in dem wattierten Umschlag steckte, war euer Haustürschlüssel und ein Zettel mit der kurzen Botschaft: »Komm, wann immer du willst!«

In diesem Moment fiel mir ein riesiger Stein vom Herzen, und ich fühlte mich getröstet und willkommen. Egal, was das Schicksal noch Schlimmes für mich bereithalten würde – ich würde es nicht allein ertragen müssen. Denn du würdest für mich da sein.

Du bist mein ganzes Leben für mich da gewesen …

Schon früher hast du alles mit mir geteilt: Tintenpatronen, Buntstifte oder auch dein Pausenbrot. Später kamen Tampons, Lippenstift und Haarbürste hinzu. Dann, als wir erwachsen waren, wurden andere Dinge wichtiger. Wir teilten Geheimnisse, Träume und unsere Erlebnisse vom ersten Mal. »Was meins ist, ist auch deins« war bei dir nicht nur eine Phrase.

Dieser Leitsatz war noch nie so wichtig für mich wie in den vergangenen neun Monaten!

Plötzlich war dein Haus auch mein Haus, deine Familie auch meine Familie. Ich bekam nicht nur ein Bett und ein Zimmer, sondern auch die Gewissheit, dass ich zu euch gehöre.

Im Laufe der Zeit, die ich hier in eurem Haus verbracht habe, ist mir eines immer klarer geworden: Familie ist für euch nicht nur ein Wort, und es bedeutet für euch auch nicht nur Blutsverwandtschaft. Familie, das sind für euch alle Menschen, die ihr liebt.

Bitte bewahrt euch diese Großzügigkeit!

Glück ist das Einzige, das sich verdoppelt, wenn man es teilt (nein, das ist nicht auf meinem Mist gewachsen, sondern ein Zitat von Albert Schweitzer).

Dich um Unterkunft und Pflege während meiner Krankheit zu bitten, war das Egoistischste, was ich je getan habe (und glaube mir, ich habe einiges gemacht, worauf ich nicht besonders stolz bin).

Dass du ohne nachzudenken ja gesagt hast, macht dich zur wundervollsten, liebsten und besten Freundin, die man sich vorstellen kann. Wenn ich dir nur einen Bruchteil dieser Liebe und Fürsorge zurückgeben kann, bin ich schon zufrieden.

Nimm mein Erbe als das, was es sein soll: als letzten Versuch, mein kleines bisschen Restglück mit dir zu teilen.

Meine Botschaften enden hier. Es ist alles gesagt. Ab jetzt musst du allein klarkommen. Du schaffst das, da bin ich mir ganz sicher.

Du hast ja auch keine Wahl.

Du kannst jetzt weinen, weil ich weg bin – oder du freust dich einfach nur darüber, dass es mich gegeben hat. Du kannst die Augen schließen und darauf hoffen, dass ich auf einmal wieder vor dir stehe. Oder du lässt sie gleich offen und blickst nach vorn.

Behalte mich in guter Erinnerung!

Kümmere dich um deine Lieben! Aber lass sie auch selbst entscheiden, was gut für sie ist.

Finde neue Freunde!

Gehe andere, ungewohnte Wege!

Und bleib offen für alles.

Du weißt ja: Es gibt noch viele leere Zeichenblätter an deinem Block. Also fang an, dein Leben wieder bunt zu gestalten.

Ich bin bei euch – in Liebe und für immer,

Eure Lexi

Christine ließ den Brief sinken.

Es war früher Sonntagnachmittag, und sie lag ausgestreckt auf einer Decke neben der Scheune. Nach dem gemeinsamen Mittagessen mit Olli und Helga hatte sie sich davongeschlichen, um Lexis letzte Nachricht mit dem Titel *Glück teilen* in Ruhe lesen zu können.

Nun gab es keine weiteren Briefe mehr.

Ab jetzt musst du allein klarkommen. Du schaffst das, da bin ich mir ganz sicher.

Lexi hatte immer Optimismus für zwei gehabt.

Doch Christine spürte auch sehr deutlich, dass ihre Freundin – wie so oft – recht behalten sollte. Sie würde klarkommen in einem Leben ohne Lexi, dafür hatte ihre Freundin gesorgt.

Wenn ich dir nur einen Bruchteil dieser Liebe und Fürsorge zurückgeben kann, bin ich schon zufrieden.

»Du kannst wirklich zufrieden sein«, flüsterte Christine mit erstickter Stimme. »Denn du hast mir so viel mehr gegeben, als du glaubst.«

»O je! Tränen?« Auf einmal stand Jule neben ihr. »Ich nehme an, du hast Lexis letzten Brief gelesen.« Sie deutete auf das lavendelfarbene Papier.

»Und ich nehme an, dein kleiner Ausflug mit Jan ist beendet.« Christine legte den Brief zur Seite und wandte den Kopf, um ihre Tochter besser sehen zu können. Jule trug dieselbe Kleidung wie gestern, sie war barfuß und hatte die Haare nachlässig im Nacken festgesteckt.

»Ja.« Sie wirkte kein bisschen schuldbewusst, als sie nickte. Im Gegenteil – sie strahlte und versprühte dabei pure Lebensfreude.

Sofort vergaß Christine ihre Vorbehalte.

Kümmere dich um deine Lieben! Aber lass sie auch selbst entscheiden, was gut für sie ist.

»Bist du glücklich?«, war deshalb die erste Frage, die sie stellte – und eigentlich die einzig wichtige.

»Und wie!« Das Mädchen ließ sich neben ihre Mutter auf die Decke fallen und rückte mit dem Kopf ganz nahe an Christines. »Verrückt, nicht?«, flüsterte sie verträumt. »Ausgerechnet Jan.«

»Tja, wie ich schon sagte, man kann sich nicht immer aussuchen, in wen man sich verliebt«, mischte sich plötzlich Oma Helgas Stimme in die Unterhaltung ein.

Wie sie es geschafft hatte, sich unbemerkt anzuschleichen, blieb wohl ihr Geheimnis. Auch sie legte sich jetzt auf die Decke und schob ihren Kopf an die beiden anderen heran.

»Und nun? Was tun wir hier?«, wollte sie wissen. »Mal abgesehen davon, dass wir unsere Kopfläuse austauschen?«

»In den Himmel gucken«, schlug Christine vor.

»Quatschen«, ergänzte Jule.

Helga starrte eine Weile nach oben. »Da gibt es nichts zu sehen, außer ein paar Kondensstreifen. Also lasst uns lieber reden! Als Erstes erzählt uns Jule mal von ihrer Nacht mit Jan.«

»Den Teufel werde ich!«

»Bitte, Jule, nur ein paar Details!«

»Wir sind frisch verliebt und hatten genug Verhütungsmittel dabei. Muss ich noch konkreter werden?«

»Bloß nicht!« Christine schloss die Augen.

»Also, ich könnte noch ein paar Einzelheiten mehr vertragen«, kicherte Helga.

»Aber jugendfreie!«, forderte Christine.

»Abends waren wir total schick essen, so mit allem Drum und Dran, Champagner und Kerzenschein. Dann haben wir uns noch eine Flasche Rotwein mit aufs Zimmer genommen und stundenlang geredet.« Jule seufzte glückselig.

»Meine Güte, dich hat es ja ganz schön erwischt!«, stellte Helga fest. »Ich habe zwar vorhin nur einen kurzen Blick auf Jan werfen können, aber der sieht mindestens genauso verliebt aus wie du.«

»Habt ihr zufällig heute Nacht auch darüber gesprochen, wie es weitergehen könnte?«, erkundigte sich Christine.

Helga lachte. »Meinst du nicht, sie hatten bessere Themen?«

»Natürlich haben wir auch ein paar Zukunftspläne gemacht«, widersprach Jule. »Ihr kennt mich doch, ich kann nicht anders.«

»Und die wären?«

»Wenn möglich, bleiben wir noch eine Woche hier und helfen dir beim Verschönern des Hauses.«

»Das könnt ihr machen. Und was wird aus Olli und seinem Finanzamt?«

»Ich befürchte, diesen Teil seines Plans kann er vergessen. Aber Jan wird selbstverständlich die Schule beenden – und ich werde dafür sorgen, dass er das auch gut macht. Danach wird er sich einen Ausbildungsplatz bei einem Möbelschreiner suchen.«

»Hier oder in Hofheim?«

»In Hofheim natürlich. Bei mir.«

»Wenn es dir so ernst mit ihm ist, kann Jan auch gern zu uns ziehen. Wir haben genug Platz im Haus«, überlegte Helga.

Christine stöhnte. »Nein, das kann er nicht.«

»Das will er auch gar nicht, keine Angst!«, beruhigte Jule ihre Mutter. »Ich denke, er sollte sich möglichst schnell eine eigene Wohnung suchen.«

»Das ist sehr vernünftig. Es wird Zeit, dass er sich aus Ollis Klauen befreit.«

»Aber du bleibst bei mir, Julchen, oder?«, fragte Helga.

»Klar, das war doch so abgemacht.«

»Gut. Das wird bestimmt lustig.«

»Bist du dir sicher? Wir hatten das neulich schon mal, und so lustig fand ich es gar nicht.«

»Am Wochenende laden wir Olli und Jan zum Essen ein«, fuhr Helga fort, ohne den Einwand ihrer Enkelin zu beachten. »Und Wolfgang natürlich … Und Tante Mieze holen wir sonntags auch noch aus ihrem Seniorenstift. Dann lohnt sich das Kochen wenigstens.«

Familie ist für euch nicht nur ein Wort, und es bedeutet für euch auch nicht nur Blutsverwandtschaft. Familie, das sind für euch alle Menschen, die ihr liebt.

Christine drehte den Kopf und warf ihrer Mutter einen prüfenden Blick zu.

Ob sich Helga dessen bewusst war?

Nein, wahrscheinlich nicht.

»Du wirst sehen, das wird richtig schön!« Helga lächelte vergnügt. Die Aussicht auf ein volles Haus schien ihr zu gefallen.

Warum auch nicht?, dachte Christine.

Es gab Menschen, die genügten sich selbst. So wie sie.

Und es gab Menschen, die Leben um sich herum brauchten. Helga gehörte definitiv zur zweiten Sorte. Sie würde den Platz des Familienoberhauptes, das sich um alles sorgte und kümmerte, ohne zu zögern einnehmen.

Voller Begeisterung, aber leider auch völlig planlos.

Eines war Christine deshalb jetzt schon klar: Sollte es Krisen geben, würde sie eingreifen müssen. Sie würde regelmäßig zu Hause vorbeischauen müssen. Und spätestens zu Weihnachten würden sowieso alle wieder hier bei ihr versammelt sein.

Eine Aussicht, die ihr gefiel.

»Sind das Hildegard und Norbert, die da drüben auf der Bank sitzen?« Jule setzte sich auf und blickte zur Lichtung hinüber.

Auch Christine stützte sich auf ihren Ellbogen und reckte den Kopf. »Die beiden haben heute ihr erstes Date.«

»Norbert macht Verabredungen?«, erkundigte sich Helga. »Wenn ich das früher gewusst hätte!«

»Also wirklich, Oma! Du kannst doch nicht was mit Mamas neuem besten Freund anfangen.«

»Wieso? Du hast doch auch was mit unserem Nachbarn begonnen. Wo ist da der Unterschied?«

»Das kann ich dir sagen …«

Christine achtete nicht mehr auf den Wortwechsel zwischen den beiden. Ihr Blick war noch immer auf die Bank gerichtet.

Was hatte Lexi ihr geraten?

Finde neue Freunde!

Norbert hatte sich gerade eine frische Pfeife angezündet, und Hildegard saß neben ihm und strickte an einem Schal. Dabei erzählte sie unablässig Geschichten, die er mit einem gutmütigen Grinsen über sich ergehen ließ. Auch Christine musste lächeln.

Der Anblick der beiden tat ihr gut.

Gehe andere, ungewohnte Wege!

Sie drehte sich zum Haus um.

Immer noch erfüllte sie der Anblick mit Stolz. Das war jetzt ihr Heim. Sicher, noch immer lag viel Arbeit vor ihr. Besonders bei der Inneneinrichtung fehlte es an vielem.

Aber sie hatte ja Zeit.

Das Büro in Frankfurt würde sie vorerst nicht wieder betreten. Der Antrag auf ein weiteres halbes Jahr unbezahlten Urlaub war schon geschrieben und musste nur noch verschickt werden. Sie konnte Frau Siegels schreckgeweitete babyblaue Augen fast bildlich vor sich sehen …

»Christine? Hörst du mir überhaupt zu?«, drang auf einmal die Stimme ihrer Mutter in ihre Überlegungen.

»Hm?«

»Lass gut sein, Oma.« Jule schnappte sich Lexis Brief und schwenkte das Papier hin und her. »Wenn Mama einen von Lexis Botschaften gelesen hat, dann ist sie immer ziemlich abwesend und will ihre Ruhe haben.«

»Oh, der letzte Brief! Dürfen wir?«, fragte Helga.

»Ja natürlich.«

Helga und Jule legten sich zurück auf die Decke. Jule

streckte ihre Hand mit dem Brief so in die Höhe, dass Helga bequem mitlesen konnte. Vorsichtig schob sich Christine zwischen die beiden. Jetzt lagen sie wieder zu dritt Kopf an Kopf.

»Was für ein Schlusswort!«, hauchte Jule, nachdem sie den Brief gelesen hatte. Tränen liefen über ihre Wangen.

»Dem ist eigentlich nichts mehr hinzuzufügen«, befand auch Helga. »Außer vielleicht, dass wir jetzt endlich mal genug geheult haben.«

Du kannst jetzt weinen, weil ich weg bin – oder du freust dich einfach nur darüber, dass es mich gegeben hat. Du kannst die Augen schließen und darauf hoffen, dass ich auf einmal wieder vor dir stehe. Oder du lässt sie gleich offen und blickst nach vorn.

»Wo Lexi jetzt wohl ist?«, flüsterte Christine und schaute träumerisch in den Himmel. »Das habe ich mich schon bei ihrer Beerdigung gefragt.«

»Wo schon?« Helga nahm die Hand ihrer Tochter. »In jedem von uns natürlich! Solange wir sie in Erinnerung behalten, lebt sie in unseren Herzen weiter.«

Christine nickte.

Natürlich!

Damit ergaben auch die letzten Zeilen ihrer Freundin einen wunderschönen neuen Sinn.

Ich bin bei euch – in Liebe und für immer.

Eure Lexi